林语堂

著

张振玉

译

中国传奇
FAMOUS CHINESE SHORT STORIES

湖南文艺出版社

博集天卷
CS-BOOKY

图书在版编目（CIP）数据

中国传奇 / 林语堂著；张振玉译 . — 长沙：湖南
文艺出版社，2019.5
书名原文：Famous Chinese Short Stories
ISBN 978-7-5404-8961-8

Ⅰ . ①中… Ⅱ . ①林… ②张… Ⅲ . ①短篇小说—小
说集—中国—现代 Ⅳ . ① I246.7

中国版本图书馆 CIP 数据核字（2019）第 010872 号

著作权合同登记号：图字 18-2019-003

上架建议：名家经典 · 文学

Famous Chinese Short Stories
By Lin Yutang
This edition arranged with Curtis Brown Group Ltd.
through Andrew Nurnberg Associates International Limited

ZHONGGUO CHUANQI
中国传奇

作　　者：林语堂
译　　者：张振玉
出 版 人：曾赛丰
责任编辑：薛　健　刘诗哲
监　　制：蔡明菲　邢越超
特约策划：王　维
特约编辑：蔡文婷
版权支持：辛　艳
营销支持：傅婷婷　文刀刀　周　茜
装帧设计：利　锐
内文排版：百朗文化
出版发行：湖南文艺出版社
　　　　　（长沙市雨花区东二环一段 508 号　邮编：410014）
网　　址：www.hnwy.net
印　　刷：北京天宇万达印刷有限公司
经　　销：新华书店
开　　本：880mm×1230mm　1/32
字　　数：200 千字
印　　张：8.5
版　　次：2019 年 5 月第 1 版
印　　次：2019 年 5 月第 1 次印刷
书　　号：ISBN 978-7-5404-8961-8
定　　价：49.00 元

若有质量问题，请致电质量监督电话：010-59096394
团购电话：010-59320018

目录

·林氏英文本导言·

　　本书所收各篇，皆为中国最著名之短篇小说杰作，当然中国短篇小说杰作并不止此数。本书乃写给西洋人阅读，故选择与重编皆受限制。或因主题，或因材料，或因社会与时代基本之差异，致使甚多名作无法重编，故未选入。所选各篇皆具有一般性，适合现代短篇小说之主旨。

　　短篇小说之主旨在于描写人性，一针见血，或加深读者对人生之了解，或唤起人类之恻隐心、爱、同情心，而予读者以愉快之感。小说当具普及性，基本上不当有不可解处，不当费力解释，而后方能达到预期之目的。本书所选各篇中，若干篇具有远方远代之背景与气氛，虽有异国情调与稀奇特殊之美，但无隔阂费解之处。

　　人类喜听美妙之故事，自古已然，举世如此，中国亦复如此。在《左传》及《史记》中若干篇，有描写人物及冲突争斗之场面，皆极活泼生动。在一世纪，神怪事件之记述甚多，但皆失之浅陋。短篇小说之成为艺术形式，实自唐代开始（尤其在八与九世纪）。此种具有充分艺术性之短篇小说，即所谓传奇。传奇类皆简短，通常皆在千字以内，为古文体，遒劲有力，异乎寻常，极能刺激思想。后人模仿，终不能似。或用语体重写，故事放长，情节加富，亦不克超越原作。唐代非特为中国诗歌之黄金时代，亦系中国短篇小说之古典时代。在唐代，犹如英国之伊丽莎白时代，蹇拙之写实主义尚未兴起，时人思想奔放，幻想自由，心情轻松，皆非后人可及。当时佛教故事已深入中国社会，道教为皇室及官方所尊崇，在时人心目中，天下无事足以为奇，无事不能实现，故唐代可称为法术、武侠、战争、浪漫之时代。广而言之，宋朝为中国文学上理性主义之时代，唐代为中国文学上浪漫主义之时代，当时尚无真正之戏剧与长篇小说，但时人所写之传奇，则美妙神秘，为后代所不及，故本书所选，半为唐人传奇。

继唐人传奇之后，为宋人之话本，即当时说书人之白话说部。话本为小说上一新发展，与传奇同为中国短篇小说之两类。古典短篇小说最大之总集为《太平广记》，刊于九八一年，即宋朝初年，为一〇〇〇年前千年内文艺短篇小说之要略。若谓此总集象征一时代之终止，亦无不可。唐代传奇小说之精华已尽于此矣。在传奇小说盛行之时，另有一种口语文学在茶馆酒肆中日渐滋长，为当时一极通俗之娱乐。此时在宋朝京都，有各种性质不同的说书人，或精于历史掌故，或精于宗教秘闻，或精于英雄传记。《东坡志林》中曾记，当时有父母为儿童所扰，辄使之出外听人说书。宋仁宗尝命臣子一日说一故事。近经人发现话本总集两部，各载有中国最早与最佳之白话小说若干篇，两书皆不著作者姓名，但自内容判断，作者当为宋人（十一与十二世纪人）。一书为《京本通俗小说》，内有小说七篇，皆佳妙，计鬼怪小说二，犯罪小说一，极淫秽小说现今版本中多略而不录。本书选入之《碾玉观音》

及《嫉妒》，即采自《京本通俗小说》。另一本小说总集为《清平山堂话本》，据今所知，最早之版本当在一五四一年至一五五一年之间。《简帖和尚》，据余所知，为中国文学中最佳之犯罪小说，文笔极洗练，此本即采自《清平山堂话本》。《清平山堂话本》中亦有数篇鬼故事，皆极恐怖可畏。一故事写一女鬼，将男子攫去，淫乱为欢。每一新男人至，必下令："新人已至，旧人速去。"继即将旧人心肝挖出食之。此二白话小说总集中，有不少篇经明人扩编或并于其他小说总集中者。

熟知中国文学者或将疑问，本书何以未将明代短篇小说总集若《今古奇观》等书中若干篇选入？明朝短篇小说总集若《今古奇观》者，至少有五六部，而《今古奇观》最为人所熟知者，实则此书系选自另一短篇小说总集《警世通言》。其病在各篇皆为叙述体，介于唐代传奇及现代短篇小说之间；主题皆陈陈相因，叙述亦平庸呆板，其中趣味浓厚之故事虽亦不少，唯不能显示人类个性，意义亦不深刻。而唐及宋代古典短篇小说篇幅虽短，但在人生及人之行为方面，皆能予读者以惊奇美妙之感。

本书编译之时，曾设法将各种短篇小说依类选入。冒险与神秘小说中以《虬髯客传》为首。《虬髯客传》为唐代最佳之短篇小说；对白佳，人物描写及故事皆极生动，毫无牵强做作有伤自然之处。

爱情与神怪为小说中最多之题材。无论犯罪小说、冒险小说，或神怪小说，不涉及爱情者甚少。由此可见，古今中西，最令读者心动神往者，厥为男女爱情故事。虽然如此，若男女情人，偶一得便，立即登床就枕，实属荒唐。明朝爱情故事，此类独多，故本书内此类爱情故事，并未多选。本书所选之《莺莺传》，为中国最著名之爱情小说，上述缺点虽亦不免，至少尚有强烈之感情在。本篇所记，乃一大家闺秀追求性经验之故事。作者既为一杰出之诗人，而改编成戏剧《西厢记》后，又辞藻华美，诗句秀丽，极尽中国文字精巧之能事，故早已家喻户晓，脍炙人口。以此故事为本事，后人竟编出八本不同之戏剧。《狄氏》记一有夫之妇与人私通，故事中有若干其他特点，颇为故事增色。虽系私通，但由婚姻不幸所致，是以其情可恕。最纯正之青春爱情故事当推《离魂记》，其中爱情与神秘兼而有之，且能两相融和，天衣无缝，尤为可贵，至于果否真有此事，自当无须追问，若执意追求，则不啻刻舟求剑、胶柱鼓瑟矣。

鬼在中国文学上，不外吓人与迷人两端，而以迷人者为多。美丽迷人之鬼，皆由穷书生想象而来。因穷书生，无论已婚未婚，独坐书斋之内，每想得一美女，与己为伴。盖夜深独坐之际，最乐之事莫若见一美丽之幽灵，悠然出现于暗淡之灯光下，满面生春，狡笑相诱，然后为之生儿育女，病则为之百般调护。《嫉妒》一篇为一女鬼迷人吓人事，作者意在使读者读之战栗。《小谢》一篇描写另一种女鬼，诙谐天真，轻松有趣，本身为鬼，而为人类之挚友。本篇作者蒲松龄（一六四〇——一七一五），为本书各篇作者中唯一的清代人物。所作《书痴》一篇，系讽刺政治之作，记书签上一彩绣女郎，自《汉书》上走下，告一穷书生求官之道，并谓猎取功名，不只在于满腹经纶。中国神怪小说作家数以百计，其描写深刻入微，故事美妙生动者，唯蒲氏一人。蒲氏尤以写妒妇及惧内故事为人所熟知，亦最为人所不及。蒲氏特爱狐仙，所写狐仙化为女身以美色迷人故事甚多。蒲氏之杰作，本书选入三篇，儿童故事《促织》一篇亦在内。

唐代之幻想与幽默小说可谓自成一格，而以李复言之四篇为代表。李氏名虽不若《南柯太守传》作者李公佐，然所作轻松诙谐，幻想超逸，充分具有唐代小说之特征，尤觉可爱。李氏生于九世纪前半叶，正值传奇小说全盛之时。自唐代全部传奇观之，传奇名作五分之四皆写于九世纪前半叶，此种传奇作家皆与李复言同时，如段成式（《叶限》之作者）、李公佐（《南柯太守传》作者）、蒋防、陈鸿、白行简（诗人白居易之弟）、元稹（《莺莺传》作者）等皆是。九世纪为唐代传奇小说时代，犹如八世纪之为唐代诗歌时代。当时传奇小说风靡一时，宰相牛僧孺亦为当时极通俗之传奇作家，所写神怪故事内，有三寸高之侏儒从事战场杀伐，并有其他冒险故事。李复言写神怪故事，系继牛僧孺之后，自材料与技巧言，可谓青出于蓝。读此等故事，如置身神妙魔术世界，千奇百变，而事事如真，风味颇类《天方夜谭》，但觉乐趣横生。《叶限》亦写于此时，为世界上此等故事首先写就者。故事中有恶继母、恶姊妹、丢失之鞋，其写就早于欧洲一五八八年白瑞斯写成约七百年。

　　本书之作，并非严格之翻译。有时严格之翻译实不可能。语言风格之差异，必须加以解释，读者方易了解，而在现代短篇小说之技巧上，尤不能拘泥于原文，毫不改变，因此本书乃采用重编办法，而以新形式写出。在蒲松龄与李复言小说中变动最小。重编之时，若干故事中，作者曾有所省略，有所增加，冀其更加美妙动人。若与中国前代说书人或重编小说者相较，本书所更动之处并不为多。虽有更动，必求不背于正史，读者如对引用之材料来源感觉兴味，可参阅各篇前之"前记"。

　　《碾玉观音》与《贞节坊》曾在《妇女家庭良友》（*Woman's Home Companion*）上发表过，《叶限》曾在《中国与印度之智慧》（*The Wisdom of China and India*）中刊印过。

神秘与冒险

Chinese Legend

虬髯客传

　　本篇为唐代通俗故事，人物描写深刻，对话明快，脍炙人口。作者系杜光庭（八五〇一九三三）。杜为一杰出之道士，著述甚丰。本篇载于《太平广记》，但仍有其他版本，文字小异，或称作者为张说。稗史中多有描写李靖故事，本书中《龙宫一夜宿》亦记李靖布衣时事。太原店中若干细节系本人增入者。

　　唐朝初年是个豪侠冒险、英雄美人的时代，是勇敢决战和远征异域的时代——奇人奇迹在大唐开国年间比比皆是。那个伟大时代的伟大人物，说来也怪，都是身材魁梧、武功高强、心胸开阔、行为瑰奇的英雄豪杰。由于隋朝皇帝无道，豪杰之士自然蜂拥而起。不惜冒大险，赌命运，巧与巧比，智与智斗。而且有偏见、有迷信、有毒狠、有赤诚。但时或也有一两个铁汉，具菩萨般心肠。

　　那天正是晚上九点，李靖，这三十几岁的青年，长得高大伟岸，肩膊方阔，颈项英挺。他吃完晚饭，蓬松着头发，正躺在床上，因为感觉又烦恼又困惑，一肚子怒气无处发泄，就懒洋洋地抽动着胳膊上的筋腱。他特有一种能力，不用弯胳膊就能使肌肉跳动。他胸怀大志，精力充沛，却深感无处施展。

那天早晨，他曾去拜谒杨素，呈献救国方策。不过后来，他却看出那个肥胖的将军决不会看他的方策，因此现在正在懊悔当初何必多此一举。现在皇帝正偕同嫔妃南游金陵。杨素虽受命留守西京，负的责任极其重大，却依偎于卧榻之上，巧言令色，以富贵骄人。他的脸就像一块大猪肉，嘴唇外努，下眼皮突出，在双下巴颏上面，粗大的鼻孔均匀地呼吸。二十个青春美女，手持茶杯、茶、糖果、痰盂、拂尘，在两旁侍候。

拂尘那光泽如丝的白马尾，轻轻地摆拂，显得十分悠闲自在。

那时李靖立在那儿，默默无言，仿佛心不在焉。他两眼出神，想着社稷正如一个过熟而又腐烂的苹果，势将倾落。全国叛乱纷起，而这里却只是环绕着妇人肉屏的肥肉一块。

杨素将军看了一下他的名片，又厌倦又不耐烦地说："你是谁呀？"

"一介小民而已。只是天下滔滔，将军应当物色一位有志有为之士。尤其应当礼贤下士。"

"请坐，对不起。"杨素说。

就在此时，不知何处突然响起了一声轻轻的声息，仿佛是一声低低的惊叹，而一个拂尘差点儿掉在地下。李靖抬头一看，见一个身材颀长而苗条的红衣女子正赶着把拂尘抓牢，但她的两个漆色的眸子，惊奇地望着自己。

"你有何所求？"

"我什么都不要。大人有何所求呢？"

"我？"对李靖的无礼，杨素稍感不快。

"我的意思是将军是不是要寻求些什么。比如救国的方策，豪杰之士……"

"方策？"杨素思索了一下，十分勉强地说，"好吧。"

于是李靖从衣袋里掏出拟好的方策，递了过去。接着他看见杨素把他的方策平平正正地放在右边的一个矮桌上，勉强谦恭地说："没有别的了吗？"

李靖回答道："是。"于是起身而退。

在他说话的时候，那个红衣女郎不眨眼地望着他，两人的眼光曾经几次碰到了一起。因此当他一转身走出屋子，她的拂尘竟不经意地掉在地上了。

这次谒见杨素，最令他快意的就是得以看见这位执拂的红衣女郎。现在他一个人躺在床上，想着她注视自己的模样，不由得咯咯地笑起来。

突然卧室门上有人轻敲了一下。李靖不觉有点惊讶。这种时候还有什么人来呢？难道是杨素读了他的方策？

他开门一看，门外站着一个陌生人。此人身披紫斗篷，头戴紫帽，肩上扛着一根木棍，棍端挂着一个布口袋。

"你是谁？"

"我是杨府里的执拂女郎。"她低声说，"我可以进去吗？"

李靖赶紧披上布袍，请她进来。她神秘的拜访和她的乔装，大使李靖吃惊。她——看来只有十八九岁的样子——把斗篷和帽子脱下，放在一旁，露出身上的绣花短褂和下身云彩图案的红裙，以及一个柔软轻盈的身体。于是李靖全神凝视这个美丽的梦中人。

"求先生务必原谅。"她玉面低垂，向李靖屈膝为礼，解释说，"今天早晨先生谒见杨将军的时候，我看见了你。后来在你的名片上，又发现了你的住址，所以特来拜访。"

"嗯，原来如此！"

他紧好袍子外面的长带，向窗外窥探了一下。她的眼睛不住地随着他。

"李先生，我是私奔来的。"

"私奔，他们不会追踪你吗？"

"不要担心。"女郎说，并甜蜜妩媚地笑了笑。

"我有一个年轻的女朋友，老早就想谋求我的位置。所以我这次就决定让给她，另外，那尸居的杨将军，也决不会想念我的。府里的情形就跟现在的国家一样，谁也不忠于主子。事实上可以说，谁都恨他，只想尽量找他些便宜而已。"

李靖请她坐在最好的椅子上。那女郎的眼睛仍然不住地瞧着他："李先生，我看过了你的文章。"

"你看过了？你的意见如何？"

"我觉得真是以珠弹雀。"

李靖觉得她的话很有趣："他没有看吗？"

"没有。"

从她的一双眸子里，李靖看出她那特殊的智慧，于是就向她微微地笑道："所以你就想逃跑，是不是？"

"得让我解释一下，"她说，于是慢慢地坐在椅子上，"谁都知道国家将亡，天下将乱，只有那个行尸走肉还迷迷糊糊活着。我们每一个人都知道，所以早都在各自打主意了。"她停了停又说，"已经逃跑了不少。今天早晨我一见你，就很愿意跟你认识。"

李靖仔细打量这个女郎，觉得她的美貌，远不如她的逃走计划和她的智慧、远见更为动人。他也知道，一旦战事波及京都，杨素逃走或是被擒之后，像她这样一个女子会有什么遭遇。那就是如不被乱兵所执，遭遇污辱，就会被卖为奴婢的。

　　她的身材颀长苗条，两眼稍偏左右，因此脸比常人的微微长些；颧骨略高，但配上微长的脸蛋儿，显得更为动人。

　　"李先生，你说，我们女人能干什么呢？"她带着点儿哀伤说。

　　"可是我还没请教小姐贵姓呢。"李靖说。

　　"姓张。"

　　"名字呢？"

　　她沉思了一下，有点儿不好意思地说道："你就叫我红拂吧。"说罢目不转睛，一直看着李靖。

　　"我见过千百个拜谒杨素将军的人，但没有一个像你的。"她显然是有意一逃不返，而且要择他而嫁。因此李靖就告诉她，绝不是不愿意娶她。

　　"将来可要受苦哇。"他说，"你想，跟着武人过日子，东一个月，西一个月，行军打仗，哪有舒服日子呢？"

　　"这个我一读你的方策就知道了。"

　　"你今天早晨才看见我，就觉得我是你的终身伴侣吗？"

　　"将军失礼，你能使他道歉，从来没有人有这样的胆量。因此我就对自己说，终于找到这样的人了。现在你若肯答应，我就回去料理一下。"

　　李靖自然毫不犹豫地答应了。而一点过后，她果然又悄悄地返回，使李靖不能自信，感到又快乐又发愁，因为自己正客居异地，手上又不充裕。过几分钟他就向窗外窥探一下，看会不会有人追来。

　　奇怪的是，红拂倒很镇定。她的大眼不停地盯着他，流露出无限柔情。

　　"你没有亲戚吗？"李靖说。

"没有。若有，我也不会到将军府里了。不过我现在很快乐。"她脱口而出，把她那双眸子里这半天蕴藏的兴奋之情，一语道尽了。

"我没有职业，你知道。"

"不过你雄心万丈，早晚必成大业。"

"你怎样看出来的？"

"由方策可见。"

"哦，不错。只凭那篇方策呀。"他苦笑了一下，这并不是他轻视自己的文章。他是博学之士，天资过人，他的战略陈述得清晰有力，明快异常。"说正经的，你不会是爱上了那篇文章吧？"

"是的，我爱上了那篇文章——不过，更应当说，我爱上了写那篇文章的人。只是将军却与他失之交臂，说来可惜。"

后来，她终于告诉李靖，使她那么倾心的，实在是他那英俊的仪表：头颅方正，颈项结实，肩膊宽阔英挺，眼睛秀气清亮，全身看来，无一分不威武，无一处不雄壮。

几天以后，李靖听闻，杨素的卫士正在四处搜寻她。虽然搜寻只是敷衍了事，但李靖仍不得不让她女扮男装，乘马逃走。

"我们到哪儿去呢？"她问。

"到太原去看个朋友。"

在那种兵荒马乱的年月，旅行原是很危险的事。不过有武艺自卫，李靖倒也毫无畏惧。只要不遭人暗算，他对付十几个人，毫无问题。他是那些豪侠勇敢胸怀大志的武士之流，眼看隋朝行将崩溃，于是结交朋友，研讨政局，观察地势，一俟时机到来，便可举兵起事。那时，像他这样的人很多，他们大都乔装旅行，秘密行动，寻求天下忠心耿耿勇敢可靠之士，结为知己。

"你相信命运吗？"李靖一面骑马向前走，一面问她说。

"你是什么意思呢？"

"我说是相信天命。我知道有个青年人，是太原留守李渊之子。我的朋友刘文静和他相交很深，正跟他秘密计划，要瞒着他父亲举兵起义呢。刘文静很信任他，相信他是真龙天子。"

"真龙天子！"红拂倒吸了一口气。

"是，一点儿也不错。"李靖的眼睛显得很严肃，接着说，"他大概总有一天会身登宝座的。他生得气宇不凡。你相信相法吗？"

红拂说："当然相信。要不然我怎么能选上了你呢？他究竟生得怎么个特别样子呢？"

"我没法儿说。当然他生得英俊魁梧，迥然异乎常人，却无法形容。他一进屋子，你立刻会觉察到他的威仪，不知道是怎样从他身上发射出来的，就好像发自天生的帝王似的。我真愿你能见他一下。到时你自然知道我的话是什么意思了。"

"他叫什么名字？"

"李世民。人们又叫他二郎，因为他是留守的第二个儿子。"

李世民，当然，这个大唐开国的人，是近千年来最受人民爱戴的君主，英勇、智慧、仁德，俱备于一身。他在位的那几十年，是历史上的太平盛世。这种人的特点之美，能在相法上显示出来，自属当然。他自然是非常之人，才能成此非常之功，他的脸上一定有非常的威仪。

在灵石的一家小店里，李靖和红拂住下来。床榻已经铺好，屋角摆着个小泥火炉，火烧得正旺，锅里炖的东西正在滚沸。红拂这时已经脱掉男装，正梳理她那秀美的长发。长发下端垂在床上，李靖则在屋子外头刷马。

这时候，一个生了一脸红色虬状髯须、中等身材的男人，骑着一头瘦驴进了小店。他毫无礼貌，也不管有无女人在前，就把一只皮口袋扔在地下，权作枕头，两腿一伸就躺在地下了。但目光炯炯，一直看着红拂，他的无礼立刻把李靖惹恼了。可是他仍旧不动声色地刷马，只是一边用眼睛扫着那个陌生汉子。

红拂也偷瞥了那个人几眼，见他生得脸色如棕铜，身穿皮衣裤，一把刀斜挂在腰间，有一副神圣威严不可侵犯的模样。于是她就侧转身子，用左手握着头发，右手向李靖示意，叫他不要生气，也不要理他。

她一梳完头发就走到那个陌生人面前，客气地向他请教。那个人慢慢抬起头来，说自己姓张，行三。

"我也姓张，"她温柔地说，"那么我们是一家呢。"

那个陌生人问："你行几？"

"我年最长。"红拂回答。

"那么我该叫你大妹妹了。今天遇见一个你这样的同宗妹妹，可喜可贺。"

正说着，李靖走进了屋子。

"李靖，来见三哥。"红拂道。

那个陌生人态度很友好，语声清脆，很像是个老江湖，举止十分得体。他用眼睛扫了李靖和红拂一下，对他俩的情形，仿佛立刻得了结论。李靖观察了一下那个陌生人的态度、打扮，也已经了解他是个江湖豪杰，跟自己是同属一流的人物。他曾经盼望能遇到这样的人：豁达洒脱、言谈痛快、礼貌简捷，鄙视那些拘谨温顺、惯于过平凡安稳日子的人。希望遇到这些人，一俟时机到来，便能携手，挺身起事，铜肩铁臂，赤胆忠心，与朋友共甘苦，向仇人拼死活。

"锅里煮的什么？"虬髯客问。

"羊肉。"红拂答道。

"我饿啦。"

于是，李靖就走出去买回来几个烧饼，三人共进午餐。虬髯客抽出尖刀切肉，将脆骨切碎喂了驴，毫不拘束。

"你们这一对真有趣啊，"他向红拂说，"穷极浪漫，是不是？你怎么挑选的他呢？你的一切我全能说得出来。你们不是正式结婚，你是从什么地方私奔的？我说得对不对？不对吗？大妹妹，不用害怕。"虬髯客的语气带着亲热。

李靖毫不眨眼，可是心里纳闷为什么他会知道。是从脸上看出来的吗？也许是红拂的长指甲泄露了秘密，显得她过去是在富贵人家过活的。

"恐怕你是说对了。"李靖说罢大笑，眼光和虬髯客的碰在一起，他有意窥测这个陌生人的企图，于是又笑着说，"她挑选了我，正跟你说的一样。不过不要看不起女人，她也知道天下洪水将至了。"

"洪水将至？"他的眼睛光芒四射。

"当然是个譬喻。"

虬髯客的眼睛向红拂一扫，不禁射出了敬佩的光芒。

"你们从哪儿来？"

"京里。"李靖泰然自若，眼睛盯着他。

"有酒没有？"

"隔壁有酒铺。"

虬髯客起身出去。

"你为什么告诉他呢？"红拂不解李靖的用意。

"不用担心，江湖好汉比为官做吏的更讲义气。一见他我就觉得和他意气相投。"

"我讨厌你不在的时候他那副切肉的样子，也不问我一声就把剩下的丢掉，仿佛是他的东西一样。"

"这正是他的好处。如果他很谦恭，假热情，我倒着急了。这种人哪会在乎一两口肉呢？他分明很喜欢你的。"

"我也看得出来。"

虬髯客买了酒倒来，脸色通红，说起话来鬓角上的紫筋暴露，声音嘶哑而低沉，但语句迂徐清楚，丝毫不草率。他对当时揭旗举事的群雄，没有什么推崇的，那是因为他觉得没有一个像样子的。李靖一边听一边想，他一定也在图谋大举呢。

"你觉得杨素怎样？"李靖要试探一下他的见识。

虬髯客把刀当啷一声刺入了桌子，哈哈大笑起来。锋利的刀刃刺入桌面，一边震颤一边响，银光闪烁，老半天才慢慢停下来。

"提他干吗！"

"我是要听听你的意见。"李靖随即把他谒见杨素的经过，以及红拂私奔的事，全盘告诉了他。

"你们现在打算上哪儿去呢？"

"往太原，在那儿暂时躲避一下。"

"你觉得可以吗？你曾否听说太原有个奇人？"

李靖于是说他知道有个李世民，是无人不知的真龙天子。

"你觉得他怎么样？"

"的确不凡。"

虬髯客的脸色立刻显得严肃起来。过了一会儿又问道："我可以见他一下吗？"

"我有个朋友刘文静跟他很要好，我可以让他介绍。你为什么要见他？"

"我相面相得很不错。"

李靖没有想到自己答应了的这件事，竟是决定人家命运的一次会见。

他们于是决定在到达太原的第二天黎明，在汾阳桥相见。虬髯客争着付了店钱，并且说这是为大妹妹付的。然后跨上他的瘦驴，转眼便不见了。

"我相信他要见真龙天子，一定有什么特别重要的道理。"回店的时候李靖跟红拂说。

"他真是个奇人。"

在约定的时间，李靖和虬髯客见了面，两个黑影儿在雾气迷蒙的早晨，在汾阳桥的桥头随便吃了些早点，李靖便挽着他走往刘家。路上，两人一语不发，肚子里各有一种比友谊还深挚的东西——一个共同的目标。李靖身材高些，显得强壮魁梧。虬髯客则行动轻快矫捷，像一个干练的老剑侠，两腿似有无穷的气力，行数百里，仿佛不算一回事。

"你相信相面吗？"李靖心里想着真龙天子。

"一个人的骨相气色，是他个性的表现。眼睛、嘴唇、鼻子、下巴、耳朵、脸上的神情和气色，以及气色的深浅和浓淡——样样都能表现这个人的遭遇和成就，就如一本书一样清楚准确，只要你会读。一个人是强、是弱，狡猾、诚实，或是果断、残忍，或是机敏、诡诈，全可以一目了然。这种学问最深奥。这是因为人的个性，是世界上最复杂的东西，各式各样综合相杂的都有。"

"那么说，一个人的命运，一降生就决定了？"

"差不多。他之不能逃脱命运，就跟不能逃脱他的个性一样。没有两个脸形相同的。一个人心里怎样想，脸上就会怎样表现出来，毫厘不爽。一个人活着，就会有事情碰上他，但是外来的决不如自招的多。"

快到刘家的时候，李靖发现虬髯客紧张得呼吸有点儿急促。

　　到了刘家门口，李靖先进去说："我有个朋友，他想见一下李二郎。他是个名相家。现在就在门口。"

　　刘文静说："赶紧请进。"李靖连忙出去欢迎虬髯客进去。这时刘文静已经和李世民计划起事了。所以一听见有人善观气色，预知命运，就很高兴会晤。虬髯客进去后，刘文静先请他俩稍候，一面吩咐准备午饭，一面差人去请李世民来。

　　不一会儿，虬髯客看见一个青年人走进屋里来，敞着皮袄，挺颈仰头，身材高大，面带愉快之色，热诚而精壮，单说英俊似乎并不适当。他一进来，就仿佛光芒四射，他目不转睛，屋里的一切早已一目了然。他的鼻子笔直，鼻梁隆起，鼻端尖锐，鼻下红髯硬挺，向上翻卷，仿佛力能悬弓。李靖看见虬髯客目似鹰隼，不停地向这高大的人物打量。

　　"如果我那位道士朋友能在这儿看一下就好啦。"午饭后，虬髯客对李靖说。

　　这也许令人不相信，可是事实上，他们离去之时，虬髯客脸上的神气大有异样，就像谁给了他一下致命的打击一样，使他垂头丧气，忐忑不安。

　　"你觉得李世民怎么样？"李靖问他说。但一连问了两次，都得不到他的回答。

　　可是，慢慢地，虬髯客喃喃地说话了，但那神态就像是自言自语。"我已经看出十之八九，他的确是个真龙天子，不过还得请我那位道士朋友看一下。你暂时住在哪儿呢？"

　　李靖告诉他准备住在一家小店里。

　　"那么跟我来。"

　　虬髯客于是带他到一家绸缎店门口。过了一会儿，他进而复出，递给李靖一个纸包，里头有些散碎银子，有三四十两。他说：

"拿这个去给大妹妹找个好房子住吧。"

李靖不觉大惊。

"不必介意，拿去吧。"

"是你在这店子里抢来的吗？"李靖说。

虬髯客听了，不觉大笑起来："店主人是我的一个朋友。你够不够呢？我已向他留下话，你随时来拿吧，我知道你现在的景况不好，我不愿让大妹妹受委屈。我想你不会在这儿住得太久的。到洛阳去跟我一块儿住吧。一个月后我在那儿等你。"他抬起头来，屈指计算了一下。"二月初三，我可以回去，你到东门里一个马棚东边的一家小酒店，要是看见我这头驴和一匹骡子拴在外面，那就说明我和那位朋友在楼上，你就一直上楼。"

回到了小店，虬髯客还不预备告辞，随着李靖一同进去。他待红拂就像待自己的亲妹妹，待李靖就像待自己的弟兄一样。那天晚上，他叫了一桌丰盛的宴席请李靖夫妇同饮，全没有要走的模样。如此，三个人一直谈到深夜。

"大妹妹，不要客气，你先睡吧。"他还是逗留不走，而且毫无倦容。红拂上了床，困得已睁不开眼，但虬髯客还不走。到了黎明前，李靖已经困得在打瞌睡了，可是他一个人还在那里滔滔不绝地说话呢。

早晨，虬髯客把李靖唤醒。

"我先到五台山去，二月初三回洛阳。你千万不要忘记，到时带大妹妹去。"

李靖夫妇按期到了洛阳，找到了他所说的那个酒馆。一看果然有两头牲口拴在外面，便走上楼去。

"我知道你们一定会来的。"虬髯客说着起身欢迎，把他俩介绍给一个道士——那个道士精研法术、天文、相法与决定祸福的那伟大而不可见的力量的学问。他为人很温和，说话很少，即使打量李靖夫妇，他俩也并不怎么觉察。他虽然沉静，却很热情。

"你是一个重武轻文的人？"他突然向李靖说道。

"不错，这种时代需要武力，不需要书本。"

道士一言中的，李靖颇为惊讶。李靖是个博览群书的人，他说他在十六七岁的时候，对究竟从文从武，曾经大费踌躇。

虬髯客跟着便领他俩到一间屋子里。"你们可以住在这里，保证安全无事，不必担心。这个铺子是我的。楼上有钱，你们随意花用，可以给妹妹买些讲究的东西。"

于是李靖就住在这家酒馆的楼上。虬髯客常常来看他们，往往对坐长谈，谈论行军用兵之道，使李靖获益不浅，这也就是李靖后来带兵打仗所应用的方法，而且用得精妙非常。所论并非逞血气之勇，而在知敌寻其要害，一击致命。如击蛇必击其头，不再与敌纠缠，当围攻困之。如此讨论研究，往往过半夜。但那个道士则忙于观察太原方面的天象，寻求星斗之会合，云气的变化。这个，虬髯客和李靖都不了解。

几十天之后，道士说要去看李世民。

"请把我的朋友介绍给李世民吧，"虬髯客说，"我愿他告诉我李世民究竟是不是真龙天子。他一言决疑之后，种种事情也就可以决定了。"

"如果他是真龙天子，你怎么办呢？跟他打呢？还是跟他联合？"

虬髯客道："我不与命运争。"李靖追问道："那么跟他联合？"

"呆子！"虬髯客打断他的讨论，大笑起来。他引用一个谚语说："宁为鸡口，不为牛后。"

于是他们一同向太原出发。到后，他们把道士以一个能预言将来的大星相家的身份，引荐给刘文静。刘文静这时正在跟朋友下棋，于是请道士坐下跟他的朋友对棋。他自己起身写了一封信，派人去请李世民来看下棋，虬髯客跟李靖也站在一旁观战。

不一会儿，李世民来了，静静坐在棋盘旁，一言不发，这原是观棋的规矩。虬髯客暗中用手触触李靖。虽然当时正是背刀佩剑的武士的时代，但是真龙天子，毕竟与众不同。道士虽然分明全神贯注在棋盘上，实际却在观察真龙天子的一呼一吸，对他辐射的帝王之气，加以考验、估计。李世民岸然端坐，两肩垂直，两手摆在叉开的两膝之上，两目注视着棋盘，黑眉毛偶尔动弹一下，两眼内就有一种光芒射出，仿佛能看透一切，了然一切似的。五分钟后，道士推开棋盘，向刘文静说：

"这盘棋全输了，输定了，已经无法补救。你这卒子用得妙，太妙了，我不下了。"

不过实际上，这局棋并非像道士说的那样不可救药，但是他显然已经决定不再白费气力。他从座位上立起来，叹息了一下。

三个客人向主人道谢后辞出。

到了外面，道士对虬髯客说："你输定了，命运之人，正在里面。不必枉费气力。不过，你还可以去征服别的地方。"

李靖头一次看见虬髯客的背塌下来，两肩松软下来。虬髯客遭到了一种内心的变化。

"大势既然改变，我的计划恐怕也要改变了。你们在洛阳等我吧。半个月后我就回来。"虬髯客说完，便一个人走了。

李靖不愿多问，跟道士回到洛阳。

虬髯客回去之后，就对红拂说："我愿意你去看看我的内人，大妹妹，我有些重要的东西要交给你和李靖。"

李靖始终还不知道虬髯客的住所，所以对他的行动总是感到惊异。他被带到一所房子的进口时，只见那是一个矮小的格子门。

可是进了第一层院子，便看见一座大厅，布置得很富丽堂皇，数十个仆婢，环立左右。他俩被引入东门，进入地是客人的盥洗室。里面的梳妆台、古镜、铜盆、水晶灯、衣柜、围屏，无不精绝。其中若干件，更是无价之宝。

过了一会儿，虬髯客和他的夫人一同走了出来，他把夫人介绍给李靖夫妇。她是一个二十几岁的妇人，妍丽异常。她和丈夫殷勤招待，热情万分。

进膳时，乐女开始奏乐，歌曲十分奇妙悦耳，为李靖前所未闻。宴会将毕，仆人进入，抬着十个硬木盘子，上面盖着黄绸子，全摆在东墙脚下的一排矮凳子上。一切放妥之后，虬髯客便向李靖说："有点儿东西给你看看。"

他把绸子掀起来，李靖一看，原来盘子里全是文件、契约、记录册子和几把大钥匙。

虬髯客说："连这些钻石珠宝在内，这里大概值十万两，全送给你，尚请万勿推却。我原来立好一个计划，才筹了这笔钱，一俟时机到来，组织军队，购买武器，打算成就大业。但现在不用这些东西了。太原李二郎，我深信，必是真龙天子。你把这些东西拿去，辅佐他成就他命中注定的丰功伟业吧。你应当辅佐他。不要忘记我传授给你的兵法。五年或十年之后，李世民就会征服整个中国。你要忠心保他，必可同享富贵。我自己因另有所图，十二年之后，你如果听说在中国边疆以外，有人征服异域，建国称王，那就是你的老朋友。那时候，你要和大妹妹向东南，为我快饮一杯。"

接着，他转向男女仆婢和所有的家人说道："从今以后，李先生就是你们的主人了。我所有的东西都归他，我的妹妹就是你们的女主人。"

　　虬髯客正式嘱咐之后，进去换了旅行服装，就同他的太太骑马而去，只有一个男仆跟随。以后就没有再见。

　　此后几年，李靖忙着东征西战，为大唐统一了全国。李世民称帝后，天下太平，李靖深受倚重，身为三军统帅。

　　一天，他阅读军中公文，有人在中国以南，带兵四五万人，自海中登陆扶余国，征服全国称帝了。虬髯客宁愿在国内默默无闻，而远至异域，称王一方，也不肯屈居人下，令人几乎不能置信。他曾经立定志愿，要在一方称王，如今果然如愿以偿了。

　　那天晚上，李靖回到家里，就把这件事告诉了红拂。

　　"不错，他是个了不起的豪杰。"

　　李靖夫妇不忘老友临别的话。晚饭时，点上两支红蜡烛，来到院子里，两人朝东南站着，向老朋友遥遥举杯，敬致庆贺之忱。

　　"你不能给他尽点儿力——比方说，向皇上说明，求皇上颁赐封号给他吗？"红拂说。

　　"不要多此一举。皇上的封赐会使他不痛快的。不管在什么地方，他总是要至高无上的。"随后叹道，"真是英雄好汉！"

白猿传

本篇出自《太平广记》，作者不详。原题名《补江总白猿传》。江总（五一九—五九四）将白猿之子隐藏，救得其性命。据称大唐书法家欧阳询（五五七—六四一）貌丑如猿，本文之作，盖以讽询也。或传询即白猿之子。据此，本篇当写于七世纪之初。

重编本篇之时，余将欧阳将军失妻于白猿作为本文之主题。所增番人风俗材料得自唐宋三本志书：一为唐段公陆之《背葫芦》，一为宋范成大之《桂海虞衡志》及朱辅之《溪蛮丛笑》。

《清平山堂话本》中，亦有一中国将军在广东山中失妻故事，名为《陈巡检梅岭失妻记》。

当然谁都听说过，欧阳将军怎样在战场上被擒斩首，怎样在五六九年降贼时全家灭门。不过，人们的看法并不一致。有人说他罪有应得，因为他历代受朝廷的恩宠重用，可惋惜的只是他父子一代名将，功勋彪炳，后来竟落得身败名裂，横遭奇祸。别的人，像江总就很同情他，相信他是被陷从贼，乃不得已，因为当时皇帝对他在南方的兵权，颇存疑虑。其实这些，全非切题之论。他在三十几岁的时候，遭遇了一件事情，这件事情大大改变了他的脾气，他的情绪颇受打击。这位春秋鼎盛的镇南将军一变而成了一个阴险、暴躁的苦命人。他的朋友江总救了他的儿子，暗中把他抚养成人，江总在他的小说《白猿传》里说到这位将军，但据将军的随员广东雷某——他是将军的一个老幕僚——说，江总所记，只是故事的片段。欧阳将军是羞愤而死的。本篇是雷某所说，他曾亲眼看见过。雷某如今已经是六十岁的老翁了。

下面就是雷某所述的故事：

自从欧阳将军的父亲去世后，将军就继承了他父亲的爵位，我就在他的手下。因为是他父亲的老部下，我深得他信任。将军有一位年轻的妻子，容貌美丽，出自名门。一天，她突然被抢走了。我们都知道，大家也以为一定是那个白猿又来了。早饭的时候，将军一个人闷坐，我真怕看他的脸色。

我们那时正驻扎在长乐。曾经有人警告过欧阳将军，远征南方土人的区域，不要带着年轻貌美的夫人；因为女人一经失去，便杳无踪影。将军的住所四围，无论昼夜，都是遍布岗哨，为了特别戒备，有些使女睡在夫人的屋里，男仆睡在前房。在那夜两三点的当儿，一个使女醒来，听到一声吵嚷，将军夫人就不见了。谁也不知道白猿是怎么进去的，因为门都是锁着的。使女的尖声喊叫把我吵醒。她一溜烟跑了出去，衣裳还没扣，就大声喊说："夫人不见啦！"

我们立刻就追了出去。我们住的房子是在人所熟知的一条山路上的军营里，在一个百尺高的悬崖边上，下临深涧，对面峭壁突起，苔藓蒙覆，正对着我们的房门，约有五十尺远。那天清晨，浓雾弥漫，二十尺外，景物不辨。沿着浓雾封闭的峭壁追寻那个绑匪，真是危险至极。一失足，错转一个弯儿，就会直坠深谷，立即丧命。徒然追寻了半点钟，只好作罢。

将军和我们回来之后，简直急疯了，向使女仔细盘问。他两手攥着使女的两肩，摇晃着她说："你看见什么啦？"

使女哭着说："我什么都没看见。我听到一声吵嚷，醒来时，夫人已经不见了。"

这是我第一次见将军发脾气。他用巴掌打使女的头。我们从没有看见过他那么疯狂。他一向为人正直。我们这些老参谋见过他领导远征，大家都很钦佩他。

"你们有人见过白猿吗？"他问。

我们谁也没有见过。但是我告诉他，在百里以外，一些相距很远的城市里，很多人都见过他。有的樵夫曾看见他在远处，一个白色身形攀登藤蔓丛生的峭壁，消失在白云遮盖的山峰之间。

"你想，他是不是个土人呢？他是不是来报复的呢？"将军这样问是因为在最近几次战役里，将军把一些不同种族的番人羁困在叫作"山洞"的地方。

"我不知道。城里的人说，他常常到城里规规矩矩地做生意。带着一头鹿，几张狸子皮，或是公野猪的牙，有时候也拿一两块麝香，换菜刀、肉刀、木匠用的家具和盐。中国话说得很流利，买卖很公道，但是绝不容谁欺骗他。谁要是欺骗了他，在第二天或是十天以内，就会有人发现那个人背上中箭而死。"

"他怎么个长相呢？"

生在本地的王参谋说，他不像苗人，也不像瑶人，因为他皮肤黑，身材小，年纪轻轻的，脸上也有皱纹。见过白猿的人都说他有五尺十寸高，粗圆的肩膀，两臂坚强有力，显然是没有脖子，最惊人的特点是眉毛雪白，睫毛、满长在胸膛、胳膊和腿上的毛也是白的。跑的时候，脚底总是着地，这么一来，跑的步态，很像猿猴摇摇摆摆的样子。究竟这是不是由于爬走岩石的山路养成的习惯，不得而知。不过他的步态，他的叉开很远的大脚指头和他那显得瘦一点儿的腿——腿上还生着柔软、有光泽的白毛，总使人觉得他长得很古怪，怪可怕的。

"他只要姑娘和年轻的妇人。"王参谋又说。

欧阳将军坐着，下巴低垂在胸前，一呼一吸都听得出来。"有人曾经找到过他抢去的女人吗？找到过他抢去的女人的尸体吗？"

"没有。这就是不可思议的事了。"王参谋说，"假如他强奸了那些女人，并且任由她们死活，总会有人寻路回来，不然她们的尸体也会被找到的。"

"他也抢孩子吗？"

"不，母亲们光是喊白猿吓唬孩子们。我们听说抢去的女人大都是十八岁到二十二岁的。"王参谋迟疑了一下，接着又说，"并且，将军，他也很少抢有孩子的太太们。这个我没法子解释，但是在这一带，大家都相信，有了孩子的女人他决不抢，有的女人说是白猿喜欢孩子。"

欧阳将军觉得很可耻，但又一筹莫展。我们也弄不清楚白猿究竟是为了报复呢，还是和这位将军开玩笑。除去失去了爱妻，他还觉得这件事对自己的体面和军队的名誉也关系非小。

他真是遇到了无比的强敌，怎么才能追捕这个独行的绑匪呢？照一般人说来，这个非同寻常的绑匪有超人的精力、狡诈、忍耐力，对付他和运筹一次战役是不相同的。士兵们被派到一二十里以外去，高至巉岩，低至深涧，找寻夫人的踪迹，寻找线索，希望能把夫人找回来。

　　大概过了半个月，一个人回来说找到了一双女人穿的红绣花鞋，是在离我们驻处三十里以外的一棵树的枝子上找到的。欧阳夫人决不会在路上走，白猿一定是背着她走的。鞋被送呈给将军看。鞋已经被雨水湿透，又软又瘪，已经褪了颜色。将军和使女都认得这双鞋。大家断定她一定还活着，还被囚禁，可是到哪儿去找这个白猿呢？

　　我们为欧阳将军伤心，他整个下午孤独地坐着。一个副官说，他坐下要吃晚饭了，又把饭推开。那一天，谁也不敢跟他说什么。

　　第二天清早，将军找我，那时他还没吃晚饭。他说："雷参谋，我们今天去寻找夫人。我已经决定，战事暂时停止推进。挑选二十几个人一块儿去。必需的食粮都带好。说不定要露营一个月，谁敢说一定呢？当然王参谋得一块儿去。"

　　我遵命办理。挑选了二十四个年轻的小伙子，有几个是本地的神箭手，精通刀剑武艺。我们不用带很多食粮，因为路上果子很多，山上的苦橘子都长熟了。我们知道怎样挖野芋头在露天火堆里烤。武器食粮都带妥当了，我们没有什么可怕的。将军本人剑法超群，百尺之外，能剑穿橘心。

　　其实，高地之行倒是件乐事。一路山水奇绝。我们经过山、原始森林、瀑布、树木丛生的地方，满是巨藤、虎尾枞、百尺高的湘妃竹，还有些珍禽异兽可猎取。一路并不怕什么人，也不怕野兽，遇到的土人都认识我们。事实上那些土人都是世界上最慷慨好客的，只要让他们和中国人和平相处就行了。当然，假如真是一件报仇的事，背后一刀把人杀死，他们认为也算不了什么。他们以打猎种田为主，只要对他们公公道道，他们绝不与人争吵。但是要想从他们嘴里打听一点儿白猿的事情，是绝不可能的。他们异口同声地说："不知道。"因此将军疑心白猿不但跟他们处得很好，一定还是他们心目中的英雄呢。

我们一直向西南走，再往前就是欧阳将军从没到过的地方了。前面地势豁然开朗，宽阔的河底，早已经干涸。茂密的森林，到此全然消失。干枯的石山，迤逦蜿蜒，横亘在前面，只有灌莽斑斑，点缀其间而已。圆滑的巨石，足证当年这里是肥沃的溪谷，曾有急水洪流，自山而下。后来，仿佛是造物主念头一转，把河道改到别处去了。西方地平线上，危岩耸峙，矗立如柱，触目惊心，真是人所稀见。说是危岩如柱，并没有错，因为这些石灰石的山丘，受风雨潮湿侵蚀了几千万年，现在已经成了垂直的柱子，或是直立的塔一样，面目狰狞，如同锯齿，高耸在天际。这时举目四望，不见人烟。太阳西沉在这些危岩巨柱之后，明暗相间的影子，瘦长古怪，横卧在宽阔寥落的山谷之中。在这样荒漠的地方找水喝，真是难似登天。现在我们已经从驻扎的地方走出了一百多里地。这一带沙漠似乎正是我们的止步之处，寻觅白猿之行恐怕是枉然无功了。

欧阳将军却迷恋这奇异的地形，不愿折回。横过河床，地势渐渐隆起，三四里以后，草木出现，并且越发茂密，稍偏西南，锯齿形的山陵渐渐消失，而继之以雄山峻岭，险不可越。在绚烂的日光之中，峻峰危岩，金光闪耀，仿佛山巅城市，神秘不可臆测。这时，一群白鹭，在高空之中，朝山陵飞去，那里一定是它们栖止的地方。

将军也有意沿着枯干的河床走向源头。他的心里，仍然有个指望，所以还命令我们向山里行进。白昼很长，如果我们一直脚步不停，日头西沉下去不久，我们会找到一个扎营的地方的。在人迹不至的河岸上，全是被水流磨得圆滑的石头子儿。我们在上面行进了一个多钟头以后，到了绿草茸茸的山麓。

"看!"小罗喊说。小罗是个二十岁的小伙子，聪明伶俐，是将军的一个随员。

我们看见一堆烟熏火燎的石头，四旁都是灰烬。一定有人在这里支帐篷做过饭。有些干橘子皮和香蕉皮乱扔在地上。经过整整两天，我们始终没碰见一个人影儿，一堆营火灰烬可让我们重新感觉到还没有离开人类世界。小罗四处走，检查地上。忽然又喊道："看哪!"我们全跑了过去。小罗指给我们一条黑带子，女人缚头发用的。

小罗说："这一定是夫人的。"

我们当然愿意相信他的话，可是无法确定这条带子就一定是欧阳夫人的。欧阳将军也不能说究竟是不是，只是凝视着带子叹气。每当人的追求徒劳无功而前途又暗淡无望的时候，人总是不顾实际，而任意想象。当时的气氛的确很紧张，我们都盼望找到白猿，较量一番。当然我们也知道，强敌当前，非同小可；但是鏖战一场，总比无聊的长途跋涉痛快得多。

在星光之下，我们扎营过夜；炎热的六月天，在太阳灼热的河道上行进。我们老于行伍的人也觉得够累的，当天晚上，大家都睡得很甜。

第二天早晨，我们又赶紧前进，一直攀登山路。两个钟头以内，我们又赶了三千尺。只有一条小溪流在深谷底下流动滴沥，最后又消失在地下，巨大的白石卵，由下向上反射出强烈的热火，一股热气，直冒上来。树木丛生的山坡上，野鸡很多，常可以看见鲜丽的羽毛出没在枝丫之间。像拳头粗的藤萝处处蜿蜒，正好供人攀缘。空气已经渐渐稀薄，我们又在高地之上了。

到了山巅，我们看到一片惊人的景象。在一片山岭后面，有一道用巨大的圆石和斧子斫成的石块建成的水坝。那究竟是什么年月，用什么方法，由什么人建成的？简直令人无法想象，因为石头那么巨大，如果没有适当的工具，只有超人的巨灵之手才能搬得动。这水坝，显然是山里边的人兴建来转变水道的，因为这里有一道很深的激流向左方流去，直泻入下面的池塘。一个角上立着一块石碑，下一半已经埋入土中，上面刻着蛮人的怪字。在我们手下当兵的一个蛮人告诉我们说，那字的意思是"苍天保佑之地"。且不管这个荒弃破败的石碑吧，我们又远离人境了。

我们侦察了一下，才看出来这条泻入下面山涧的激流，正横在我们站的地方和对面无法越过的沟堑之间。环山若干里，总不见桥梁，不论石桥木桥，一概无有。对面全是峭壁矗立，纵然有桥，也无用处。仿佛山地人修建水坝，主要为了军事防御，目的并不在于怎样种田，而是要把这一带建成一座坚不可破的堡垒。

可是在北面，总应当有一个进口才对。我们向右转弯，逆流而上。走了不远，荆榛过于浓密，我们竟会迷失了道路，走出了灌莽之后，看到一道五百尺高的花岗岩墙垣，拔地而起，壮如山城的堡垒，形势天成。巨岩之间一条缝隙里，有石头台阶，段段可见，那段石阶最后消失在巨石的阴影之中。毫无疑问，我们已经寻到进口了。可是前进势必万分危险，我们面面相觑，立了一会儿。

将军说："这个，看来很古怪，背后是什么，真不敢说。要打算进入这个天然的城池，恐怕不是专靠膂力可成的。如果只用枪刀交战，不论跟谁比，我们也毫不逊色，可是现在就要在一个陌生的地方，连出路都不知道的地方作战了。这里的人一定不欢迎外人闯进去，这当然毫无疑问。不过，我还是要探查一番。如果白猿真在里头，当然要有一场恶战；如果不在里头，土人一定会很和善。你们意下如何？"

我们都赞成探查一下这条进路。

走到石头台阶的顶头，我们才发现那是个陷人牢——一块宽约三十尺的平坦的地方，会正面承受上面下来的枪箭，唯一可掩蔽之处，只是一块大石头下的数尺之地而已。在大石头之间，一条小径蜿蜒约十步之远，然后通到一个用硬木做的沉重的门，门从里面安装得很牢固。每次只有一个人能通过这个门道。再没有堡垒修得这么好，设计得这么巧妙了。

我们敲了几下门，没人答应。仔细一听，远处有女人孩子说笑的声音。我们又嘭嘭拍了几下，又喊了几声。大约二十分钟以内，岩石上面露出了一个人头，问我们是什么人。王参谋用本地土话告诉他说，我们是一群猎人，找路往南去的。那个人头缩回去之后不久，里头传出一片嘈杂之声，显然里面是一惊非小。等我们仰头一看，有十三支箭已经向我们瞄准。

将军告诉他们我们绝无恶意，请他们开门。我们已经身陷绝境，无计可施。门开了以后，王参谋首先立在门前。他用眼四下一扫，有二十支箭排成两列，摆好架势，指向门道。第一排人跪着，第二排人坐着。王参谋一看，自己正是箭垛。跟前又有五六个人，各持短刀在手，分立两旁。不受人欢迎的外人，只要把头往里一伸，便会刀起头落。情况如此紧张，随机应变，才是真勇。王参谋含笑向前，几个提刀的人也一齐迎近。王参谋想开口说话时，把门的勇士把王参谋的刀从刀鞘上抽了出去。正在此时，有两个人先后自内跑出。于是刀声叮当，羽箭飞起，我们之中有三四个人应声倒地。

蓦地一声吵嚷，喊杀立停。我们抬头一看，近处岩石顶头，正是白猿，站在上面，威风凛凛。

欧阳将军迈步向前，白猿下阶相迎。

"这全是误会。"欧阳将军说，"我们现在打算到南方去，如蒙假道通过，不胜感激。"将军自行介绍了一下。

"我真是荣幸之至。"白猿回答说。别的酋长，不论是谁，由于欧阳将军的威望，都会特加崇敬。可是白猿却以一个骄傲的主人身份，对待将军，如同对待路人一样。他的头发绾成圆圈儿，跟别的土人完全一样，赤着两足。虽然眉毛白得吓人，却别有泰山自若的威严。"因为你是我的客人，我得请你命令你的部下，放下刀枪弓箭。你看，我是寸铁不带的。"他说着哈哈大笑起来。

白猿又说："我们都是好朋友哇。你从来没有见过我的国家，一定高兴游历一番吧。"

欧阳将军吩咐我们放下武器。白猿一见，非常高兴。他对我们极端热诚，受伤的人也都被搀扶起来。

我看见了他这个国家，心头的感觉真是难以言喻。广阔的高原上，高峰环峙，橘树成荫，棕榈掩映，处处稻田，看来不啻仙乡宝地。空气清和宜人，与外面的炎热大不相同。山谷之中，清朗爽快，花果树叶，鲜丽非常，使人心旷神怡，逸兴遄飞，好像突然到了一个新奇的世界。处处用苏方木修盖的茅屋，上面覆盖着干枯的树叶子，地板离地面有数尺之高。女人和半裸的孩子在阳光里嬉笑玩耍。雪白和朱红的小鹦鹉，在树上飞来飞去。这么美妙的地方，真无法相信也会有罪恶。"贵国风光真好！真令人羡慕啊！"欧阳将军很客气很真诚地说。

"并且边疆险要得很，是不是？"白猿爽朗地笑着说。

白猿住的屋子是用沉重的木料盖的，粗糙的木板铺作地板。有些木板用作凳子，一块黄硬木大板子用树干支着当桌子，此外，屋里说不上有什么家具。这时已经有一大群好奇的人，叽叽呱呱地笑着，来看我们这群生客。他们之中，我们看见有中国女人。天已经晌午，他们预备的饭是米饭，菜的味道辛辣香美，好像是炖菜，里面杂有蔬菜、香料、猪肠儿。

白猿有好几个妻子，都叫"美娘"，并不像在中国社会里女人那么深居简出。将军自己并不提起失去的爱妻。不过我看得出来，在午饭席上，他和主人在谈笑的时候，是很紧张的。白猿提议在午饭后带着将军往外面看一看。

也许白猿要向客人（或是俘虏，我不知道我们究竟是客人还是俘虏）表示逃跑无望吧。这个怪东西，虽然重有二百磅，行动却敏捷轻快。身体上半沉重，两腿微微瘦些，特别适于在山林中攀缘行走，所以他对丛林生活特别适应。不知道什么缘故，这峡谷中的光线色彩，竟使他那棕红色面容上的白眉毛，显得没有想象中那么可怕了。他那嘴和两颊周围的深纹，筋腱发达的两臂，宽厚的背膀，全表现出他的矫健勇武。他得意扬扬，愉快之至，好像丝毫不会辜负什么人，简直好像他没有绑架客人的妻子一样。

酋长和将军在前面走，我、王参谋在后面跟着。将军看见一个年约三十岁的女人，带着孩子在门口坐着，他跟白猿说："我相信她是个中国人吧。"

"不错，我们这里有些中国女人。你喜欢漂亮的女人吗？"白猿若不经意地问。

那个女人默默地望着我们，我们继续往前走。"中国女人的孩子长得好看些，"白猿还接着说，"你看，什么也没有比得到漂亮的女人做妻子，更使我国的男人快乐了。我愿意让我的人民快快活活地过日子。我的国家什么东西都有——鱼、可猎的禽兽、鸡、鸭、米。我们用不着钱，我也不向人民收税。他们捞着大鱼就吃大鱼，捞着小鱼就吃小鱼。如果你愿意住到明天早晨，我愿意带你去看我们捕鱼的地方。我们就缺乏盐、女人，还缺乏刀。"

"说缺乏女人是怎么回事呢？我看见这儿的女人很多呀。"将军这样问。我们明白，将军正慎重地转移话题。

"不够啊，我们有三百多男人，女人只有两百多一点儿。你看这肥沃的高原至少能养活一千多人呢，我愿意看见这整个的国家——"他说着用手一挥，"满是人民，满是漂亮的人民、健壮的人民。我们的女人不够。"

"这是怎么回事呢？"将军惊问道。

"我们这里大概有三百女人，如果你连老的也算在内的话，可是我不这么算。因为女人只有在十八岁到四十五岁之间才能生孩子。中国女人生的孩子很多，有一个我十年前带回来的女人，她一连生了七个孩子，都长得很好。我不知是怎么回事，我们的女人只生两三个孩子。所以我特别喜欢你们中国女人。"

"你怎么弄来的呢？绑架她们吗？"将军的话锋渐渐切题了。

"不是绑架，我们只是把她们带回来。如果别人可能的话，他们也可以把我们的女人带回去。可是，让他们试试看吧。"白猿停住话头儿，笑了一下，"你们的人真可笑，我说这话你别见怪。你们男女都由父母做主缔结婚姻，我真是觉得莫名其妙。若不是我亲自把新娘弄到屋里来，我就不要她。"

"那么你觉得你们的办法是比我们的好了？"

白猿很惊奇地看着将军说："这样多么热闹有趣呀。比方你看见一个姑娘，你喜爱她，你求父母设法把她安安静静地弄到家里来，新郎什么事情都没有，多么没意思！"

将军觉得很烦，跟白猿辩论抢亲，岂不是白费唇舌？

"你是用暴力把中国的女人抢来的吗？你要知道，政府是不许可的呀。"

白猿笑起来，好像政府准不准与他毫无关系一样。

说到这里，我们已经走到丘陵的顶上了。这个高原的形势，在这里可以一览无余。对面草木的颜色与这边的不同，东西两面的河水，环绕高原奔流，而止于危岩之处，亦即西部北部石山开始之地。如果白猿真有意暗示我们他的国家地势险要，无法攻取，他是如愿以偿了。

当天晚上，白猿设宴相待。席上有珍珠鸡、野雉，最后是甲鱼。他极其尊重将军，身穿褐色的束腰紧身皮褂，外套漆红的象皮坎肩儿，细块儿皮子连缀起来，包裹两臂。整个看来，形如铠甲，确是刀箭不入。十二个人手持长枪，背墙而立。白猿的女人们，来来往往地往桌子上端菜。

我们不敢向村民打听白猿的妻子，恐怕我们的任务被人识破。不过白猿一定早已知道我们的来意了，但他对我们还是殷勤款待。全席由始至终，欧阳将军是焦急万分，白猿也仿佛显出来曾绑架将军的妻子了。

突然间，我们听见女人尖叫一声。将军听出是他的妻子，立刻站起来。原来别的女人正忙的当儿，将军夫人看到了逃跑的机会，刚一跑出来，又被别的女人拉了回去，她一看见丈夫，就扑到他怀里，哭得好可怜。将军极力安慰她，叫她先要安静，白猿只在旁观望。

"这位夫人是我的妻子。"欧阳将军说，静待不测来临。

"不，不是！这件事情不好办哪。"白猿假作吃惊说。

"酋长，我来到贵处，像个朋友；我离开贵处，也要像个朋友。你一定要让我把妻子带回去。"

"我既得之物，永不给人。你若不能凭本领把她带走，她就是我的。我不能平白退回去的，太不吉利。"

白猿的脸，突然显得狰狞可怕，手按刀鞘。

"卫士！"他喊了一声，卫士们立刻抽出了刀。

"别忘记，我是你的客人。"欧阳将军斩钉截铁地说，眼睛盯着敌人。他知道对客人优厚礼貌，是土人们一条极严格的规矩。

白猿的手又垂了下来。他走到将军跟前说："这件事情发生，我很抱歉。不过我在敝处统辖，正像将军在贵处一样，我劝你不要想把她抢回去。你是个神箭手，是不是？"

"马马虎虎吧！"将军傲然说。

"那么，明天，依照我们的规矩，正正当当地解决这件事情吧。"他说着走近将军夫人说，"没解决以前，你还是归于我。"

夫人怕得颤抖，不知道将有什么事情发生。将军跟她说："这不至于像你想的那么不得了，我总会想法子把你弄回去的。"

夫人由女人们拉了进去。后来气氛一直很紧张，谈话也很勉强。可是白猿的样子显得好像良心上没有什么不安，言谈举动仍然像个正人君子一样。我们当然知道土人抢亲的风俗。

他解释说："我把这些女人弄来是给我自己的。如果一年以后，一个女人不生孩子，我就把她送给别的男人。将军你知道我们的风俗吧？"

他还接着讲解：在他们这些种族之中，姑娘们在每年一次择偶跳舞中选择丈夫，选定之后，先同他到山里去，住在一起，过了一年，生了孩子，才回娘家看父母，这时才算已经结婚了。如果不生孩子，婚姻算不成，明年新年跳舞，再挑选男人。这样一直下去，一直到受孕，或是做了母亲为止。

将军倒吸了一口气说："若有女人不能生孩子呢？"

"如果轮流调换，很少有不生孩子的，要是真不能生育，就没有人要了。所以，从另一方面看，使人家母子分离就是犯罪。男女结婚，就是要孩子，丈夫根本算不了什么。"他最后说，"你看这里这些女人都做了母亲，她们都很幸福。"

第二天，情人比赛的消息发表。为了这个特别时机，白猿下令在比赛前先举行一次择偶跳舞。男女和孩子都穿上了最好的衣裳。在早晨，青年男女们，因为这个跳舞马上就要举行了，喜欢得了不得，抛弃了工作，穿上了过节的衣裳，一同漫步。一场择偶跳舞往往持续到深夜。到了深夜，配偶已经选择妥当，一对对离开舞场走到森林去，这场跳舞才算完毕。年轻的姑娘们得意扬扬，成群结队地漫步过去，东瞧西望，向青年男子微笑，费心考虑，究竟挑选哪一个同过一夜呢？

大概四点钟左右，比赛才开始，白猿和他的妻子孩子们一同出现，欧阳将军夫人羞容满面，也站在里头。白猿身披象皮战甲，状如坎肩儿，扬扬得意。风吹日晒的脸上，深纹在阳光中显得很清晰，腰中的刀鞘里伸出两把刀柄，用白银线缠着，用得久了，显得很光滑。他兴高采烈，俨然帝王。

跳舞开始得很随便，秩序也不怎么好，鼓手们坐在场子中心，敲蛇皮鼓。一根五十多尺高的旗杆的四周，另有两个人吹长角，长约五尺多，状如喇叭，吹的是长而低的调子，大概可听半里远。老头儿们用枪在地上捣，姑娘们手拉手成个圈儿，围绕着旗杆跳舞。绣得很讲究的红嫁带，在身边飘飘摆摆个不停。每个姑娘都有一根红嫁带，自己极尽工巧绣好的，母亲们站在圈儿外看，青年男子站成一圈儿欢呼鼓掌，姑娘转过的时候，若看见自己喜爱的男子在身旁，就向他抖动那条红嫁带。如果男人也喜欢她，就拉着她的带子跟着她跳。一直调情、打趣、嬉笑、歌唱。这样，成双结对的越来越多。男人们在外圈跳舞时，才拉着自己舞伴的红带子。

欧阳夫人在旁观看，如痴如梦。欧阳将军越来越不耐烦，白猿却看得很高兴，欢笑饮酒，心无牵挂。因为事情落到最坏的地步，他不过失去一个妻子而已。

白猿后来对欧阳将军说："我知道你是一员大将，我不愿有丁点儿的不公平。让我们遵照我族的古礼来比赛，优者得胜。"

白猿向他的一个妻子借了一根带子，用来说明比赛的方法。这个方法是两个男人争一个女人时才用的。带子有四五寸宽，上面绣着一条蛇，把这根带子系在杆子顶上，谁的箭射中蛇的眼，谁就要那个女人。

那根带子现在已经系在杆子上头了，正在风里懒洋洋地飘动。男人、女人、孩子们，全都站在杆的四周围，看这场热闹。这种比赛的确是千载难逢的。

白猿问道："你说怎么样，我们离一百步远？"

将军迟疑了一下就答应了。这是个小目标，并且在天空中乱飘。射得中也可以说是幸运，也可以说是绝技。将军把最好的弓箭拿了出来。群众站在远处，鼓不停地敲，气氛紧张热烈。欧阳夫人现在知道，她能否获得自由，全靠她丈夫的箭法了。他需要射三箭。

欧阳将军是个老射手，曾在远处射过飞鸟。但是鸟总是一直向前飞的。他瞄准杆子最近处那条蛇的颈部，嗖的一声，由于长带飘动，没有射中，箭飞到远处去了。

"你没有仔细看看风啊！"白猿批评说，显然愉快之至。

第二箭运气好些，箭射中带子，贴近蛇的脖子。

白猿喊道："好哇，再射一箭。"

最后一箭完全没中。

白猿现在迈步向前。把弓弦拉得铮铮地响，长弓在手里好像小玩意儿一样。他今天很高兴，能和一位中国大将较量箭法。他先站好，稳着不动。箭在弦上，待机发射。侧着头，一会儿的工夫，全神贯注，眼睛盯住目标。一看见长带微微松垂的一霎，嗖的一声，一箭射出，正中蛇头。

人们欢呼雷动，鼓手击鼓欲穿。降下带来，仔细检验，箭已射中，无可置疑。欧阳将军只好忍气吞声，夫人也泪流满面。总算是一场公平的比赛，只得接受裁判。

白猿说："很抱歉，不过，你也射得不错。"

欧阳夫人大哭起来。离别的时候，惨不忍睹，将军咬紧牙关，强作镇定。

武器都放在洞外了，他们叫我们回去的时候捡起来拿走。白猿亲自送到门口，拿一个古铜鼓送给将军。

"不要难过，将军。明年你如果还愿来，我很欢迎。那时候我的新妻子如果还没有生孩子，我愿送还给你。"

第二年，事情发生得很离奇。欧阳将军再去探望他的夫人，她已经为白猿生了一个男孩子。他吃惊的是，她打扮得像土人一样，两臂抱着婴儿，很得意地叫他看。将军大发脾气。

"我相信我还能劝酋长放你跟我回去。"将军向她说。

但是夫人很坚定："不必。你自己走吧。我离不开孩子，我是孩子的妈妈呀。"

"你的意思是你宁愿留在这儿吗？我想你不喜欢酋长。难道你喜欢他吗？"

"这个我不知道。他总是孩子的父亲。你一个人回去吧。我在这儿过得很快乐。"

　　将军听到这种话，张口结舌，不知说什么才好。过了一会儿，他想过来了，白猿的办法原来并不像他想象的那么愚蠢。白猿是胜过了他，这是毫无疑问的。他也想通了是什么缘故。

　　最后这一场羞辱，给他的打击太大了。从此以后，他再也没有力量振作起来。

无名信

本篇采自《清平山堂话本》。清平山堂为一印书店。此种话本，每篇可以零售，全书并无一总题，而书中各篇或为文言，或为白话，通常皆不著作者姓名。本篇原有三名，曰《简帖和尚》《胡氏》及《简帖僧巧骗皇甫妻》，小题为《公案传奇》，即犯罪神秘小说之意。本篇为茶馆酒肆中的通俗话本。在《古今小说》中亦有此故事。次于本篇之犯罪小说为《错斩崔宁》，在另一宋人话本《京本通俗小说》中。

本篇原文中之洪某，为一乔装和尚之恶棍，重编本篇之时，作者对原文细节有所增减，并力求读者同情洪某，使皇甫氏依恋洪某，不愿回归前夫，尤使中国读者读之惬意（原文中皇甫氏为一怯懦无能、忍苦受罪之妇人）。本篇依据原篇梗概重编，此外并无其他更动。

将近晌午的时候，天很热，街上没有什么行人。王二的茶馆儿坐落的地方，是东城城中心顶棚通道市场后面，第三条街上。

那里有一些大饭馆，早晨很多人都到茶馆儿去喝杯茶，交换些闲言碎语、市井新闻。现在人们已经散了，王二正在洗茶壶，二十几个一排，放在一层架子上。刚收拾完，正要抽袋烟，舒舒服服地歇息一下，忽然看见一个高个子、穿得很好的男人走进茶馆儿来。那人长着粗眉毛，低洼的黑眼睛，长相显得很特别。

王二向来没见过他，其实这也没什么奇怪的，因为三教九流的人都到这个茶馆儿来，也就因为这个，开个茶馆儿是很有意思的。买卖人、买卖人的家人、读书人、铺子的伙计、赌徒、骗子，以及过往行人，全进来歇息，恢复一下精神。这个高个子的陌生人挑了个里面的桌子，样子有点儿神秘，甚至有点儿紧张。王二看见他心神不定，觉得莫如不去理他。

过了一会儿，一个做小买卖的孩子打从门口过，高声喊叫："炸斑鸡！嘿哟，好香的炸斑鸡！"

那位先生把他叫了进来。那个孩子剃个和尚头，把木盘子放在桌子上，把几块斑鸡肉在一根细棍儿上穿好，上头撒一些细盐花儿。

"好啦，先生，给你斑鸡。"

"放下吧。你叫什么名字？"

"我叫僧儿，因为我像个小和尚。"他天真地笑着。

"你愿不愿意挣点儿钱？小和尚。"

"当然愿意。"小孩子的眼睛晶亮起来。

"我想叫你做点儿事情。"

那个高个子绅士手指着一所房子，在一条小巷里头，由墙脚算起第四家，那条小巷通到大街上，正对着这家茶馆儿。他问："你知道那一家住的是什么人吗？"

"那是皇甫家，皇甫大官人在宫廷里做官，专管官衣的。"

"嗯，是吗？你知道他家有多少人？"

"就是三个，皇甫大官人，他太太，还有一个养女。"

"好极啦，你认得他太太吗？"

"她很少出门。但因为她常买我的斑鸡肉，所以我认得她。你问这个干什么呢？"

那个绅士看王二没留神他们，就掏出一个钱袋，往那个孩子的盘子里倒了大约五十个钱。孩子见钱，立刻精神起来。"这是给你的。"那位绅士说。

他接着拿给那个孩子一个包袱，里头有一副扭麻花儿的金镯子，两根短簪子，还有一封信。"把这三份东西送给皇甫太太。千万记住，若看见她丈夫，千万别给他。听清楚了吧！"

"我应该把这些东西交给太太。我不要把这些东西交给大官人。"

"对啦，把这些东西交给太太之后，等个回话儿。她若不跟你一块儿来，记住告诉我她说些什么。"

那个孩子往那家走去。他推开屏风往里头一张望，看见老爷坐在前厅里，正望着大门呢。皇甫大官人长得矮胖，四十几岁年纪，阔肩膀儿，又宽又扁的脸，有点儿长方。过去三个月在宫里值班，两天前才回来的。

"你在这儿干吗？"皇甫大人喊着就追过来。那个孩子刚刚拔腿跑出来，皇甫大人就揪住了他的肩膀儿，用力推搡他："你在我家门口张望，还这么跑，到底怎么回事？"

"有位先生叫我把一包东西交给太太，他跟我说不要交给你。"

"包袱里头是什么东西？"

"我不跟你说。那位先生吩咐我别告诉你。"

大官人照着小孩的脑袋用劲打了一巴掌，把小孩打了个大趔趄，一溜歪斜地差点儿栽个大跟头。

"递给我！"他用大官儿老爷低低的声音喊。

孩子只好遵命，可是还不肯服："不是给你的，是给太太的。"

皇甫大官人撕开包袱，看见那副金镯子、那副簪子，还有那封信：

> 皇甫夫人妆次：冒昧相约，未免失礼，但自酒楼相遇，迄今不能忘怀。甚愿亲身造访，偏偏蠢驴近又归来，不知可否单独相见。请随送信人来，否则，如何相见，务请见示。今献菲礼数件，聊表敬意。

> 　　　　　　　　　　　　　　　　相慕者（未签名）

官儿老爷看罢，咬牙切齿，抬起眼眉，冷冰冰地问道："什么人交给你的这封信？"

僧儿指着正在巷外的王二茶馆儿说："那儿有个人给我的，粗眉毛，大眼睛，扁鼻子，大大的嘴。"

皇甫大官人拧着那孩子的胳膊，把他揪到茶馆儿。那个生人已经不见了。虽然王二不依不饶，皇甫大官人到底把那个孩子揪回家去，锁在屋子里。僧儿这才真正害怕了。

皇甫大人气得浑身直发颤，一声命令，把太太唤出。那位年轻纤弱而秀丽的夫人，二十四岁，面庞小巧，又聪明，又伶俐。她看见丈夫气得脸煞白，不住地喘气，不知道闹了什么事情。

"看看这些东西！"他恶狠狠地瞪着她。

皇甫太太很安详，坐在椅子上，拿出那几件东西来看。

"看一下这封信！"

她一边缓缓地摇头："这是给我的信吗？一定送错了。谁差人送来的？"

"我怎么知道谁差人送来的？你才知道！我值班的这三个月，你跟谁一块儿吃饭来着？"

"你是知道我的，"她说得很温柔，"我怎么也不会做那种事情。我们已经结婚七年了，你说我有什么失妇道的地方吗？"

"那么这封信打哪儿来的？"

"我怎么会知道？"

没法儿说明这封信，又没法儿把自己洗个清白，她急得哭了起来，一面哭一面说："这才是晴天打霹雳，祸从天上降！"丈夫冷不防打了她一个嘴巴，她高声哭着跑进了屋子。

大官人把十三岁的丫头（他的养女）莺儿叫了出来。她的短袖子里露出了粗胖的胳膊，洗刷得发红，站在老爷面前怕得打哆嗦，战战兢兢的，瞅着老爷的举动。老爷从墙上抽出一根竹竿子扔在地上，然后拿了根绳子，缚上小丫头的双手，把绳子的另一头儿扔过了房梁，把小丫头吊了起来，一手拿着竹竿子，向小丫头问道："告诉我，我不在的时候，太太跟谁吃饭来着？"

"谁也没有。"小丫头吓得不能成声儿了。

大官人举起竹竿子就打，太太在屋子里听见小丫头痛哭得尖声喊叫，自己也打起哆嗦来。就这样打一阵，问一阵。小丫头实在忍受不了，最后说道："老爷不在的时候，太太每天夜里和一个人睡觉。"

"这么说还差不多。"老爷说着把小丫头放了下来，解开了绳子。

"现在告诉我，我不在的时候，跟你妈天天晚上睡觉的是谁？"

小丫头擦了擦眼泪，狠狠地说道："我告诉你吧，太太天天晚上跟我睡。"

"我非弄个水落石出不可！"他一边骂着一边走出去，顺手把门锁上。

皇甫太太和丫头面面相觑，太太看见养女胳臂和背上打的伤，赶紧弄水给她洗，嘴里喊骂道："这个畜生！"

皇甫太太看见血染红了一盆水，吓得浑身打战，一边把水倒进地下的阴沟，一边嘟囔着骂道："残忍的畜生！"

小丫头站在那儿看着这么个好心肠的养母，说："妈，若不是为了您，我早就回我们村里去了。妈，您也应该早走才是呀。"

"你可别这么说。"

皇甫太太发愣，不知道究竟是闹出了什么事。后来，她过去问僧儿，僧儿正怕得在墙角打哆嗦。"那个人怎么个长相呢？"

僧儿把那个陌生人描述了一回，又把事情的经过说了一遍。太太、丫头都愣愣地坐着，完全摸不着头脑。

过了半点钟，大官人带着四个衙役回来。他把卖斑鸡的孩子拉到衙役跟前说："记下他的名字。"衙役就照吩咐记下。因为大官人在宫里做官，对他总得要恭敬。

"先不要走，里头还有人呢。"他把太太和小丫头叫了出来，要衙役把他们三个人一齐带走。

"我们怎么敢带太太呢？"

"你们一定要带去，这里头有谋杀案情。"

这话把衙役吓住，于是把三个人的名字都记下来，把一行人犯都带出去。一大群街坊邻居都站在外面看呢。太太一迈出大门，不由得退了回来，向丈夫说："我从来没有想到会有这么一天。你应当用心费工夫把那个写信人找出来。这真是丢脸的事啊！"

衙役把她推出大门。邻人都站开让她走过去。

"你若是怕丢脸，就不该做那种事！"丈夫回答说。

"你为什么不问一问咱们的左邻右舍呢？你不在家的日子是不是有男人进出过？你怎么就认定了要告我？"

"我就是要告你！"丈夫怒冲冲地说。

邻居们不清楚皇甫太太为什么被丈夫控告，都莫名其妙。大家都同情太太，对丈夫的发怒都直摇头。

大官人跟被告一同去的，在府尹面前提出控告。府尹姓钱，开封人，生得胖胖的圆脸盘儿，仿佛是个有无限耐性的人，什么事也不会惹他发脾气。大官人把书信和礼品呈上，正式提出控告。府尹命令在本案调查期间，犯人一律拘押在监。

两个判官陈丁和陈乾兴主管审问囚犯。他俩先审的是皇甫太太。

皇甫太太说她生在开封附近的一个村子里，早年丧母，十七岁丧父。父亲去世后第二年就嫁给皇甫大官人了，现在已经过了七年的幸福日子。丈夫在家的时候没有亲戚朋友们去过，除去丈夫，向来没有跟什么人在家里或是饭馆吃过饭，也不知道是什么人给她写的信。

"你为什么从不去看望亲戚呢？他们为什么也不来看你呢？"

"我丈夫不高兴有这些事。有一回，我的堂弟张二来看我们，求我丈夫给他找个差事，后来没有找到，因为实在不容易找。丈夫叫我以后不要见我的亲戚。我也就不再见他们。"

"丈夫叫你做什么你就做什么吗？"

"不错。"

"你常到戏园子去吧？戏园子常有人看见你吗？"

"不。"

"为什么不呢？"

"他不带我去。"

"你不一个人去吗？"

"不。"

"你去吃馆子吗？"

"很少去，我在家里过得很舒服。嗯，我想起来了，几天以前，他从宫里回家的那天晚上，他不爱吃家里的饭，带我到附近的一家馆子里吃过饭。"

"就你们两个人一块儿吃吗？"

"是。"

皇甫太太的邻居都被传了来。他们都证实了皇甫太太的话一字不假，从来没有见过她家有什么客人。她只是跟丈夫在一块儿，也从来没看见过她一个人出门到什么地方去过。她几乎总是在家，邻居们都说她好，都叫她小娘子，因为她年轻，家里又没有老太太。一个邻居说她丈夫脾气很坏，常虐待她。她很柔顺，很听话，向来不抱怨委屈。一个邻居说她就像只手心里头养的鸟儿。

第三天，陈乾兴在衙门前站着，心里思索着这件神秘的案子，看见皇甫大官人走来，到了跟前，向他打了个招呼，就问道：

"案子办得怎么样？已经三天了，恐怕你已经接了写信人送的礼，存心拖延吧？"

"岂有此理！这案子不是那么容易的。你太太坚持说她清白无辜，我们也没得到什么反证。八成儿是你自己写的那封信吧？"

大官人怒冲冲地说："这是什么话？我们夫妇过得很美满的！"

"那么你要怎么办呢？"

"若是堂上没有办法审清这个案子，我非把她休了不可！"

陈乾兴回到办公室，准备各种文件。那天下午，把报告呈给府尹。府尹宣布皇甫夫妇和证人明天到厅候审。

府尹先问小孩子僧儿，然后问十三岁大的小丫头，她算是最重要的证人。府尹把惊堂木一拍，"啪"的一声吓唬她，厉声问道：

"皇甫家的事情，件件你都知道，是不是？"

"我都知道。"

"你们老爷不在家的时候，你可看见什么客人到你们家去过？"

小丫头很不耐烦，回答道："若是有客人，我不早就看见了吗？"

府尹又把惊堂木"啪"地一拍，大声喝道："你这小东西说瞎话！你敢在我面前说谎！我还把你押起来。"

小丫头害怕了，可还是坚定地说："你不能冤枉一个贤惠的女人。"说着抽抽搭搭地哭起来。

小丫头的做证，使府尹很受感动。

府尹又向丈夫说："擒贼要赃，捉奸要双。只凭一封无名氏的书信，我不能判你妻子有罪。也许你有什么仇人，他要栽赃才写了这封信。"府尹看了一下太太，接着又说："一定是有人找你的麻烦。你想，是不是把太太带回家去，再设法寻找写信的人呢？"

丈夫铁了心肠："事情既然这样，大人，我不愿带她回家了。"

判官警告他说："你这样可要铸成大错了。"

"大人若答应我休她，我就感恩不尽，别无所求。"丈夫说着由眼角向他妻子扫了一眼。

又问了半天，府尹向妇人说："你丈夫坚持要休你。我不愿拆散人家的婚姻。你看怎么办好？"

"我的内心很清白。他若一定要休，我也不反对。"

案子照丈夫的意思判决了，僧儿和丫头开释，送交各自的父母。

散庭之后，妻子恸哭起来，被休是妇人的奇耻大辱，尤其是自己的罪名并没有成立，她从来没有想到过。"我真没想到，七年的夫妻，你这么狠心。你知道我现在是无家可归的。我宁可一死，不能够丢脸。"

"这都跟我不相干。"大官人说完，立刻转身走了。皇甫太太向莺儿说："莺儿，多谢你帮我，不过现在也没什么用了。你回去找你妈妈去吧。我无处可去，也不能养活你，回去吧，好姑娘。"

二人洒泪而别。

皇甫太太现在孤苦伶仃一个人，对自己的遭遇仍然不清楚到底是怎么回事。于是漫无目的，顺着大街，穿过人群，独自往前走，两眼什么也看不见。她信步走到汴河的天溪桥，天渐渐黑起来。她立在桥上望望水闸，望望河面来往拥挤的船只。船桅密密匝匝地立着，在晚风里摇摆。她觉得自己的头也发晕，如同醉了一样，也随着桅杆摇摆。她看见金黄色的夕阳消失在远山之后，觉得自己也走到了路的尽头。她不会再见到明天的太阳了。

她刚要纵身跳河，有个人把她揪住。回头一看，原来是个老太太，五十几岁的年纪，穿着一身黑，头发稀少而且已经花白了。

"姑娘，干什么跳河呀？"

皇甫太太呆望着她。

"你认识我吗？我想你不认得吧。"老太太说。

"不认得。"

"我是你的穷姨妈。自从你嫁了大官人，我就没敢去打扰你。我上次看见你的时候，你还是个小孩子，那已经好多年了。前几天我听邻居说你跟你的男人打官司，我就天天去打听，听说府尹判决他休了你。可是，你干什么跳河呀？"

"丈夫休了我，我又无处可去，还有什么活头儿？"

"好了，好了，来跟你的老姨妈过吧。"老太太这么向皇甫太太说。老太太那么大年纪，说话的声音倒还很响亮。她又说：

"这么个年轻轻的女人就想自尽，真糊涂！"

皇甫太太的确弄不清楚这个老太太是不是她姨妈，就任由那个老太太拉着往前走，自个儿没有半点儿主意。

她俩先进了酒馆，老太太请她喝了几盅酒。到了老太太家的时候，她看见那房子是在一条僻静的小巷子里，屋里很整齐，窗子上挂着绿窗帘儿，屋里摆着太师椅子、桌子。

"姨妈，你一个人住在这儿吗？你自个儿怎么过呢？"

老太太姓胡，笑着回答道："总得想办法对付着过呀！以前我总是叫你姑娘，竟把你的名字忘了。"

皇甫太太说："我叫春梅。"老太太也没再往下追问。

胡老太太对她很好，最初几天里，她叫春梅尽量休息。春梅躺在床上，静思生活上这场突起的变故。

过了几天，老太太对她说："你非得坚强过下去才对。我并不是你的姨妈。我看见你一个年轻轻的姑娘要跳河，想救你一命就是了。你又年轻，又漂亮，正有好日子过呢。"她的眼睛窄成一条线，又说："你还爱你的丈夫吗？没有一点儿人性，就这么休了你，任凭你死活，一点儿都不关心。"

春梅从枕头上仰起头来，看着老太太说："我不知道。"

老太太说："你说这话，我并不怪你。不过你也该醒一醒才是啊！我的姑娘，你还青春年少，不能任凭别人摆弄。忘了你的丈夫吧，别再难过了。年轻人有时候总难免想不开，我不是不知道，我过的桥比你过的街还多呢。人生就是那么回事。一起一落，就那么一起一落地过。转着圈儿，转来转去的。我二十八岁时就死了丈夫。你今年多大了？"春梅告诉了她自己的年岁。"是了，我那时候比你大不了几岁。你看，我也混到现在了，你看看我。"老太太虽然脸上有皱纹，脖子上的肉皮儿发松了，身子骨儿好像还很硬朗。"你好好儿歇一下，也就把这件事情淡忘了。生活就像走一条道路。你摔了个跟头，怎么办呢？难道就老是坐在那儿哭，老不肯起来吗？不，你得自个儿爬起来，还得往前走。由你的话看来他是个坏蛋。你看，他不是遗弃你，是把你甩了。你还躺在这儿发什么呆、发什么愁呢？"

春梅听了老太太的话，心里觉得稍微松快了点儿："我怎么办呢？我不能老跟您在这儿住啊！"

"不用发愁，好好儿歇息一会儿，恢复一下精神。等你好了，找个好男人再嫁。你生得这么漂亮的眼睛，这么漂亮的脸蛋儿，还怕饿着吗？"

"谢谢姨妈，我已经觉得好点儿了。"

在她的生活这么惨痛的日子，胡老太太救了她的命，还帮她休养精神，她真是衷心感激老太太。

每天晚上，两人一同吃饭。胡老太太总爱喝点儿米酒。她说道："酒是人生的水，喝什么也不如一点儿酒能恢复生活的勇气。像我这么大岁数，喝了酒我就觉得舒服，觉得又年轻了。"春梅很佩服这位硬朗的老太太，精神那么好。

晚饭后，她听见一个男人的声音在外面叫：

"胡婆子，胡婆子！"老太太赶紧去开门。

"干什么这么老早就上门呢？"一个男人问。那天整整下了一天雨，胡老太太很早就上了门。

老太太让他坐，可是他说立刻就要走，所以只是在那儿站着。春梅从后屋里望见那个身材高大，粗眉毛，大眼睛的人。这种长相真叫她看得出神，她不断从屏风后端详他。他的嘴，可以说是够大的，鼻子并不尖，多少跟那个孩子说的有点儿相像。春梅心里扑通扑通地跳，可是表面上仍没显出怀疑的样子。

"这是怎么回事呢？"那个男人很不耐烦，"你卖了那个值三百两银子的东西已经一个月了，我现在正要用那笔钱哪。"

"我已经跟你说过，东西是卖了。现在在顾客手里，他还没给钱。可我有什么办法呢？他一给钱我就交给你好了。"

"这一回拖的日子太长了。往常没有拖过这么多日子，你一接到钱就送给我吧。"

说完，那位绅士走了。胡老太太回到屋里来，显得很烦恼。

春梅问："客人是谁呀？"

"我告诉你，春梅。那位先生姓洪。他说以前做过泰州知事，现在已经卸了任。我不信他的话，我知道他跟我扯谎。可是这个人不错，常托我给他卖点儿珠宝。他说他是个珠宝商的代理人。也许他真是，也许不是，不过他是有些珠宝。前几天他托我给他卖了一些，东西虽然卖了，可是钱还没有拿过来。他不耐烦。我倒不怪他。"

"您对他很了解吗？"

"不错，单就做买卖为人，我倒知道点儿。其实别的情形我也知道些。像这样的人，我可以说，以前我还没有见过。对他，我简直有点儿莫名其妙。他用钱很大方。一看见我要钱，不等我开口，他就给我。下回他来的时候，我介绍给你。"

春梅觉得很有意思，可是极力不露声色。

洪某常常来，春梅算是胡姨妈的亲戚，就这样被介绍给他。春梅一面要弄清楚洪某究竟是不是改变了自己生活的那个人，一面又喜爱这个人的漂亮，心里犹豫不决。总是难免怀疑他就是他们寻找的那个人，并且总想把他的脸和卖斑鸡肉的孩子所描述的神秘的怪人的脸，互相比较。让她顶烦恼的就是这个人的鼻子是不是可以算作扁鼻子呢？

有一次他们见面的时候，春梅坐着瞅着他，盘算得出神。

"你干什么这么瞅着我？"洪某像平常一样玩笑着说，"每个看相的，都说我的脸和耳垂儿长得有福气。"他自己揪着厚耳垂儿说，"你看见了没有，我总是给人带来好运气的。"

洪某为人又风趣，又慷慨，又殷勤。他穿着讲究，非常浮华。因为走的地方多，能说有趣的故事。他的大言壮语也是他的一种魅力。他对别人也很关怀。他叫春梅述说她的身世，他很同情地听着，只有他表示厌恶春梅前夫凶暴的时候，他才插嘴，暂时打断她的话。他的同情似乎很真诚，虽然他是在向春梅求爱。

他俩第二次遇见之后，洪某就求春梅给他缝一个纽扣儿，春梅也很高兴。春梅已经看出来洪某找胡老太太是真有生意做，不过近来找些借口，来得更勤些而已。他总是带一瓶酒来，一些糖果和其他美味吃食，因为他原答应春梅和老太太他要带来吃晚饭的。一到他就喊饿，厚着脸皮叫春梅照着他的办法做糖姜火腿。

洪某走了之后，胡老太太问春梅道："你觉得这个家伙怎么样？"

"这个人倒很有意思。"

"前几天他求我帮他点儿忙，我还没有办呢。"

"什么事啊？"

"他现在是一个人过日子，前几天他求我给他找个女人，做个媒。我把你说给他好不好？我看得出来，他喜爱你，我一说，他准会乐意。"

春梅自己盘算说："我想一想看。"

"你想什么？这个人很可爱。你还有什么不肯呢？你若是还没忘了你的前夫那个蠢东西，你可就真是个大傻瓜了。这个人不挺好吗？他有钱，能好好儿地养活你，你就不用再住在我这儿了。"

春梅说："姨妈，我跟你说，我倒是喜欢他，不过还有点儿事，我想弄清楚。"

"什么事啊？"

"我觉得他就是那个写无名信、拆散我们婚姻的人。"

老太太笑起来，笑得春梅怪不好意思。

"他长得跟人家说的多少有点儿相像，你也看得出来。"

老太太止住笑说道："真是笑话，天下有多少高个子的，天下有多少粗眉毛的。这能说是人家长得不对吗？即使他就是那个人，又怎么样？你可以说是被诬告吃饼挨了打，其实并没有吃饼，白白受了罪。可以说你已经付了饼钱，而饼现在就在眼前。这饼就是你的。我若是你，我就嫁给他，还带着他去见那个畜生前夫去。"

春梅不知道心里怎么想才好。他若不是那个人，嫁给他对自己是有好处的；他若是那个人，对前夫也没什么害处。春梅渐渐觉得报仇真是一件乐事，是一件多么称心快意的事啊！

洪某又来了，这次春梅特别高兴，决定试他一试。

他又带来了酒，他说："来来来，喝酒。庆祝我有福气认识一位像你这么漂亮的女士。"

"不要，我还是冲着你这厚耳朵垂儿干一杯吧。"春梅说，酒喝下去，胆子壮上来，春梅再也不能抑制一肚子疑团，这一句话问得她自己也有点儿吃惊，"据说写无名信那个人长得就像你。"

"真的吗？我真是荣幸之至！你想，一个人有勇气做这种事，真不平凡！我若从前看见过你，我也一定要这样。即使你嫁的是王爷，我也一定要这样做。有一次我真和一位王爷的夫人有一段风流佳话呢。你不信吧？我想你不会相信的。来，冲我的厚耳朵垂儿干一杯！"洪某说完，满斟上一杯，一饮而尽。

"你看看，他这套瞎话！"胡老太太说，很高兴。

"别糊涂！"洪某说着放下了酒杯，"你从前根本没见过那个人，你怎么知道他是高是矮呢？单就你丈夫把你这个美人遗弃来说，他就是个畜生。"

"他逼得我无路可走哇。现在一切都过去了，我还在乎什么呢？我就是纳闷谁写的那封信。"话虽如此，春梅说着眼圈儿还有点儿发红。

洪某说："忘了那个畜生吧。好了，喝酒，这么漂亮的脸蛋儿不应该流眼泪啊！他已经不要你了，你还想他。真是岂有此理！"

春梅自己也不知道怎么样才好。老太太劝她喝酒，忘记了过去。她于是不停地喝酒，好像泄愤一样。一直喝到很晚，她觉得很痛快。离婚之后，这是她第一次感觉到真正的自由。这种感觉是她从前没有过的，她觉得特别快乐。自己不住翻来覆去地絮叨，说："我现在没有丈夫……不错，我现在没有丈夫了。"

洪某说："不错，忘了吧。"

春梅自己也说："不错，是的，忘了吧。你说，你是不是那个写无名信的？"

"别胡说！即使我是，你又要把我怎样呢？"

"你若是那个人，我就爱你，因为你让我摆脱了那个畜生，让我得到了自由。若是我丈夫现在看见我和那个写无名信的人在一块儿喝酒，才叫有趣儿呢！"

"你应当说你的前夫才对。"洪某纠正她说，"你的前夫现在若知道咱们俩在一块儿喝酒，他一定认为这就证明你以前认得我，也跟我吃过饭。千万个女人都有背着丈夫的事，可是并没有被丈夫遗弃。你没有做过不忠于丈夫的事，却被丈夫遗弃了。真是岂有此理！"

春梅笑了起来说："你这个坏东西。"笑得那么畅快，做皇甫太太的时候，就没有这么畅快地笑过。

洪某问道："我坏吗？"说着两只胳臂把春梅搂抱起来。

春梅向洪某微笑，如梦似痴地说："喂！写无名信的。"说着送近她自己的嘴唇。

也不知道什么原因，她心里觉得有一种胜利之感。

他俩结婚以后，洪某带她住在开封城的西郊。她从来没有想过自己会有那么幸福。夫妇二人谈谈笑笑的，春梅好像要弥补以前的损失一样。洪某常常带她去吃小馆儿，她也很高兴同去，洪某的日子似乎过得很宽裕，用钱很大方，总愿把钱硬塞在她手里，这跟皇甫大官人以前不一样。洪某有些朋友，常到洪家吃饭，这跟春梅做皇甫太太的日子大不一样了。

洪某向来没有正式承认他就是那个写无名信的人，他总是设法躲开这个问题，或是虚张声势，说些大话，叫人无法把他的话信以为真。不过，一天下午，洪某喝了点儿酒，吃了点儿凉斑鸡肉，肉也是从小巷里一个卖斑鸡肉的小贩儿手里买的。洪某非常痛快，总算一回失了口，说："你知道，我有时候想起那个卖斑鸡肉的小孩儿，真怪可怜他！"于是赶紧止住口，勉强接着说下去，"若是照你说的那种情形，也真是可怜。"春梅很听得懂。

那天夜里在床上，春梅吹了灯以后，问洪某说："你干什么写那封信送给我？"

沉默了半天。

"他总是虐待你，是不是？"洪某呆了半天才问。

"你知道他虐待我？你看见过我吗？"

"我当然知道。你还不知道你们两个人多么不相配呢，就像天鹅嫁给了癞蛤蟆。"

"你在哪儿看见过我呢？"

"头一回我看见你是在孔前街，你在他后面悄悄地跟着走，我停步向你问路。他那么粗鲁、严厉，那么不高兴地瞪着你，一把揪开了你。我简直永远忘不了。那是去年春天，你也许不记得了。我的确觉得你是笼中之鸟啊！我一看见你，心里就很难过。我当时自个儿说：'我非把这只鸟儿放出来不可。'我好容易才弄清楚你们有仇人。你不知道吧？"

"怎么？我？"春梅倒吸了一口气。

"你知道你的亲戚张二，他在你们家住了些日子，求你丈夫给他谋个差事。"

"你认得张二？"

"不错。你知道为什么你的本家再不去看你了呢？就因为你丈夫那么待张二。他回到村子里，把你丈夫怎么对待他，见了谁跟谁说。我很爱你。就因为爱你，我简直急得要发疯。我觉得你是个仙女，被妖魔锁了起来。"

"可是，你怎么能做这种事情呢？我向来没跟你吃过饭。并且我日子也过得很快乐。"

"不错呀，你快乐得跟鸟儿在笼子里一样啊！记得我送那封重要的信前两天的事情吧？你丈夫刚刚回家，你和他在太和饭馆廊子下吃饭。我当时也在那儿来着，坐在旁边的一个桌子。真不错，你是很快乐。不到两分钟我就看出来你怕他。我真讨厌他。我看得出来，他一点儿也不问问你菜吃着怎么样。他爱吃什么就叫什么；你很卑微，很恭顺，自己悄悄地吃。我一看，气得要炸。我原想是要见你一面，没想到那个卖斑鸡的孩子把事情弄坏了。我爱你爱得要发疯。我叫胡姨妈天天留神案子的变化。我原盼望把你们拆散，可是真没想到事情竟会这样称心如意呀！"

第二天早晨，春梅看见洪某写信，他刚一写完，春梅就从手里把信抢过来，跟他笑着说："我若把这信递到公堂上，你猜得到这封信在我手里有多大用处吧？"

洪某有点儿惊慌，可是立刻又镇静下来说："你不会。"

"为什么我不会呢？"

"我知道你的意思是说这封信的笔迹。可是你别忘了，你现在正跟你以前的奸夫同居呢。顶多判个通奸罪，可是不能把一个人判两次罪呀。"

"你这个坏东西！"

春梅低头吻他，好长的一个吻。

洪某笑着推她："你怎么咬我呀？"

"这就是爱你呀！"

新年又到了。以前这一天，春梅总是跟丈夫到大相国寺去烧香求福。今天她向洪某提出说去赶庙，于是二人一同往大相国寺去。

皇甫大官人也记得以前每逢新年都同太太到大相国寺。自从开封府判准他休妻以来，日子过得很凄凉，很难过。写无名信的人始终没有找到，他仍然是进宫去当差。和妻子分离之后，越来越想念妻子的好处，而且越想念她越觉得她绝无罪过。逮捕和审判的时候，妻子的言谈和举动，小丫头和邻居的话，无一不足以证明妻子的贞节。自己越想心里越悔恨。新年这一天，勉强穿上一件新袍子，带上一封香，自个儿一个人去赶庙。年年庙会上都是人山人海的。他从庙里出来，正看见前妻和一个身材高大的男人走进庙去，但是两个人都没看见他。他在庙前面等着他们出来，一边和一个卖小泥娃娃的小贩儿闲说话。等一看见他俩走下庙门的台阶，他就躲藏在人群里，又恼怒，又嫉妒，浑身直哆嗦。

　　一直跟到庙门外头，他才从后面叫春梅。春梅一回身，一看见是他，不由得一惊。皇甫大官人显得潦倒不堪，面黄肌瘦，脸上显得很难过。

　　春梅喊道："是你呀！"是一种又不耐烦又鄙视的语气。春梅的举止口气与以前的柔顺卑微大不相同了。他立刻想到春梅一定是别人的妻子了。

　　"春梅，你在这儿干什么？回家吧，没有你我真过不了哇！"他说着瞥了洪某一眼。

　　洪某问他："你是谁？我告诉你，你不要麻烦这位太太。"

　　洪某又转身问春梅："他是你什么人？"

　　春梅道："我的前夫。"

　　前夫仿佛在悲鸣："回家吧，春梅。我已经原谅你了。我一个人过得好苦，我真是对不起你。"

　　洪某问春梅说："他现在不是你的丈夫了吧？"一个字一个字说得很郑重，眼睛盯着她。

　　春梅看着洪某说："不是了。"

　　前夫又问春梅说："我可以跟你说几句话吗？"

　　春梅看了洪某一眼，洪某点点头走开。

　　"你要干什么？"春梅问前夫，声音突然恼怒起来。

　　"刚才跟你一块儿的那个男人是谁？"

　　春梅不耐烦，反问道："我现在干什么与你还有关系没有？"

　　"看在过去，还是回家去吧！我是离不开你的呀！"

　　春梅往前凑近了一步，眼睛瞪得发亮，厉声说："我们把那件事情弄清楚。当时你不要我。我告诉你我是清白无辜的，你不相信。我死我活，你全不关心，你还说与你不相干。幸而我没有死。那么我现在不管干什么，总与你不相干了吧？"

　　皇甫大官人的脸变了颜色，使劲揪住春梅不放手。春梅使劲挣扎摆脱，大声喊："放开我！放开我！"

　　前夫大惊，手松开了。春梅脱身走到洪某身边去。

　　洪某喊说："别动她，你还欺负人！"

　　洪某拉着春梅的手，两人没有说什么径自去了。皇甫大官人还一个人站着发呆。春梅和洪某在街上走着，还听见前夫在后面叫："我早已原谅你了！春梅，我已经原谅你了！"

| 爱 情 |

Chinese Legend

碾玉观音

本篇选自《京本通俗小说》。原文结局与本篇大异。叙一玉器匠之妻为一官员所弃，活埋于花园内，后化厉鬼寻仇。本文谨据原作前部，后部自行发展，以艺术创作与作者生活为主题，申述大艺术家是否应为掩藏其真的自我而毁灭其作品？抑或使作品显示其真的自我？此为艺术上一简单主题。原文大概为十二世纪作品。

穿过长江三峡，逆流上驶，真是惊心动魄，危险万分。不过，我终于到达了成都附近一个市镇上那个辞官归隐的知府大人的府第。知府是个有名的古玩字画收藏家。有人说，他大权在握的时候，曾经利用势力搜罗名贵的古玩。他若是决心要一件铜器，一张字画，或是用钱买，或是用别的方法，一定要弄到手而后已。还有人说，有一家不肯卖给他一件商朝的铜器，他竟弄得那一家家败人亡。固然这是靠不住的，这可能是谣言，不过他对古玩爱好如命，倒是无人不知的。所以，他所收集的那些古玩之中，确实有稀世的珍品。

知府大人是在楼下的客厅里接见我的。进了三层院子，方才到了这个客厅。一个收藏家的客厅里，竟什么都没有，只摆着平常的红木家具，上面铺着红垫子和豹皮。客厅雅致简洁，另有一种高尚讲究的气氛。我一面跟他说话，一面看那件血红色的花瓶和瓶里几枝梅花那优美的侧影，映在绘着山水风景的窗子上。临窗俯瞰，便是花园。

知府大人的言谈和蔼可亲。也许是他上了年纪，已经失去了凌厉之气；不过他看起来，的确不易让人相信他像人们传说的那样残忍。他对我，好像招待来此闲谈的老朋友。于是我有点儿纳闷，我的朋友替我约定我来拜望他的时候，是否告诉过他我的用意，还是这位大官人年老忘记了呢？

我真敬慕他这个人。他在这个为他自己建筑的隐居的宅第里，高高兴兴地过着自己的日子。

我很客气地提到他收藏的那些有名的古玩。

他蔼然笑道："今天那些东西算是我的，百年之后就是别人的。哪一家也不会把一件古玩占有一百年。那些古玩本身就各有命运。那些东西看得见我们，也讥笑我们呢。"这时，他已经谈得很有精神，他拿起一个烟袋来叼在嘴里。

"真的吗？"

"当然！"他没有从嘴里拿下烟袋，含含糊糊地说。

"这究竟是什么意思呢？"我怯生生地问他。

"只要是古老的东西，就有人格，有生命。"

"先生的意思是说古玩会变成一个精灵吗？"

"什么叫精灵呢？"老人反问了我一句，"精灵就是那赋予生命的东西，精灵使生命得以产生。拿一件艺术品来说吧。艺术家把自己的想象和气血注入作品里，这你还有什么怀疑的呢？并且，有时为赋予艺术品生命，艺术家会自己丧失了生命，就像我的碾玉观音一样。"

我原是要看一些古代名贵的手稿的，一向就没有听说过碾玉观音，可以说很少有人听说过。我无心发问，竟会引出了一个前所未闻的奇谈。他提到了碾玉观音和这个碾玉观音创作的经过，我还不是很明了他的意思，所以在鉴赏手稿的时候，我总是想把话头再引回到刚才的话题。

我指着一卷旧手稿说："当然，艺术家的人品总有一部分会流传在身后，生活在他的作品里头。"

"不错，只要好而美，什么东西都会有永远的生命。就好像艺术家的后代子孙一样。"

知府大人这样回答我，他自己深信这个道理。

"尤其是艺术家为了创作作品而牺牲了性命的时候，就犹如您的碾玉观音一样。是不是？"

"碾玉观音的作者情形很特别，他并非纯粹因此而死。但是他死得很有价值——创作出这件作品之后就死，也算不虚此生了。"停顿了一下，他又接下去说，"你看这个艺术家的一生，他简直就像为创作这一件作品而生的，并且应该为这件艺术品牺牲他的性命。不这样，好像他就不会创作出来。"

"那一定是一件非常之宝，我可以拜观一下吗？"

我很机敏地恳请了半天，他才答应给我看。

他那些最好的东西，有一部分在第一层楼，碾玉观音是放在最高的一层。

"作者是谁呢？"

"他叫张白，天下就没有一个人知道他。我是从鸡鸣庵的女住持听说他的生平的。我捐献了一大宗田产给那个尼姑庵，给那个狡猾的老住持，她才给了我这个碾玉观音。那时候，这个碾玉观音的主人——那个尼姑已经去世。在我这儿保藏当然比在尼姑庵好得多。"

那个小雕像是用非常非常晶莹的玉石雕成的，镶嵌着绿玉，放在一个玻璃匣子里，玻璃匣子放在最上面的那层楼的中间，外面围着熟铁打成的花格子，铁格子很沉重，谁都搬不动。

"绕着碾玉观音走一圈儿，她的眼睛会随着你转，始终看着你。"

听他说来，这个雕像非常有趣，仿佛真是活的一样。我围绕她一走，她的眼睛真的随着我转，确是不可思议的事。

那个观音像看来真是凄惨，她正在飞奔，正是那最动人的一刹那的姿态，右臂高举，头向后仰，左臂微微向前伸出，脸上的神气，是一个女人和爱人被揪开拆散时的样子。雕像所表现的像是观音菩萨升天，手伸出来表示降福众生，不过一看脸上的神情，没有人相信她是向众生降福呢。几乎无法相信在一个十八寸的小像上，那位艺术家会表现出那么生动难忘的经验。就连身上的衣褶，也是那么稀奇独特，纯粹是个人的特殊创作。

"那个尼姑怎么会有这么个雕像呢？"我问。

"你仔细看看这个雕像的姿态，飞奔的姿势，眼睛里的爱、恐怖、痛苦的神情吧。"他说到这儿停顿了一下，忽然又接下去说，"我们下楼，我把这个故事从头到尾告诉你。"

那个尼姑名叫美兰，临死才说的这故事。尼姑庵的住持也许没有把这个故事的细节完全说对，也许有地方润色了一下，好显得故事格外生动。不过知府大人改正了几处错的地方，并且一一证实与真正经过丝毫不错。据老住持说，那个尼姑沉默寡言，死前跟谁都没有说过。

　　那是几十年以前了。美兰那时正是个青春少女，住在开封城里一所带花园的官邸里。因为是大官张尚书的独生女，被娇惯得厉害。父亲为人极为严正，可是对女儿却百般溺爱。他家也像一般的官宦之家一样，好多亲戚都来府里住，书念得好点儿的，在衙门里谋个差事，不认得字的，就在府里头做事。

　　一天，一个远处的侄子来到张府。他名字叫张白，十七岁，很聪明，活泼爽快，精神饱满。他虽然只有十七岁，但个子长得特别高，尖尖的手指头，长得很秀气，不像个乡下孩子。张府全家都觉得他很好，虽然他不会读书写字。夫人决定派他招呼客人。

　　他比美兰仅仅大一岁，又都是孩子，所以常常一起说笑。他能给美兰说些乡间的故事，美兰很爱听。

　　过了几十天之后，府里对他的热望渐渐地凉了，因为他性情特别，又执拗孤僻。他常常忘记自己的职责，既不能做个好仆人，犯了错儿还不肯受人责骂。所以夫人改叫他照料花园，这个他倒很乐意。

　　张白就是那种生来很有创造性的人，不是学习世俗学问的人。他跟花儿鸟儿在一起就很高兴，随处漫步呼啸，仿佛自己就是自然万物的主宰。若是没有人理他，他一个人能做出奇妙惊人的东西。没有师傅，他一个人就能学着画画儿。空闲无事时，他能够做出极其精美的灯笼，用泥做的小鸟兽，也都栩栩如生。

　　到了十八岁，他似乎还是一无所长。他什么地方能吸引美兰呢？连美兰自己也不知道。他只是与众不同，他身材高，很漂亮，做什么都灵巧，除去美兰的父亲，全家都喜欢他。表兄妹越来越亲密，可是事实很明显，他俩不能结婚。

　　一天，张白跟人说，他要去学一行生意。他已经找到了一家玉器作坊，也已经跟人家说过了要去做学徒。夫人想这个倒不错，因为他跟美兰太亲密了也不好。不过张白仍旧住在府里头，每天晚上回来。这样，反倒跟表妹更有话说了。

一天，夫人跟美兰说："美兰，你和表兄都长大了，虽说他是你的表兄，你们也不要老见面才是。"

妈妈的话反倒使美兰越发多地思索起来。美兰以前始终没有弄清楚她已经爱上了张白。

那天晚上，她在花园里碰见了张白。在月光之下，坐在石头长凳子上，她偶尔提起妈妈说的话。

"白哥！"她说着脸上有些羞红，"妈妈说我不应该老见你。"

"不错，我们都长大了。"

"可是，这是什么意思呢？"她低着头，好像是在自言自语。

张白搂住美兰的腰，他说："那就是说你身上日渐有让我迷恋的地方，让我越来越想看见你。你在我身旁，我就快乐；你不在我身旁，我就寂寞、凄凉。"

美兰叹息了一声，问他说："你现在快乐吗？"

"不错，我快乐，有你在我身旁，一切都与平常不同啊。美兰，你是我的，我是你的。"张白的声音很温柔。

"你知道我是不能嫁给你的。爸爸和妈妈不久就要把我嫁出去呀。"

"不行，不行，你别说，你别说这种话。"

"你要明白这种情形才是呀。"

"我只知道这个。"张白说着把美兰拉到怀里，"自从开天辟地，你就是为我而生，我就是为你而活，我决不让你走，我爱你不能算错。"

美兰从张白的怀里跑开，一直跑回屋去。

青春之爱的觉醒是一件可怕的事，尤其可怕的是男女双方都了解彼此的处境，并且深深尝到求之不得的又甜又苦的滋味。当天夜里，美兰躺在床上，不断思索母亲的话，思索张白的话。由那一夜起，她完全改变了。两人越想抑制已经觉醒的爱情，越觉得摆脱不了感情的控制。两人极力避免见面。三天以后，美兰羞羞惭惭地去见张白。因为两人秘密相会，爱的火焰越发不可控制。在那些日子里，青春的热情，温柔的悔恨，短暂的离别，更深的盟誓，甜得很，又苦得很。两个人全都知道，两个人全都屈服在一种不可抗拒的强力之下。

他俩没有什么主意，只是一味相爱。按照当年的风俗习惯，美兰的父母正给她物色一个年轻的书生，但是她拒绝了。有时候她甚至说根本就不打算出嫁，这话真让妈妈吃惊。但因为美兰还年轻，父母也不太坚持，并且他们就只有这一个女儿，也有意叫她多在家待几年。

这些时候，张白仍然自己工作，学习手艺。在雕刻玉器上，张白发现了他的天性之所近。他就像一个生来的艺术家一样，为时不久，他已经自己发展成为玉器行中的巨匠。他非常喜爱雕刻，工作起来，孜孜不倦，细微之处，也非得弄得十全十美。那家玉器作坊的师傅很吃惊。富贵之家来订货的越来越多。

有一天，美兰的父亲，决定在皇后的寿辰献一件礼品。他想献一件绝妙的东西，并且已经找到了一块很大的上等玉石。他依照夫人的主意，亲自到张白的铺子里，说明了来意。他细看了看张白的雕刻，对张白作品的特性非常惊叹。

"侄子，这是你的一件好差事。这是献给皇后的，若是雕刻得好，你可就要发大财了。"

张白细细端详那块玉石，手慢慢摩挲那块未经雕刻的石头，非常喜悦。说定他用那块玉石雕刻一座观音像。他自己深信可以雕成一个世人前所未见的绝世美女。

观音像雕成以前，他不许人看。

雕完以后，观音像的意象、姿态，处处都合乎传统的规矩，真算得上一件完美的艺术品，无论仪态、风姿，无不极尽优美娴雅之致。此外，他还做到别的匠人做不到的地方，那就是在观音的耳朵上，雕出了一对转动自如的耳环。耳垂儿是那么精巧，那么厚薄起伏，完全和真人的一样，真令人喜爱。观音的脸正像他爱人美兰的脸。

尚书大人自然非常喜欢，即便在皇宫的无数珍宝之中，这件雕像也算得上是出类拔萃的了。

尚书大人说："这脸雕得非常像美兰的脸。"

"不错！"张白回答得很得意，"本来她就是我的灵感呢。"

"不错，你今后的成功当然是毫无问题的。"尚书大人重重地酬谢了张白，并且说，"我给你找了这么个好机会，你应当感激我才是啊！"

张白已经成名了，可是他最愿得到的却无法得到。得不到美兰，成名对他是毫无用处的。他知道心里最大的愿望无法实现，于是对工作失去了兴趣。报酬很丰厚的订活他都无法接受。没有别的，他就是不能工作，玉器作坊的掌柜非常烦恼。

美兰就要二十一岁了，本来就是惹人风言风语的年纪，何况还没有婆家。这时正有人把她说给一个很有势力的人家呢。不能再拖延了。不久之后，很隆重地举行了订婚礼，两家交换了礼品。

美兰和张白失望之下，急得要疯了，于是设法私奔。美兰相信张白的手艺足可以糊口，她只拿了自己的一些珠宝，心想就可以在遥远的地方过活了。

两人预备在一天夜里从花园后头逃走。那天晚上，恰巧一个老仆人在漆黑的夜里看见了他们，起了疑心，因为他俩的事情全家都已经知道。老仆人觉得不应当让尚书府发生这种丑事，他就过去揪住了美兰，不放她走。张白无法可想，就要把老仆人推开。老仆人踉踉跄跄，站不稳脚，却死也不肯放手。张白给了他一拳，把他打倒在假山上，头正碰在岩石的棱角上，他竟跌在地上断了气。两人一见老仆人没了命，就一齐飞奔逃走了。

第二天早晨，家里发现他俩已经私奔，老仆人丧了命。于是一方面尽量设法遮盖这件丑事，另一方面用种种方法追寻他们。结果是徒劳无功。尚书大人怒不可遏，立誓说："我就是找遍天下，也非把他抓回来打官司不可。"

逃出京城之后，一双情侣脚步不停，赶程前进。避开大城市，过了长江，到了江南。

"我听说江西有好玉石。"张白对美兰说。

"你想你还应当雕刻玉石吗？"美兰迟迟疑疑地问他，"你的雕像人家都看得出来，一看就知道是你雕的呢。"

"我们原来不是打算靠雕像过活吗？"张白说。

"那是老戴没死的时候打的主意，现在别人以为咱们谋害了他。你能不能改行呢？——像你以前那样做灯笼、做泥娃娃？"

"我怎能做那种东西呢？我已经雕玉成名了。"

"不过麻烦就麻烦在这儿呢。"

"我想咱们不用发愁。江西离京都差不多有一千里远，也不会有人知道咱们的。"

"那么你得改变你的风格，不要雕刻得特别出奇，雕得只要有人买就行了。"

张白咬着嘴唇，一言不发。他是按照千万个平庸的玉器匠那样雕刻，隐姓埋名、苟且偷生呢？还是由自己毁灭了艺术呢？还是让艺术毁灭了自己呢？这些，他完全没有想到。

　　妻子的直觉是对的。她恐怕雕刻庸俗的货品不合丈夫的性格。她也知道，他俩渡过长江之后，便有一种神秘的力量，把丈夫吸引到江西省玉器商往返的大道上来。这条大道由江西越过广东省雄峻的山岔口，便通到富庶的东南平原。他俩不敢在江西省会南昌停留，一直走到吉安。到了吉安，妻子又提到改行的问题。江西产最好的高岭土，出最好的瓷器。瓷器本身也可以满足他的艺术天才，可是张白不肯听。他说："即使做瓷器，我做的瓷器别人也认得出来。那么你还是让我做那种庸俗的瓷器是不是？我认为在这里雕刻玉器也可以平安无事的。"

　　这大大违反了女人的直觉。美兰不得已，只好屈从丈夫的意见。她说："那么，亲爱的，为了我，你千万不要再成名了。咱们现在正在受苦，你若是再成了名，咱们就只有死路一条了。"

　　美兰心里害怕，才说这种话。可是她心里又知道，丈夫不做出最完美的东西，总是不甘心的。他现在具有高超的美感，有对完美的追求，对自己作品的自负，以及对玉石的热情。他要逃避的不是缉捕的衙役，而是他自己。他也感觉到自己处境的悲剧之处。

　　张白用妻子的珍宝，买了各种性质不同的玉石，开设了一家铺子。美兰看着他做工，常常说："已经好了，别人谁也雕不了这么好。为我，别再费事了，算了吧。"美兰这样劝阻他。

　　张白只是看着她苦笑。于是他开始做些平庸的耳环一类的东西。可是玉石，需要自己的玉石精神，需要特别的做法。用玉石雕刻耳环，纵然做成了可爱的东西，像猴子偷仙桃，究竟性质不对。所以他偶尔——最初是偷偷地，良心上很感觉不安——偶尔雕刻些独具匠心、非常可爱的东西，特别显出他创造的天才。这些他自己心爱的作品，刚一雕完，就被人抢购了去，比一般庸俗的东西获利优厚得多。

美兰见了就恳求他说："我真是发愁，你一天比一天名气大。我现在正怀着孩子，你要慎重点儿才是啊！"

张白听到后喊道："要有孩子了吗？现在可真要像一个家庭了。"他一吻之下，他所认为的那种女人的杞忧就烟消云散了。

美兰自己喃喃地说："可是，咱们的日子过得太好了。"

他俩的确过得不错，一年之后，宝和玉器的名声确立了——张白给他的铺子起的字号叫宝和号。一切上流的人都来买他的玉器，吉安城也以玉器出了名，经过此地到省城去的人，总要在此停留一下，选购些可爱的玉器。

一天，一个人走进铺子来，随便四下里张望了一下陈列的货品，就问张白说："你是不是张白？开封府张尚书的亲戚？"

张白赶紧否认，说他自己从来就没过开封府。

那个人很怀疑，打量着张白说："你北方话说得不错，你结婚了没有？"

"结婚不结婚不干你的事。"

美兰从铺子后头往前面张望了一下。那个人走了以后，她告诉张白那人就是她父亲衙门里的一个秘书。大概张白的玉器已经泄露了他的身份。

第二天，那个人又来了。

"我告诉你，我真不明白你说的话。"

"很好，我告诉你张白的事情吧。他犯了谋杀案，他诱拐了尚书府的小姐，还偷了尚书的珠宝。你若叫我不相信你是张白，请你太太出来给我倒一杯茶。我若看见她不是尚书府的小姐就好。"

"我在这儿规规矩矩地开这家铺子，你若跟我找麻烦，我就叫你给我走开。"

那个人怪笑一声走了。

张白夫妇匆匆忙忙地收拾了玉器和宝贵的东西，租了一条木船，天还没有发亮就逃走了。一直溯江而上，这时孩子才三个月。

也许是命运不济，也许是活该如此。孩子在赣县病起来，他们不得不停下。一个月的水程，把钱耗了个罄尽。张白不得不拿出他最精美的玉器，卖给了一个姓王的玉器商。那件玉器雕的是一只狗，一双眼睛半睁半闭着。

那个商人一见就说："噢！这是宝和玉器呀，别家做不了，根本没办法仿造。"

"不错，我是从宝和号买的呢。"张白心中暗喜。

赣县在一片高山峻岭之下。那时正是冬天，张白迷恋那蔚蓝的天空和山里清新的空气。他和太太打好主意在此停留下去。孩子的病已经好了些，张白决定再开个铺子。赣县是个大城，他们觉得再搬远一点儿，在离城大约二十里的地方，总还妥当些。张白现在必须再卖一件玉器才行。

美兰不由得问他："你为什么要卖呢？"

"咱们还要用钱开铺子啊！"

"这回要听我说，这回我们开个胶泥铺子吧。"

"干什么……"张白话并没有说完，又突然咽了下去。

"就因为你不听我的话，咱们差点儿被捕。玉器对你就像命根子一样，比太太孩子还要紧？等事情过去了再雕玉器吧。"

张白不得已，开了一家铺子，专做胶泥烧的小雕像。他做好了几百个佛像。但是每个星期，他都看见由广州回来的玉器商在这里经过，于是他又渴望雕刻玉器。他常在街上漫步，走进玉器店看看，不由得眼里怒火如焚。回到家里，一看见自己做的那些潮湿的泥雕像，就用手指头捏了个稀烂。

"泥土！我能雕玉器，偏偏要做这种泥土东西！"

看见他两眼的怒火，美兰怕得不得了，急得说："这不是要命吗？"

一天，玉器商王某碰见了张白，请他进店里去坐，想再从张白手里弄几件宝和玉器。

"你到哪儿去了？"张白问王某。

"我刚从吉安回来。"王某说着打开包袱，"你看，这就是宝和现在出的东西。"

张白默默无言。等王某拿出一个玛瑙猴儿，张白喊说："假的！"

王某从容不迫地说："你说得不错。猴儿的脸上没有神气。听你说话，你很内行啊。"

"我当然内行。"张白说得很冷淡。

"噢，是了。我记得你卖给我一个卧着的狗。其实，我告诉你也没关系。那个狗，我赚了百倍的利钱呢。那么好的东西你还有没有？"

"我给你看看真正的宝和玛瑙猴儿吧。"

在自己的铺子里，张白给他看了一个自己在吉安雕刻的玛瑙猴儿。王某竟劝动了张白，又把这个猴儿买了去。王某第二次到南昌的时候，他告诉了几个玉器铺的朋友，说在南方一个普通的胶泥刻像匠人手里，买到的这些珍贵稀奇的东西，并且说："那么一个人，竟会有这种好玉器，真奇怪！"

大概六个月以后，三个衙役来到张白的铺子里，带着公事，要逮捕张白和尚书大人的小姐，押解到京里去。尚书的秘书也和衙役一同来了。

张白说："你们要答应我收拾点儿东西带着。这个官司我打了。"

美兰也说："也得给孩子带东西呢。"

"别忘记，他是尚书大人的亲戚，若在路上得了病，你们可要担不是的。"

几个衙役已经得到尚书大人的命令，一路之上要好好对待他们。张白和妻子得到允许回到铺子后面去，衙役在前面等着。

真是一场难分难舍的离别。张白吻了太太和孩子，就从后窗子跳了出去。从此一别，一生再无相见之日了。

美兰在窗口轻轻对丈夫说："我是永远爱你的，你可别再动玉石了。"

美兰站在窗口，一双胳膊高高举起来，表示告别。张白回头向她看了最后一眼。

张白的踪影完全消失之后，美兰才回到里头。到铺子的前面，镇静如常。她把一些东西往口袋里放，仿佛只是忙着装东西。她叫一个衙役给她抱着孩子，一边装东西一边和衙役说话。等到衙役们起了疑心，一搜查屋子，张白已经不见了。

美兰回家一看，妈妈死了，父亲老了。她向父亲问好，父亲的脸上并没有饶恕她的表情。尚书看了外孙子一眼，脸上才温和了一点儿。张白既然已经逃走，张尚书也松快了一些，因为张白若是没有逃走，他真不知道这件事怎么处理才好。不过，他仍然不能饶恕张白。因为张白毁坏了女儿的终身，弄得他全家这样凄惨。

过了几年，没有张白的消息。一天，广州的杨知州来到京都。张尚书为杨知州设宴洗尘。在席间谈话里，杨知州透露他带来了一件极其珍贵的雕像，可以和张尚书献给皇后的玉观音比美，并且风格特别相似，手工之细腻也极其相似——可以说，特别精美。他打算把这个雕像献给皇后，好和以前那个玉观音配成一对。

在座的客人心里都很怀疑，都说比玉观音的手工还好的玉器不会再有了。

"那么，等我拿来给诸位看看。"杨知州很高兴。

饭后，桌子收拾干净，杨知州吩咐人抱进一个光亮的木头匣子。杨知州把白玉观音拿出来往桌子上一放，全屋立刻寂然无声。当时桌子上摆的正是我现在收藏的大慈大悲的观音像。

一个婢女连忙去告诉美兰小姐。从花格子隔扇之后，美兰往屋里一看，一见桌子上的雕像，脸上立刻变得惨白。她小声说道："他又雕像了，我就知道是他。"于是强作镇定，接着往下听，要听听张白是不是还活着。

"那个艺术家是不是还活着呢？"一个客人问。

杨知州说："说到这个人，可是特别得很，他并不是个平常的玉器匠，我是听我的内侄女说的。内侄女出嫁时，借了内人一个古镯子戴。两只镯子一副，上面雕刻着两条纠缠在一起的龙，雕工非常精美。她不留神给打断了一个，心里非常害怕，也的确可惜，因为那副镯子那么精致，简直无法再配。她一定要找人再配一只不可。她到过很多玉器铺，但是没有一家铺子能接这件活，铺子的人都明说，现在谁也做不出那么好的东西。于是她在茶馆里贴广告，公开请人。过了不久，来了一个衣衫褴褛的人，他说愿意应征。镯子给他一看，他说能够雕，他就雕刻了一只给配上了。这是我头一次听说这个人。

"后来我听说皇后还要找一个雕像，好和那个观音像配一对，我于是想到了那个人。我在广州买了一块绝美的玉石，又请了那个人来。他到了，好像很害怕，好像做贼的叫人捉住了似的。我费了好大功夫，才向他说明我要雕个观音像。他一听我形容那副旋转的耳环，他有点儿畏缩，可是倒没有说什么。他慢慢走近那块玉石，把那块玉石从各个角度端详了一番。我问他：'怎么样？这一块玉石好不好？'后来他转过脸来，很傲慢地说：'这块玉石可以用，很值得雕刻一下。多少年来我总想找这么一块白玉，现在才找到。大人，我要雕一个像，可是不要给我报酬，我心里想怎么做就怎么做，不要干涉我。'

"我给了他一间房子，屋里有简单的床和桌子，还有他需要的别的工具。这个人真够怪。他跟谁也不说话，对送东西去的仆人，多少有点儿粗暴。他工作起来，好像有神灵附体一样。五个月的工夫，他不许我看一眼雕像。又过了三个月，他才把成品拿了出来。我刚一看，都觉得自己有点儿立不稳脚，就跟诸位刚才看见这个雕像时一样。他看着自己的创作，脸上有一种极其特别的神情。

"'大人！'他说，'我谢谢大人，这个雕像就是我的传记。'

"我还没有来得及说什么，他已经走了。等我追出去，已经看不见他，他早已无影无踪了。"

客人们听见隔壁屋里一声惨叫，一个女人的惨叫，真是震动人的心魂，痛断人的肝肠，人人都惊呆了。老尚书跑到美兰身边，她已倒在地上。

尚书很知近的一个朋友，看见杨知州惶惑不知所措，就小声告诉杨知州："尚书的小姐美兰就是这个观音哪。我敢说，那个艺术家绝不是别人，一定就是美兰小姐的丈夫张白。"

美兰苏醒过来以后，当众走到桌子前面，手慢慢抬了起来，摩挲那个小雕像，然后紧靠在上头。又再摩挲那个小雕像，触摸那个小雕像，就仿佛触摸丈夫张白一样。大家都看得出来，那个玉石雕像和美兰长得一样，就是同一个女人。

杨知州听完那件事情的经过，他对美兰说："孩子，你留着这个雕像吧，我给皇后再找一件别的礼品好了。我盼望这个雕像能够给你一点儿安慰。你一天没见你的丈夫，这个雕像就算是你的。"

由那天起，美兰越来越消瘦，好像神秘的病销蚀了她的身体。现在尚书只愿能把张白找到，以往的一切都可以不再计较。第二年春天，广州杨大人来信说，已经用尽了方法找张白，毫无结果。

两年以后，一阵瘟疫传染了全城，张白的儿子一病而死。美兰就削落了头发，在一个尼姑庵里出了家。美兰只带着这个观音像，算是她唯一的财产。据庵里的老住持说，美兰好像是生活在另一个世界里。她不许别的尼姑进她的屋子，连老住持也不许。

老住持告诉尚书大人说，有人看见美兰在夜里写一张张祈祷文，在雕像前面焚烧。她不许别人进入她那个神秘的世界。她似乎很快乐，从来不伤害别人。

美兰进了尼姑庵大概二十年才死的。那个有生有死的肉体观音是已经死了，这个碾玉观音却还活在世界上。

贞节坊

本篇系据《一笑闻稗史》中一简短故事重编。原文中亦有杀鸡一事。原作述一寡妇在接受贞节牌坊前夕，为仆人引诱失节，因未获贞节牌坊，自缢身死。

苏州城外有一个小镇，一边是蔚蓝的高峰峻岭，山上的树木已经砍伐将半；一边是秀丽的薇山湖，环湖都是低湿之地。横跨古道，有一排石头牌坊。这样的景物在中国的乡村、县镇、城市里，都是平常易见的。看来好像是供点缀装饰用的，其实都是过去的一些人的纪念坊，有的纪念身为高官显宦的名儒，有的纪念贤淑贞节的女人。这里这些都是贞节牌坊，都是得到皇帝的旨意才修建的，用来旌表贞节的寡妇。她们都是年纪轻轻的便死了丈夫，终身守节的。男人们都很景仰这种贞操，而其中究竟怎么个艰苦，由这一篇故事便可看得出来。

一个年轻的妇人向她女儿喊："进来，美华，你这么个大姑娘，不应当这么在门口站着。"

美华走进来，羞羞答答地低着头。她生得出奇漂亮，含笑的红嘴唇儿，整整齐齐的白牙齿，桃花似的脸蛋儿，率真自然，洒脱随便，而又倔强任性，只有在乡村才养得成这种性格。虽然她低着头进来了，脚还是懒得往里迈，还是意马心猿的。

她向母亲分辩说："别的姑娘也都在那儿看呢。"说着就跑了。

这时候，有一哨马队正在街上排着队走过，有七八十个人，踩着圆石头子儿铺的道，沙沙的脚步声在狭窄的街道上不住地回响。女人们，男人们，都站在家门口看，不知道这些兵正往什么地方去。上了点儿年纪的女人都出来倚墙立着，年轻的都在门里的竹帘后面。竹帘这种东西很巧妙，站在里头，可以看得见外头，外头却看不见里头。

刚才美华跑出了竹帘去，立在她们家墙的石台上，看来非常显眼。一队兵在前面走。哨官身材高大，一个人在后面跟着，眼睛直扫街上的年轻妇女。在十几步之外，他就看见了美华。他经过的时候，美华那个肉皮儿长得像桃花一样的姑娘，向他微微一笑。他瞧着走了过去。后来又回头望了一下美华那美丽的脸。

这一支队伍是从苏州南方三十里过来的，要消灭藏匿在这一带青山里的土匪，因为这帮匪徒在邻近县里抢劫，近来越闹越凶。韩庄这个小镇，供给这支军队住所，的确不容易，有几个寺院可供住宿，不过军官们总爱住在老百姓家里。至少，晚上要有个舒服的床睡呀。

那个队长也有住在老百姓家的意思。所以他回头望望，看看美华，同时认清了那所房子，这样，也不见得算是非礼。他把士兵们的住处分配妥当之后，当天下午就来到美华的家里，问一下他是不是可以打扰她们些日子。这一家有两个寡妇，一个是美华的祖母，一个是美华的母亲，可是这个队长并不知道。他这样说明来意：这次剿匪，大概要两个月，不过大多时候他不在家；在镇上的日子，她们家若能给他个睡觉的地方，他就很感激了。双方互道姓名之后，他很惊讶，原来这一家连一个男人也没有。

当时美华也在家，很急切，一意盼望祖母和母亲答应下来。老太太一脸皱纹，六十来岁，头上戴着黑绒箍儿。母亲文太太，身材高，有点儿消瘦，还是个漂亮的女人呢：三十五岁上下年纪，鼻子端正，特别显得高，小小的灵巧的嘴，除去显得比女儿美华成熟、娴雅，简直就像自己女儿的样子。还有，她青春的活泼减弱了一点儿，感情的火焰压低了一些，但是火焰并没有消失，而是在严密的抑制之下，而且火力还很充足呢。她脸上看来一片冰霜，一点儿不动感情。队长见她脸上颤动了一丝微笑，双唇又紧绷起来。队长总觉得她那智慧流盼的目光里，有一种值得探索的奥秘。

这三代女人的家里若容一个男人住下，的确有点儿不寻常，可是看了看这个青年军官，随便哪个女人的心里也不好意思拒绝。队长身材修长，宽肩膀儿，五官端正，漆黑的头发很茂密。他既不是军中那种常见的粗鲁不文、脏话满嘴、高声叫骂、作威作福的人，也不是拘束呆板、官气十足的人。他是北洋武备学堂出身的，谈吐文雅，举止高尚，名叫李松。

"吃饭不敢麻烦太太小姐了，我就要一张床，一个地方洗澡，偶尔喝杯茶就好了。"

"我们可以给您住这个房子。您委屈一点儿吧，只要不嫌弃，什么时候在镇上，什么时候就来住。我们很欢迎。"

房子的确破旧，还有点儿黑暗。家具倒很讲究，只是没摆设什么东西，木材部分，因为常常擦，木头已经褪了颜色。屋子也很干净，很整齐。她们给队长在前厅里放了一张床，美华和妈妈睡在院里，有老太太在一块儿，免得人家说闲话。

两个寡妇见了队长，立刻觉得美华和他很般配。美华到了这个年纪，也该订婚，也该出嫁了。美华长得美貌出众：鼻子端正像母亲，双眸流盼也像母亲，只是没母亲的典雅风韵。有很多人爱她，她自己也知道。不过文家男丁不旺，阴盛阳衰，人家都心存疑惧。文家已经有了两个寡妇，祖父和父亲都是婚后不久死的。既然这样有了两次，当然就会有第三次，娶了美华的人一定会寻短见，会横死的。又因为文家除了这所宅子，再也没有什么产业，人家也觉得没有什么可图的，青年男子喜爱美华，可是一提到亲事，父母总是都反对。现在美华已经出落成一个丰满美丽的大姑娘，还是没有人过问。

李松来了之后，这个三代女人的家里起了很大的变化。李松对美华大献殷勤，很高兴在她们女人堆里混。对老太太谦恭有礼，对文太太他是一副热情潇洒的样子。他很健谈，表现得特别轻松愉快，风趣娱人。这当然也因为他正有所恋。他来了，这个寡妇的家里添了男人的语音，添了嘹亮的笑声。这种声音，她们已经多年没听过了。她们当然盼望他永远在她们家里住下去。

一天，他从营里回来，看见文太太正在内厅里。内厅里有一个小书架，上头放着种种的经书文集，有的是木版的大本，装着褪色的蓝布套，不像是女人读的。还有些坊间陋本的小说、戏本、儿童用的书，一些平平无奇的书。李松手指这些书向文太太说："您有不少书哇。"

"您愿看就随便看，这是先夫留下的。"

"那些孩子们念的书是谁的？"在没有孩子的人家，有些孩子们念的书，真想不到。

文太太脸上有点儿发红："我书念得不多。我教些小孩子和姑娘。"

　　的确不错，有一本《女儿经》，几本《女诫》——这是汉朝女史学家班昭作的，还有几本司马光作的《家范》，全是用来教姑娘们用的。

　　"太太就指望着教书过日子吗？真想不到。我刚才还纳闷你们婆媳怎么过呢！"

　　文太太笑了："噢，一个人总得想法子过。婆婆和我年轻的时候，我们总是绣花儿。现在，我就在家教书，姑娘们来来去去的，上课也不太正常，有的上几个月，有的上一年的光景。人家都愿叫姑娘来跟我念书，都知道我教她们进德修身，将来好出嫁，做个好媳妇儿。"

　　李松打开了一大套，是《朱子语录》，儒家的书，比另外那些书都深奥。文太太说："这是先夫的，不是我们女人念的。我和您说过，我没念过多少书，女人念书，只要懂点儿大道理就行了，像怎么样做母亲，怎么样做妻子，怎么样做姐妹、做儿媳妇儿，还有孝道、顺从、贞节，这些个道理。"

　　"我相信您教的姑娘们，对这些道理一定懂得很透彻。文先生一定是个饱学醇儒了。"

　　这些话文太太听来一定很难过，她没有说什么。她说话总是谦恭又骄傲。她的容貌仍然是年轻的，态度总是和蔼可亲。李松觉得她非常惹人爱。虽然他正和文太太的女儿美华相恋，他也看得出来，母亲比女儿更娴雅，坚忍，饱经忧患，因为人生的经验丰富，更能欣赏较精美的事物，并在上面求得满足，就像她这么满足目前的日子一样。这时候李松还不知道这两位寡妇在文家宗族里有优越的地位，也不知道族人正筹划给她们修个贞节牌坊呢。

　　李松从林城回来之后，发现文家房后有一个菜园子，由厨房进去。一天早晨，美华出去买东西了，所以李松没有看见她。

虽然他心里想的是美华，但他问了一下老太太在什么地方。

文太太说："老太太在后面菜园子里呢。"

以文家的宅子大小看起来，那个菜园子算是够大的。园子里有几棵梨树，几丛花木，几畦白菜，几畦青葱，还有些别的青菜。园子四面围着的是邻家的墙，只有东边有个旁门，通着外面一条小巷。靠着旁门，有一间屋子，看来好像一间门房，再往前一点儿，有一个鸡窝。这时老太太正坐在一把木头椅子上晒太阳。文太太穿着一身青，整整齐齐的，两鬓的头发留得很往上，正是入时的式样。她和李松在园子里走了一下，脸上一副既谦逊又骄傲的样子，极其神秘，非常可爱，眼睛里流露着很温柔的光芒。她自己一定相信，只要她想再嫁人，随时都可以的。

"太太自己种这个菜园子吗？"

"不是。老张种。"

"老张是谁呀？"

"他是我们请来种园子的。我们有瓜、白菜卖的时候，老张就出去卖钱回来，他为人极其老实可靠。"文太太说到这里，用手指着那间门房说，"他就住在那里。"

老张这时正好从旁门进来。因为正是夏天，他光着脊梁。在太阳底下，他那紫铜色的腱子直闪亮，四十上下的年纪，辫子照着时行的式样在头上盘成个圈儿。脸上一团的老实忠厚。不论在什么地方，这种模样都讨人喜欢，尤其是脸上无忧无虑的，肉皮儿又新鲜又结实。

文太太把老张介绍给李队长。老张走到围着栏杆的水井边，打上一桶水，拿了一个瓢，舀起水来，喝了几口，把剩下的水倒在手上洗了洗手，举止简单省事、自然可爱。他喝水的时候，太阳照着他那干净健美的肌肉，这时，队长看见文太太，敏感的嘴唇儿微微颤动。

文太太说："我们家若是没有老张，我不知道该怎么好。他不要工钱，他家里没有人，不用养家，只要有饭吃、有地方睡就可以了。他说他不知道有什么花钱的地方。他妈在世的时候，总是和我们一块儿过。老张真是个孝子。他现在就是一个人，没有亲戚。像老张这么干净、这么老实、这么勤谨的人，真是从来没有见过。去年我给他做了一件袄，说了半天，他才肯要。他给我们家做的活多，得的好处少。"

晚饭以后，李松又回到菜园子里，老张正修理鸡窝呢。李松张罗着要帮忙。后来李松想到鸡窝和文太太的将来，其间的关系竟会那么大，极细微的事情在人生里也会那么重要，想来真是有趣。

李松和老张谈起文太太来。

老张多嘴多舌的，他说："我们太太真了不起，若不是太太，我妈老来也不会那么享福。他们说，文太傅正张罗着给老太太和太太修座贞节牌坊呢。老太太是二十岁死的男人，她就那么一个儿子，娶了我们太太。这是多年以前了，我听说，那是一天早晨，大爷正在梳头，就倒在地下死了。所以太太十八岁就守了寡，那时候太太正怀着孕，生下来是个姑娘。你一定也怜惜太太，那么个年纪轻轻的女人就守了寡。除非她要个儿子，才有点儿过头呢，儿子大了也好顶门户儿过日子啊，可是太太不肯要，太太真苦啊。老太太要给太太抱个儿子，好继承文家的香火。我想，生儿养女真是半点儿不由人。有的人家，人丁兴旺，一连就生六七个儿子，有的子嗣半个都没有。人都说她们不利男人，没有一家愿把儿子过给她们。所以我们太太就一直守着这个姑娘过。美华现在长大了，出落成这么个如花似玉的大姑娘，我看着她长大的呀。您干什么不娶了她呢？只要能养活她，她准是一个天字第一号的好太太。"

老张言谈举止那么单纯，李松微微笑了一下。美华的娇媚，当然用不着老张说。

"那贞节牌坊是怎么回事呢？"

"您不知道吗？就是胡家有个贞节牌坊，文家的同宗都很眼气，他们给同宗文太傅写信，说明这两位太太的情形。老太太守寡大概有四十年了。他们说文太傅要上奏折，请皇上下旨意修一个贞节牌坊，旌表她们婆媳二人呢。"

"真的吗？"

"队长，我干什么跟您开玩笑？这是开玩笑的事吗？一个女人受皇上旌表，这怎么能当笑话说呢？人家说，皇上一准修这个贞节牌坊，就赏给一千两银子呢。那么一来，她们不就富了吗？不就受人家尊敬了吗？老太太和太太真是配得上。我们太太又年轻，又俊俏，好些男人都愿娶她呢。为了对婆婆尽孝道，太太宁愿留在文家，不愿再往前走一步，省得留下老太太没人伺候。就凭这一宗，怎么能不敬慕人家呢？就为的是这个，就要立个贞节牌坊。太太只等美华嫁了人，有了儿子，就能继承文家的香火了。太太真是了不起啊！"

李队长还是来来往往的，追美华比追土匪更起劲。以前别的女人爱他，都没有美华现在爱他爱得这么热烈。李松现在已经入了迷。美华爱李松，并不隐瞒，一直告诉李松她爱他哪些地方，为什么爱他。别的女人这么样，李松会怀疑有什么圈套，但是美华一心痴恋着他，他心里真是喜出望外。美华的脾气是稚气活泼，有时候是顽皮淘气，可是不失天真自然。因此，李松越发迷恋她。

　　他们俩相爱，老太太和太太早已看得清清楚楚。李松正是二十七岁，尚未娶妻。老太太已经认定这是天作的良缘了。

　　文家一切都很小心，免得闹出一些越礼的事情，祖母睡在西屋，太太和姑娘睡在里院的东屋。晚饭一吃完，里院的门就上了闩，太太特别小心，把屋门也上了闩。其实她只是欺骗自己一个人，因为李松有时候住在营里，好和美华在外头相会。有时候美华下午不见了，吃过晚饭才回来。这种情形赶巧发生在她们以为李松不住在镇上的日子。

　　有一回，晚饭后过了两个钟头，美华才回来。那正是七月间，天很长。那一天，李松、美华顺着一条往镇外的大道走，后来走到一条小路上去，小路环绕着一个池塘，一路之上，树木掩映，小路一直通到一座林木葱茏的山坡。那个下午，天气晴朗，晌午热得像火盆，下午渐渐清凉了，微风宜人，自森林里飘来。林下的岩石上，苔藓滋生，青翠照眼。

　　池塘周围，绿草茸茸，再远去便是一片湖水。有李松在身边，美华觉得日子过得快乐极了。两个人已经山盟海誓，决定相爱终生。美华告诉李松，她母亲当年多么漂亮，多少男人托人提亲，母亲都拒绝了。美华还说："我若是妈，早就再嫁了。"美华说这种话，李松真没有想到。

　　李松问美华说："有这样的妈妈你很高兴？"

　　"当然，不过我以为一个女人应当有个家，有个男人，不应当像妈妈这样。也许我听的假道学太多了，我厌烦那一套。"

　　美华正年轻，祖母和妈妈的坤德懿范，还关不住她的少女春情。

　　李松又说："贤德的女人就是照着那一套道理过日子的。"

　　美华精神很兴奋，立刻回答说："你觉得一个姑娘家生来干什么呀？就是出嫁，有个家庭，生孩子。还不就是这个？妈那么早就死了丈夫，过到现在，真不容易，何况我们家还这么穷！你说，我怎么能不敬重妈呢？可是——"

"可是什么？"

"我觉得贞节牌坊真是无聊。"

李松大笑。

"我这些年大了几岁，才想到妈妈的为人。妈心高好强，很是自律。做一个贞节的寡妇真有一种高贵感。我想妈很受人敬重。可是，我自己不知道我为什么说这些话。"

李松问到文姓族人给她祖母和母亲立贞节牌坊的事。

"我也为妈高兴。咱们结婚之后，自然就不在这儿住了。祖母身体这么弱，妈有了一千两银子，一个人怎么过呢？往后，一点儿指望都没有，再过二十年光荣的监牢日子，又孤独，又凄凉，死了成个老尸首才算完，受人尊敬，又该怎么样呢？"

李松听着很有趣。你怎么能说一个热爱人生的少女的这些个想法不对呢？两个寡妇家没有爱情的生活，美华已经体验到了，已经从旁看得清清楚楚。她这番话的意思，大概自己也知道。

忽然看见太阳落在山后了。美华说："嘿，李松，我们得赶紧跑。还不知道天已经这么晚了呢！"

李松下一次离开文家的那几天，文家闹了一件事。文太太听见邻居们说，李松和美华这对情侣给人家看见了，一次在城里，一次在通往城西的路上。妈妈什么事情也不放松的。文太太盘问美华，美华眼泪汪汪地承认错误，还说队长答应娶她。文太太怒气冲冲的。

"真没想到我的女儿这么给文家丢脸！你祖母和我早成了地方的模范，你糟蹋了文家的名誉，街坊邻居若知道这件丑事，真不知道该怎么拍着手称快呢！我的女儿呀！"

美华擦了擦眼泪，向妈妈说："我不害臊，我爱他有什么丢脸的！我已经到了嫁人的岁数了。您若嫌他不好，给我再找个好的，再找一个！我年纪轻轻的，不能糟蹋在这个没有爱情的家里。妈妈您呢，我看这么些年您老是过这种空空洞洞的日子，您自己还说这叫什么贞节居孀，我看没有什么了不起的！"

文太太听了，张口结舌，这样出乎意料，简直喘不上气来，想不到自己的女儿对自己这么冲撞，头直发晕，气喘喘地说："你满嘴乱说什么，死丫头！"

美华又说："妈，您为什么不改嫁呢？您现在还这么年轻。"

"雷劈了你的狗舌头！胡说八道！"

美华的话谁也说不出来，只有孩子才能说出这种话，这么坦白直率，这么痛快。可是美华根本不知道这话多么伤妈妈的心，把妈妈的心刺得多么深，这话使妈妈多么想不到。妈妈再嫁人这个想法真是可怕，真使人吃惊，是多么想不到的事啊！文太太又说："我教训了你这么多年，你就一点儿廉耻都没有吗？"

文太太实在忍耐不住了，号啕大哭起来，哭得真可怜。说来也怪，有时候一言半语，一两个字眼儿，力量竟会大得厉害。过去那长长的十九年忍住的苦处，那种无法告人的苦处，都随着这又咸又苦的眼泪哭出来了。什么苦处自己没受过呢？现在自己的亲生女儿倒来笑话自己，笑话自己那些牺牲克制的日子。那种牺牲克制，只有自己才知道。从小姑娘的日子起，文太太就没有听说谁对居孀有什么不赞成，这就像不赞成老天爷一样。再嫁人这个想头，不但是无法想象，在那些漫长的年月里，她根本就没有想到过，这根本就不是什么问题。即使有再嫁人的心，也早就扔到九霄云外去了。简直压根儿就没想过——直到现在。

文太太不再骂女儿了。自己软成了一团儿，怪可怜的。美华吓得不得了，再没敢说什么。文太太听了女儿这几句讽刺的话，也确是心服口服。美华说寡妇的日子太空洞，真是千真万确。文太太两手捂着脸，伏在桌子上一直哭，心里飘飘悠悠的。美华和队长的美满快乐才是真正的幸福，谁也不能不信。自己年纪轻轻的时候若也遇见这么个年纪轻轻的……心里真是乱糟糟的。

文太太打定主意，等队长回来再说。心想他现在一定在城里头，说不定美华会去警告他，没准儿会跟他一块儿逃走呢。于是她把美华锁在屋子里。

三天以后，李松回来了。文太太一个人向他打招呼，耷拉着个脸。

"美华呢？"

"她很好，在里头呢。"

"怎么不出来？"

"我等了你好几天，这件事情得说一说。"文太太声音冰冷，嘴唇绷得紧紧的，"我还以为你在城里等着她，八成儿还纳闷她为什么不去跟你幽会吧？"

李松问："什么幽会？今天早晨我才回来的。"

"不用装不知道，我什么都明白了。"

文太太的声音里，有一种克制之下的女人的愤怒，李松从来没有听见过，可是语气仍然是又骄傲又谦恭。这种谦恭骄傲兼而有之的语气，平常听得多么惹人爱呀！

李松一言不发。这时候，听见屋子后头有美华的声音，美华在后头疯狂地喊叫："放我出去，我在这儿哪。李松！快来救我，李松！放我出去！"她放声大哭起来。

"这是怎么回事？"李松喊着跑进去。听见美华在锁着的门上乱撞，一边大哭，哭得真可怜。

文太太跟着到屋里，祖母也从自己的屋里走出来，慢慢走到队长跟前说："你是不是要娶她？"

李松惊疑之下，低下了头，他现在完全明白了。美华还在里头喊："李松，李松，放我出去！"

李松向老太太说："我当然要娶她。你现在开开门，我跟她说几句话。"

一开门美华跑了出来，一头扑进李松的怀里，哭着说："带我走吧，李松，带我走！"

现在该轮到妈妈哭了。队长再三道歉，再三赔不是认错，不住地劝慰文太太，不过文太太哭得好像与他们俩的事情没有什么关系。李松不明白是怎么回事。

李松这时说话特别慎重，好像深知自身的处境。对他和美华的事，他表示抱歉，不过没有安别的心，只是一心想娶美华，把一切的过错全揽在自己身上，盼望两位太太原谅。现在他若娶了美华，也该尽半子之劳了。美华在一旁坐着，非常快乐。

一场风波算过去了，婚事也没有闹坏。队长答应娶美华，这样，对文家来说，事情也算是落个正正当当的收场。剿匪的战事转眼结束了，把一切事情料理妥当之后，李松和美华在苏州草草完了婚。

人的头脑是天地间最不可测的东西。为时很短，李松和美华闹的一段天翻地覆的情史，已经过去了，却留给文太太一个特别的影响。

三个月后，老太太去世了。队长一个人来的，帮忙料理完丧事。

文太太告诉李松说，族中文老太爷来过，拿给她一封文太傅的信，信上说太傅大人就要给皇上上奏折，请给她立一个贞节牌坊。事情大概是十拿九稳的。这消息一宣扬出来，文家同宗都很起劲。对于文家两个寡妇的贞节，似乎人人都有莫大的功劳。文家这两位寡妇，死的和活的，现在都尊称为节妇了。

真叫人意想不到，文太太把这些事说给女婿听，但自己并不显得高兴，有时候还显得有点儿怀疑。

李松笑着说："这好极了，您怎么不欢喜呢？"

"这个我也不知道。美华好吗？"

李松说美华已经有了喜。文太太听了直打战："干什么不早说呢？这才是喜事呢！"

"这怎么能比岳母的贞节牌坊重要呢？"

文太太一副看不起的神气，大声说："那牌坊有什么提头！"

对贞节牌坊那么体面的事，文太太竟会看得这么淡漠，真的出乎李松的意料。李松记得美华说过的，再过二十年"光荣的监牢日子"。现在文太太对贞节牌坊竟会抱这么个看法，真叫人没法儿相信。

"那不是糊涂了吗？若不是……"李松说到这儿，心里头忽然有点儿疑惑，话到舌尖儿又咽了下去，于是又说，"这座牌坊一修好，您的居孀当然就像奉旨一样了。"

丧事一完，文太太一个人住在那个旧宅子里。前后厅还挂着挽联，正厅中间挂的是一条白绫子横幅，是县知事大人送的，上面写着四个大字："一门二贞。"

文太太一个人在这所房子里住，有的是工夫思前想后。想想将来，有点儿害怕。才几个月以前，婆婆、女儿、队长，在这房子里笑语喧哗的。很多事情一件接着一件——美华的恋爱，紧跟着结婚，老太太去世，自己突然名震乡里，又光荣，又凄凉，现在美华又有了喜。

整个丧事的前前后后，老张卖了很大力气。老张现在看见太太很难过，越发来帮忙。美华不在家了，他去买东西，对里对外的一切事情，种种的琐碎麻烦事情，他一个人都担当起来，免得太太操心受累。甚至他还出去卖菜，挣钱回来。文太太在厨房里，从窗子里望着老张做活，有时候闷极了，出去跟老张说说话。园子现在完全围了起来，街坊邻居没有人看得见他们，文太太和老张越来越亲密。

本家文老太爷来了一趟，带来了太傅大人白份子一百两银子。修贞节牌坊和一千两银子的事，已经是板上钉钉了。

文老太爷走后，文太太很难打定主意，并且主意还不能打定得太晚，老张诚心诚意向文太太道喜。太太有地位，老张觉得也光彩。除去太太转眼成名，老张心里什么也没有想到。

好几回，太太想说说这件事，可是一个女人家，一个贞节寡妇，怎么向男人开口求婚呢？好几回，她到菜园子里去，跟老张搭讪青菜长青菜短的。可是青天白日的，她那么贞节，受了那么多年的教训，心里有话，真是无法开口。这种事，她简直行不出来。偏偏老张又老实得厉害，向来就没有想到太太是个女人，所以事情一起，老张被弄得莫名其妙。

美华生了一个女孩之后，跟丈夫一起来看文太太。文太太看见外孙女，喜欢得不得了，把又白又胖又热手的小孩子使劲往怀里抱，鼻子里哼哼着哄她。文太太不抱小孩子那么多年了，这么年轻做了姥姥，真是高兴。

"美华，你的婚事这么美满，我真喜欢。你的孩子和丈夫都这么好，你真有福气！"

美华流出了眼泪，觉得妈妈越来越近乎人情，完全原谅了女儿。就在这一天，她看见妈妈一个人静悄悄地坐着，愁容满面。妈妈已经不像以前那么克制自己，对自己的日子那么满足了。

队长知道了这种情形。他走到菜园里，看见老张正在耕地，真是出乎意料，老张竟把他拉到自己的屋里，脸上显着又惊又喜，又是犹疑不定的怪样子。

"您告诉我，我该怎么办？队长，我没念过书。"

"什么事啊？"

"就是我们太太呀。"

"我岳母有什么为难的事吗？"

"不是。可是，队长，只有你才能给我出个好主意。我真不知道该怎么办才好。"

"事情跟你也有关系？"

"是，有关系。"

"你告诉我有什么事吧。这些日子我不在，你们闹了什么事？"

老张拙嘴笨舌的，话也说不巧，向队长说出了事情的经过，队长简直不能相信自己的两只耳朵。老张说下去，很慢，很正经。听完，队长明白了，他才知道这位以前极其循规蹈矩的岳母，原来用了一个绕弯的方法想解决自己的问题。其实，像美华这样的少女，用一个姿势或是一个吻就可以表示的。

事情是这样：

前些日子的一个晚上，天很热，老张半露着身子睡在席子上——是十天前的晚上。他一醒就听见太太喊："老张！"那时月亮正挂在西半天，月光正照在老张的床上。他看见太太正站在他的门口，他连忙起来，问太太要什么东西。

"不要什么，你睡得真沉。我刚才听见鸡叫，我想是有野猫偷鸡来了。"

若到鸡窝去，一定得通过老张的屋子。那时候大概已经有三点了。草上的露水湿淋淋的。

文太太又说："你回床上去吧，一件小褂儿不穿站在这儿，要着凉的。"可是老张一定要看着太太回到厨房门才去睡。老张心里思索着小野猫下山偷鸡这件事。可是自己总没听见鸡叫，他老是睡得很沉的。

第二天，文太太和老张说："把鸡窝关好，别再叫什么东西进去了。"

"不用担心，太太。"

从前向来没有闹过这种事。第三天夜里，又像是有只野猫进了铁丝网，偷走了一只黑鸡。老张觉得有人给他盖被单，醒来一看，太太正摇晃他。

他一边坐起来一边问："又怎么回事？"

文太太说："我看见一只野猫，跳过墙跑了。"老张赶紧披上小褂儿，他和文太太仔细一看铁丝网子，看见网子上有一个大窟窿。太太指给老张她看见野猫的地方，但是看不见什么脚印儿。过去一看，真看见一只黑鸡，躺在一个顺着墙的花池子上死了，脖子上有一条血汪汪的伤口。老张埋怨自己太粗心，直赔不是。太太非常宽厚，向老张说："总算没丢什么，明天我把这只鸡做了吃了吧。"

"太太睡得怎么那么轻呢？"

"夜里我常常醒着，即便睡着了，一点儿小声音也能听得见。"

两人又回到老张的屋子里。太太还是站在门口，老张看见太太的衣裳上和手指头尖儿上都有血点儿。他把鸡扔在地下，倒水给太太洗手。他问太太是不是要喝杯茶，太太说不要，想了一下又说要。太太现在非常清醒了，不会再回屋去睡。

老张说："我把茶端到您房间去吧。"

太太说："不用了，外面很美。"

"我就来。"

太太说："不用忙。"

太太坐在老张的床上，摸摸老张的席子，摸摸光滑的床板，又摸了摸当被子用的被单子，于是向老张说："老张，我还不知道你没有一条像样子的被单盖，明天我给你一条吧。"

第二天晚饭时，端上了那盆鸡，太太又提起那只野猫。"你还没有修好鸡窝吗？"

当然，老张说修好了。

太太说："那只野猫今天晚上也许还会来。"

"您怎会知道呢？"

"当然了，昨天晚上它想弄没弄到手。它太胆小了。其实差一点儿就会偷走的。它一受惊，又弄掉了。所以我想，这个小猫若有心眼儿，今天夜里还会来的。这还不明白吗？"

老张接着说下去："我非坐着等那野猫不行。我告诉太太，您不用操心。我把灯点得很低，拿个凳子，坐在小树丛后头，手里攥着根棍子。若是有野猫敢把爪子往这菜园子里一仲，我就把它打个脑浆迸裂。结果，后来月亮到了天心，还没有野猫来；月亮又下去了，还没有野猫来。

"天有点儿发冷了，我想要回屋去。这个时候我听见太太的声音，太太低声叫：'老张！'

"我一回身，看见太太穿着一身白，朝着我走过来，好像麻姑仙子一样。等走到我跟前，她轻轻地问我：'你看见了什么东西没有？'

"我说：'什么也没看见。'

"她说：'咱们在这屋里等着吧。'

"那天夜里，真是我记事儿以来最美的一夜。我们俩坐着，我和太太，天下的人都睡着了，四周围什么声音也听不见。头一天早晨，太太才给了我一条新被单子，那么白，那么新，我简直不忍躺在上头，不忍把它压出褶子。我们一块儿缩着坐着，银白的月光从窗子里照进来。那时，我们仿佛已经相知相好了很久一样。

"我们俩一边坐着一边说话，其实，倒是太太一个人直说。什么话都说，说到菜园子，说到生活，说到劳苦的日子，说到心里的忧虑、心里的快乐。太太打听我的过去，问我现在为什么还没成家。我说没有钱，娶不起。"

文太太问他："若是娶得起，那么成家不？"

老张回答说："当然，我愿意。"

文太太恍恍惚惚，如痴如梦，月光照在她那淡白的脸上，她的眼睛亮得像宝石。老张有点儿觉得她不像凡人，看来有点儿害怕。老张问她："你是凡人呢，还是麻姑仙子，穿着一身白，从月亮里头下到地上来了？"

"老张，别糊涂。当然，我是个凡人。"

文太太说这话的时候，老张看她越发不像凡人。她的眼是正在望着老张，可又不像望着他。老张不由得也向文太太望着。

"不用这么望着我。当然，我是个女人，摸摸我。"

她伸出了胳臂来。老张摸了摸她，她浑身一哆嗦。老张觉得很失礼，跟太太说："对不起，太太，我吓了您一跳吧？刚才在这个月光明亮的夜里，我以为您是麻姑仙子下凡了呢。"

文太太微微一笑，老张才觉得心安了一点儿。

文太太又说："我真是像仙女那么美吗？我真愿老是那么美。告诉我，你想麻姑仙子也恋爱，也结婚，跟咱们人间的男女一样吗？"

老张太老实，还没有听懂太太的话，他说："我怎么知道呢？我也没有见过麻姑仙子。"

文太太问了老张几句话，问得老张直发愣。太太说："今天夜里你若遇见了麻姑仙子，你怎么办呢？你跟她恋爱吗？你愿意我是个麻姑仙子呢，还是个人间的女人？"

"太太，您开玩笑呢，我怎么敢哪！"

"我跟你说正经话，若是我们俩永远在一块儿，像美华跟队长、像丈夫跟妻子一样，你说是不是福气？"

"太太，我不相信您的话，我没有那么大的福气。若是照您这么说的来，那座贞节牌坊怎么办？"

"不用管那贞节牌坊，我非要你不可。我们俩能在一块儿过得很舒服，一直过到很老很老。人家爱怎么说就怎么说，我不在乎，我已经守了二十年寡，我受够了，让别的女人要那座贞节牌坊吧！"她说完就吻老张。

老张说完，没喘一口气就问李松："队长，我怎么办才好呢？皇上要旌表太太，我干什么给破坏呢？可是太太说那根本没有什么关系。她要我娶她，若不，她以后再也不能嫁人了。您想，太太说这种话！她说，她一定会跟我过得很快乐，我就像现在这么养活她就行了。队长，你说我怎么办呢？"

队长慢慢地才懂得，最初听着是莫名其妙，聚精会神听老张一字一句的意思和腔调，费了半天劲，才听明白，于是喊道："老张，怎么办？傻东西，娶她呀！"

李松一溜烟跑去告诉美华，美华说："我真替妈妈欢喜。"又低声对李松说："妈妈一定是自己杀死的那只黑鸡。我看老张这种人才配立个贞节牌坊呢。"

那天傍晚很晚了，李松向文太太说："岳母，我心里想过些日子了。我们生了个女孩子，一定很让您失望，不知道什么时候才能再生个孩子，给您顶着文家的门户呢。"

文太太抬头看了看，李松又接着说："我也想了想。岳母，您别笑话我。老太太去世之后，您一个人冷冷清清地过日子，老张人很老实，您若答应，我跟他说，我想他若娶了您，一定愿改姓姓文的。"

文太太满脸通红，她刚说出："不错，这文家的姓……"就跑回自己的屋里去了。

文太太一嫁老张，文家的同宗大失所望。

文老太爷说："女人的心怎么样，谁也说不准啊！"

莺莺传

　　本篇为中国最著名之爱情故事，唐代诗人元稹作。元记此事托名为张君瑞事，实则显系自传。其中日期、事件、人物，与元稹本人情况皆极其真实一致，而作者本人之真情流露，尤非写个人之情史真传者不能做到。谨将男主角易姓为张，并未能蒙骗其友人，其故事生动逼人，尤传播一时，引人疑猜。元稹当时已与白居易齐名，号称"元白"，颇为传闻疑猜所苦，而此事此情，又两不能忘。在诗中不用"双文"化名指情人时，偶一不慎，即露出莺莺名字，"双文"即指莺莺两字相重之意。莺莺为元稹初恋情人，实则元稹对莺莺之念念不忘，仍有其他原因。

　　本篇大半依据元稹之原文《会真记》，直至元稹薄情、弃却莺莺，自行捏造荒谬之借口时为止。元稹抛弃莺莺之时，以莺莺与历史上倾国倾城之美人相比，甚至竟与为害男人之妖孽并论。元稹尚厚颜称张友，闻张与莺莺绝交后，誉张为"善补过者"。元稹虽为名诗人，后且身居高官，以人品论，并不见重于世。

　　由元稹之诗歌及传记中若干故事，即可断定元稹实写自己。其他各证姑不论，而证明凿凿者，即元稹之姨母亦郑姓，与《会真记》中夫人同姓；元稹之姨母亦尝为乱兵所迫，而为姨甥所救，与《会真记》事正相同。例证之多，不胜枚举。

　　本篇故事中改编部分，咸据元稹诗篇，计下列数点：

　　一、《会真记》中有莺莺复张生信，文辞并茂，早已脍炙人口，却无张生致莺莺之信。文中只略称："明年文战不胜，遂止于京，因贻书于崔，以广其意。"本篇取元稹《古决绝词》之意补足之。元稹竟尔怀疑莺莺之痴情，卑劣下流，以至于斯！

　　二、《会真记》中有莺莺约张生幽会之诗，却将元稹先赠莺莺之诗略而未录。本篇从元稹之古体诗中引用两首补足之。

　　三、本篇开始描写元稹回忆二十年前晓寺钟声一段，系据元稹《春晓》一诗中含义。

　　四、第一段中关于"似笑非笑"与香味之回忆，系采取元稹《莺莺诗》中"依稀似笑还非笑，仿佛闻香不是香"两句。

　　五、关于幽会之其他材料，系取自元稹寄与白乐天之《梦游春七十韵》，词中记梦娶魏氏女事。在《会真记》中，写莺莺娇羞克己，寡言笑，但明断实际。所言当属不诬。

　　元稹友人杨巨源，亦为唐代诗人，《会真记》中亦有之。

　　每逢元稹因公务路过蒲城，住在旅馆里，听见邻近寺院的钟声，尤其黎明时在床上听见，他都觉得又年轻了，又浪漫了，可是又觉得痛断了肝肠。他正是四十几岁年纪，是个世俗的有福气的丈夫，一个通俗的诗人，一个于宦海浮沉的大官。那么多年以前的一段情史，他本来应当能够忘记，不然的话，在幽静里回想回想也就可以了，可是他自己惊诧莫定。二十年已经过去了，黎明以前，寺院里钟声报晓，熟悉的韵调儿，仍然唤起他无限的忧伤，惹起一种深深幽隐的心情，这种情形，像自己的生活本身一样熟悉，有一种奇异的悲伤之感，一种生命的美感。即使他的生花妙笔，也只能将此种情味暗传一二而已。他躺在床上回忆：当时夜空幽暗，星光闪烁，自己惊喜的情形，馥郁的浓香，初恋中女郎的面庞，那似笑非笑的面庞。

元稹那时是个二十二岁的青年，正在上京赶考的途中。据他自己说，他向来没有迷恋过女人，也没跟什么女人有过亲密的关系。翩翩公子，多愁善感，白雪之音，未免曲高和寡。他的为人，并非轻松愉快，长于交际。朋友们一见就心神荡漾的那种女人，他看起来，却无动于衷。不过，他自己说，每逢遇到才色殊绝的，他便倾倒不能忘情。

在唐朝，举人都在考试几个月前，甚至半年以前，就启程上京，一路顺便游览山川名胜。他一路随意行来，到了陕西蒲城——蒲城在黄河转弯之处——看望一下同学杨巨源。杨巨源劝他住些日子，他就在蒲城住下。他俩常常漫步到城东的普救寺。普救寺距城大约有三里之遥，冬季山边开遍了梅花。天气虽然寒冷，倒也爽朗清新，明快宜人。在山坡一望，辽阔的黄河，对岸远处的太白山，尽收眼底。

他非常迷恋这个地方，跟寺院的住持商量好，在一间供香客住的客室里住下。这所普救寺，是五十年前武则天皇后所建，规模宏大，黄琉璃瓦殿顶，贴金的装修。春季香客最多，寺里可供一百多香客住宿。有较为简陋的房子，供给庄稼人跟他们的家眷住，另外有特别院落，精致格局的房子，专留给贵客居住。元稹挑了西北角上一间房子，颇为清雅。房子后面，树木高大，绿荫满庭，极其凉爽。前面一条走廊，走廊上开着一些六角形的窗子，可以窥见汪洋浩瀚的黄河和对岸的高山。屋子和家具虽然简单，却很舒适。他十分喜欢，何况还有随身带的一些诗集，陈列在案头。在此住些日子，颇觉惬意。

杨巨源跟他说："挑选这个地方，真潇洒风流啊。"

"什么风流啊？"

"风、花、雪、月呀，这真是演出风流佳事的好地方啊。"

"别胡说，我要寻欢取乐，早就到京都去了。在这儿住着是出家为僧，埋头读书，小住些日子而已。"

杨巨源知道他为人敏感固执，没再说什么。

元稹搬来还不到一天，他就发现紧接着寺院的西墙，有一所富家的别墅，别墅的后面有一个果园，从他的后窗子就看得见。果园里黑色的瓦房顶上，一株红杏的枝杈伸出了墙来。由那一片房顶，看出那所宅第里有好几个庭院。从仆人嘴里打听出来，原来这所宅地也是庙产，里面住的是一家姓崔的。父亲今已亡故，在世之时，是普救寺的一位大施主，也是方丈的好友，当年每逢愿离开城市些日子，就来这里住。父亲去世以后，全家就搬来居住，主要还是因为崔太太胆儿小，觉得在这儿住着还算平安。方丈允许崔家来住，一则因为两家的交情厚，二则因为这所别墅原是崔大人捐的一笔巨款修建的。

第三天夜里，元稹听见遥远的琴声，声调悦耳，凄楚而低沉。夜里万籁俱寂，在寺院之中听着，感人至深。

次日清晨，他忽想窥探究竟，于是在寺院外面环行了一周。看见那所别墅四面有墙围着，看不见什么里面的情形。有一条小溪在别墅前流过。有一座美丽的赤栏桥通到别墅的门口。门正关着。门上有两条白纸，斜十字儿贴着，已经破旧了，遮盖了门上红边，一看就是居丧的样子。另有一条小径，大约五十码长，通到寺院大门外的大路去。当时梅花盛开，芬芳扑鼻，一条水从花园里头流出来，穿过墙下的出口，泻入房子前面的小溪，潺潺有声，像孩子们嬉戏喧嚣。元稹不由得欣喜若狂，心里不断地思索——思索这样美丽的地方，思索居住此地的这个人家，思索昨夜听见的悠扬琴韵，以及那抚琴的、深居寡出的佳丽。回来的时候，他看出来那所别墅与他的庭院正是一墙之隔。

若不是他迁来的几天之后，有意料不到的事情发生，他也不会再特别注意这家素未谋面的邻居。过了十天，谣传城里闹了抢劫暴乱的事情。因为将军浑碱死后，趁将军举丧之际，乱兵大肆抢劫，抢劫商家，抢去民女。第二天早晨情况越发险恶，有的兵丁抢了城市之后，奔向河边来。左近的村庄里，满是些服装不整的散兵游勇。晌午以前，元稹正坐在藤椅上，两只脚放在桌子上，一册孟浩然的诗集放在怀里。他听见女人的声音，急促的脚步声在廊子下响过。他出去看一看到底发生了什么事情。他的屋子是在走廊的一头，走廊下有一个小门儿常常锁着，他以前居然没有留神过。那个小门儿现在打开了，一个中年妇人，大概有四十岁年纪，还有两个姑娘，一同在这个回廊上匆匆走过去，一直走向正殿。那个妇人穿戴得很阔气，在前头走，她的女儿有十七八岁，还有一个婢女一同在后头跟着。女儿穿着线条简单的暗蓝色的衣裳，头发下垂，用个梳子扣在后头。他相信她一定就是那抚琴的女子。这几个女人样子慌慌张张的，显然她们正在恐惧要大难临头了。

元稹一方面幸灾乐祸，又喜爱这个青春少女的姿态，于是赶紧跑上前去，在后头跟随着。和尚和仆人也都乱作一团。有一个妇人，她的丈夫为了保护女儿，为乱兵所杀，现在她正跟大家说这件事情的经过。这位崔府的小姐也站在旁边聚精会神地听，旁边有人看着，她却全不在意。她头上生着一团又黑又美的头发，颈项粉白，嘴特别小，娇小的长脸蛋儿。崔夫人非常焦急，显然是怕乱兵来崔府抢劫，因为人们都深信崔府是很富有的。方丈出来告诉她们，一旦有什么事故，他可以给她们找个安全的地方躲藏。乱兵只是存心抢劫，不敢糟蹋佛殿的。

崔小姐说："妈，我不着急。我们一定要待在家里，不然逃出去留个空房子要遭抢劫的。从后门儿可以到佛殿，紧急时候再跑也来得及。"她说话的声音清脆，很镇静。早晨太阳的一道白光照在她尖直的鼻子和高出的额头上。如果硬要说美貌和智慧女人不得兼而有之的话，那么可以说崔小姐的鼻子和前额缺乏女人的柔媚。妈妈静听着她的忠告，好像很相信女儿的判断。

元稹年轻仗义，乐意帮助一个少女。他走到方丈跟前，眼睛一点儿也不看崔小姐，温文有礼地对方丈说："对这几位女人，最好尽力预先设防，以免发生意外。"他说他有个朋友杨巨源，跟当地的武官交谊很厚，会愿意去求武官派兵来保卫。只要五六个佩刀带剑的兵士来守卫在别墅大门前就够了。

崔小姐向他闪着恳求的眼光说："这个办法很好。"崔夫人向他请教姓名，他自行介绍了一下。

现在认识了崔家，他高兴万分，自己说立刻就去见杨巨源。那天傍晚，他带着六个兵回来，还带着武官自己签署的启事，晓谕乱兵不得擅进崔宅。当然一见身穿红衣的卫兵，那些想闯入崔宅的散兵游勇就自行止步了。

元稹见事已办成，非常欢喜，盼望赢得那位青春少女的嫣然一笑——他记得她在早晨曾以那种恳求的眼光看过他呢。他抱着满怀的热望，走进了一个陈设精雅的客厅，可是只有崔夫人出来相见。对他的不辞辛苦，热心帮助，崔夫人是千恩万谢的。他以为自己能够找到官方那么大的势力，在崔夫人心目中一定能提高自己的身价。可是不能瞥见崔小姐一眼，他垂头丧气地回了普救寺。

过了几天，地方的驻军开到，城里的秩序立刻恢复，六个卫兵也撤了回去。崔夫人在正厅宴请元稹，席上始终很拘泥。

夫人说："谢谢先生帮忙，现在我叫全家都出来向先生正式见礼。"

她把年约十二岁的一个男孩子叫出来，他名叫欢郎，叫他向"大哥"元稹行礼。

崔夫人喜笑颜开，她说："我就这么一个儿子。"接着又叫："莺莺，出来向先生道谢，先生救了咱们全家的性命。"

过了半天，莺莺还没有出来。元稹以为她一定是很害羞，因为这是正式的见面，大家之女是不惯和陌生的男人同席的。崔夫人不耐烦了，又叫："我叫你出来。元先生救了你的命，救了我的命。现在还拘什么俗礼？"

小姐最后出来了，向元稹行礼，又含羞，又骄傲。穿一件朴素的紧身衣裳，淡抹轻描，齐齐楚楚，她安安静静地坐在母亲的身旁。他觉得获见佳丽，欣幸万分。

按照习俗礼貌，他向崔夫人说："小姐芳龄几何？"

"她就是现今皇帝年间生的，是甲子年，今年十七岁。"

虽然不过是家宴，也只有元稹是客人，可是小姐仍然因为有年轻的男人在座，总是过于拘束。全席由始至终，小姐规规矩矩，只是淡淡的。他几次想把话头引转，闲话家常，谈崔大人当年的事情，说欢郎读书的情形，都引不起小姐的话来。平常的姑娘，即使最贤德、最不苟言笑的，在一个年轻男子的面前也会有异样，看来有点儿不同，她的脸上的神情和举止动作也会显出来的。可是这位迷人的姑娘简直是超乎寻常，像个深不可测的仙女，像个神仙国里的公主，红尘里的爱情她是一丝不惹的。难道真个冷若冰霜吗？元稹不信。那么是外表冷淡，内心热情吗？或是世代书香的人家，管教严格，养成了过分缄默寡言的习惯吗？

进膳的时候，他听说夫人娘家姓郑，和他祖母同姓，因为同姓，夫人当算他的姨母。夫人显然很高兴发现这门子亲戚，敬了姨甥一杯酒。

这时候，小姐的脸上才松开了一点儿，略微有一丝的微笑。元稹对崔小姐这一副态度，又怄气，又迷恋。他向来还没有遇见过那么骄傲，那么寡言笑，那么难于接近的姑娘。他越抑制感情，越不禁心魂荡漾。非得此佳丽，心有不甘。

他找各种借口去拜访崔家。先是回拜，然后是找欢郎闲说话。他总想法儿让人知道他在崔家。莺莺一定看见了他，因为这样富家的小姐，一定会常从雕花的隔扇背后向前面偷听偷看的。可是崔小姐害羞得像一只小鹿，正如同在猛兽要接近她的时候一样。有一回，暮色苍茫的时候，元稹看见她和欢郎在后花园里玩耍，小姐一看见他，就箭似的跑了。元稹喊："莺莺，莺莺，跑得好快呀！这个黄莺儿！"

有一天，他在由崔家通到外面大门的小径上碰见了崔小姐的丫鬟红娘。红娘性格简捷直爽，自有一种俏丽动人的风韵，为人聪明解事。他乘机问候小姐，自己飞红了脸，红娘狡黠地笑了一下。

"告诉我，你们小姐订婚了没有？"

"没有。你问这个干什么？"

"我们是姨兄妹，我对她愿意多知道点儿。你知道我们俩已经由夫人介绍过了，可是，我总没有机会跟她说说话，要能跟小姐说说话该多么好哇！"

红娘不言语，只是看着他。

"告诉我，她为什么只是躲着我呢？"

"我怎么会知道？"

元稹最后说："这位小姐真难得，斯文雅气，规矩大方，真令人敬慕。"

"噢，我明白了，你为什么不跟老夫人说一下你要见她呢？"

"你不知道，跟老夫人在一块儿，她简直一言不发。能找个机会，我单独见她一下吗？我自从见了小姐以来，一直不能忘怀。"

"我明白你的意思了。"红娘说完，捂着嘴笑着跑了。

元稹在后头喊："红娘，红娘！"等红娘一站住，他说，"红娘姐，我求你，你得要帮帮我呀！"

红娘目不转睛地看着他，显得蛮同情的样子："这话我可不敢跟小姐说，她向来没跟年轻男人说过话。元先生，你是一位读书人，对崔家也帮过忙，你这个人很不错，我告诉你一个秘密吧。小姐读书作诗，常常坐在书前头出神。你可以写首诗给她，我想，要打动她的心，只有这么一个办法。我给你出这个高明主意，你得向我道谢呀。"红娘说着向他秋波那么一转。

第二天，他教红娘送去了两首诗：

春来频到宋家东，垂袖开怀待好风。

莺藏柳暗无人语，唯有墙花满树红。

深院无人草树光，娇莺不语趁阴藏。

等闲弄水流花片，流出门前赚阮郎。

当天傍晚，红娘送来莺莺一首诗，题曰《明月三五夜》：

待月西厢下，迎风户半开。

拂墙花影动，疑是玉人来。

这正是二月十四，元稹大喜。这明明是幽期密约。相约在夜里见，尤其令他喜出望外。

十六晚上，他照诗句的暗示，由杏树爬上墙去，往花园里张望，看见西厢房的门果然敞着。他爬下墙去，进了屋子。

红娘正在床上睡觉，他把红娘叫醒。红娘大惊说："你上这儿来干什么？你要干什么？"

元稹说："她让我来的。麻烦红娘去告诉她，说我来了。"

红娘一会儿回来，对元稹低声说："她来了。"

元稹等了十分钟，焦灼不安。莺莺果然来了，脸上又惊奇，又烦乱，深而黑的眼睛，蕴藏着无限神秘。过了羞涩的一刹那，她很不自然地说："元先生，我请你来，就因为你想见见我。你保护了我母亲，我们一家人都很感激，愿向你亲自道谢。我们是姨兄妹，当然很好。你干什么教红娘送给我那两首情诗，真是想不到的事。我不能，也不肯把这件事情教母亲知道，那么一来，好像对你不起。我想亲自见你一下，说给你，以后不要再这样。"莺莺很不安地说完，好像背诵台词一样。

元稹惊慌失措。他说："可是，崔小姐，我只是要跟你说话。因为你送来了诗，我今儿晚上才来的。"

莺莺很果断地说："不错，我请你来的。我冒险约你相见，我高兴这么做。可是你要以为我约会你，是为了什么非礼的事，那么你就想错了。"

在感情抑制之下，她的声音都有点儿颤动。说完，转身匆匆去了。

元稹又失望，又羞愧，非常气愤。这件事他简直没办法相信，不能明白。为什么她写那首显然是诱惑的诗？为什么不叫红娘送一个直截了当的回信？还不辞麻烦，亲自来教训一顿？也许最后一刹那变了主意，下一步的事情不敢做了？女人的心意真不可捉摸！他简直不了解女人。现在莺莺越发像一个铁石心肠的公主。因为觉得莺莺分明是跟他开玩笑，爱情一变而成了仇恨。

两夜以后，他睡在床上，忽然觉得黑暗里有人推他。他起来点盏灯一看，红娘正在他跟前站着。

"起来吧，她来了。"红娘低声说完就走了。

元稹坐在床上，揉揉眼睛，不觉得怎么清醒，赶快披上一件袍子，坐着等待。

一会儿，红娘把小姐带了进来，莺莺的脸上又羞又愧，恍惚不定。仿佛不能自持，几乎全身都倚在红娘身上，她的骄傲，充满尊严的自制，都一扫无余了。她不道歉，也不解释什么。头发松垂在肩上。她那深而黑的眼睛瞅着他，似乎情不自禁。话是用不着说了。

他的心扑通扑通地跳。今天晚上，她忽然情愿到书斋来，跟前天晚上一副冷冰冰的面孔，一大顿的斥责，真是大不相同。元稹一见心爱的崔小姐，一腔怒火立刻消散了。

红娘已经带来了枕头，很快地放在床上就走了。莺莺做的第一件事，就是吹灭了灯，默默地一言不发。他走近她，觉得无限温暖，两只胳膊把莺莺抱起来。莺莺的双唇立刻找到了元稹的。元稹觉得她全身颤动，吸气紧促。她还是不言不语，自然地，软软地，躺在了床上，仿佛两腿不胜娇躯之重似的。

转眼间，已听见寺院的钟声。曙光熹微，红娘已经来催小姐离去。莺莺起来，在灰暗的晨光里穿好衣裳，草草整就云鬟，跟着红娘走了，脸上无限的慵倦。门也悄悄地关上了。一整夜，莺莺一语不发，元稹始终一个人说话。他每一表示爱慕之忱，莺莺只是叹息，温暖湿润的双唇紧紧地吻着他而已。

他突然坐了起来，心里纳闷这一夜是不是一场春梦。可是屋里分明浓香未散，胭脂红印在毛巾上。不错，是真的。这个妙不可测的小姐，原先显得那么超然，那么冷淡，而今居然一发难制，热情似火。是热情呢？还是爱情呢？来找元稹，她是毫不羞惭的。记得以前，她是那么斩钉截铁地跟元稹说："你要以为我约会你，是为了什么非礼的事，那你就想错了。"那话是什么意思呢？不过，现在既然来了，那话也就没有什么意思了。元稹还想不到会有这种事情呢。

元稹从来没有享受过这种艳福，他简直到了另一种天地，美满幸福，如梦如幻。他一点钟一点钟地挨到夜晚。莺莺像光辉耀目的珠子，像温暖鲜艳的宝玉，她来了，就满室生春，书斋立刻变成天堂。当天夜里，她并没表示第二夜还来。

若说莺莺在热情奔放之下，才决定来会元稹的，这话当然可信。若说第一夜之后，她要点儿工夫想一想这件荒唐事，也无不可。元稹不再推测女人的心理，只是一夜一夜地等候，热情澎湃，渴望仙国公主再度降临。这幽会的中断是不是又是因女人的心变幻莫测呢？难道她来那么一次，只是要满足一时的好奇、一时的欲望吗？

每天夜里，他独自一个人在屋里坐着。他曾买了盘香，准备等莺莺小姐来。他望着寒灰静静地落在香炉里，自己只好借着阅读轻松的传奇，极力让自己忘记，不要存心等待，小姐的芳踪的确太渺茫了。他实在读不下什么正经的书，这样只是要静悄悄地坐着，细听外面的脚步声，听轻轻的门声戛然开启而已。他曾经一次偷偷地出去，像个贼一样去偷摸走廊尽头的门。门锁得牢牢的，一丝也推不动。

最初几天，他故意避免到崔府去。因为已经和莺莺幽会过，总以尽量少去为好。第三天以后，他忍耐不住，去拜见夫人一次。夫人热情如常，留他吃午饭。莺莺也同桌吃饭，脸上也严正如常，没有显出一点儿他俩已经有了暧昧的事情。元稹期望一个暗示，可是崔小姐丝毫不露形迹。他向崔小姐正目而视的时候，她的眼睛一眨也不眨。元稹料想，必是夫人已经起了疑心，所以莺莺才格外谨慎。她的静默必有道理。

一天晚上，已经半夜了，好像应了他的祈求一样。听见门声戛然一响，他赶紧去开，一看，红娘正站在门口。她告诉元稹，小姐已经弄了一把钥匙开那个锁，他们可以在西厢房相会。她已经设法弄好，使那个锁好像根本没动一样，他一推就会开，穿过一段走廊，就可以到西厢。元稹虽然恍恍惚惚，对莺莺这大胆而细心的设计，却记得清清楚楚。

此后，莺莺每隔一夜，就在西厢房和元稹幽会，只要能分身就来，每逢不能来赴约，就叫红娘送个信儿来。来的时候，几乎是半夜以后，天明以前回去。

元稹快乐非常，如梦如痴。莺莺对他推诚相待，无话不说，爱得火热。二人海誓山盟，要相爱终身。没想到她那么娇小的身躯，会有那么深厚的爱情，真令人难以相信。莺莺智慧早熟，元稹当时的事情和将来的计划，她都很关心。两个人在黑暗之中，躺在床上，低声细语，虽然元稹时时警醒，觉得有被人发觉的危险。对于他们两个人的事情，莺莺从来没有过后悔的表示。她对元稹的爱，元稹每问到她，她唯一的说明就是热情的吻和喁喁的私语："我情不自禁，我太爱你了。"

有一次元稹问她："夫人要知道了怎么办？"

莺莺微笑说："那就叫你做她的姑爷就是啦。"她的情感和脑力，同样坚定。

元稹说："到了时候，我自己去跟夫人说。"莺莺并不再追问。

离别的时候到了。元稹告诉莺莺，他要进京去赶考。莺莺并不吃惊，只是镇定地说："要非走不可，就走吧。京城离此不远，几天就到。夏天你可以回来。"话说得那么坚定。

离别的前夜，元稹充分地准备了一夜照常的幽会，可是莺莺因故未到。

夏末，元稹回来看了一次，只是小住了几天，那正是秋季考试以前。夫人并不显得知道他们的事情，对他热诚如前，请他在家里住。大概打算把女儿嫁给他吧。

元稹在白天和莺莺相见，这样他倒很高兴，欢天喜地地过了一个星期。莺莺在他面前，已经没有以前的羞涩态度。有时候他看见莺莺跟欢郎一块儿玩耍，用草叶做成小船儿，在后花园小溪里漂放。他想到他俩秘密地相爱，神不知鬼不觉的，不由得暗自得意。

元稹的高兴瞒不过杨巨源，杨巨源来到崔府看元稹。不用说，情形他一看就明白了。

杨巨源问他："怎么回事啊？微之。"（元稹，号微之。）元稹微微地笑。

夫人也看出来了。元稹走的前一天，夫人向莺莺问起元稹来，莺莺十拿九稳地说："他会回来的。他现在得去赶考。"

那天晚上，有个机会，他们两个人单独在一块儿。元稹愁容惨淡，在莺莺身边唉声叹气，元稹对莺莺的爱她是深信不疑的。她的性格还有另一方面。虽然在元稹的怀抱里，而且分别在即，她的头脑清楚，不作一般的儿女态，不说无谓的话，只是对元稹泰然说："不要像永别的样子，我一定会等你回来的。"

夫人设宴给元稹饯行。饭后，元稹请莺莺给他弹琴。以前有一次，他偶尔听见莺莺一个人独自弹琴，后来莺莺发现元稹听琴，她就终止弹奏，虽然元稹恳求再三，她也没继续再弹。今天晚上，她答应了。她在琴前俯首而坐，头发低垂，缓缓地奏着凄凉的调子，奏了一曲《霓裳羽衣曲》。元稹静坐着，听得恍恍惚惚，三魂六魄都被弹琴的美人和幽雅的琴韵摄去了。莺莺突然间情不自禁，放下琴跑到后堂去了。母亲叫她，她始终没再出来。

这一对情人又见了一次。元稹没有考中，也许是没脸回来求婚，可是莺莺还是等着他。其实元稹也没有什么不能回来看她一次的道理。最初还给莺莺写信来，后来信越来越稀。京都不过几天的路程，可是莺莺总找得出他迟迟不归的理由，始终不失望。

这一段时间，杨巨源常常去看莺莺和夫人。夫人跟他说起元稹来。因为他比元稹岁数大些，又已经成家。夫人把元稹来的信给他看。他一看，知道其中出了差错。他想元稹在京都一定另有一种勾当，因为长安有的是追欢寻乐的地方。他给元稹写去了一封信，谁知回信反更添了他的忧虑。莺莺劝夫人对这件事应当尽量往好处想，并且劝夫人放心，元稹一定是躲避着等下年秋季考试，考试后肯定会回来。

转眼春天已到，夏天又近了。一天，莺莺接到了元稹的一首诗，语意模棱含糊。也许是说往日的幸福和对莺莺的怀念，可是字里行间的意思是很明白的，分明是一首诀别诗。他寄给莺莺一些礼品，并道及久别的痛苦，将他俩比作天上的牛郎织女，一年一度在银河上相见。他又接着说："唉！长久分别之后，谁知道银河彼岸会发生什么事情呢！我的前途渺茫难测，一如天上的浮云，我怎么知道你会始终洁白如雪？桃花春天盛放，谁能禁止爱花的人攀折呢？我首先承蒙小姐厚爱，欣幸万分，可是究竟哪个有福气的人能获得这件宝贝呢？唉！再等待一年，漫长的一年，这一年该是多么长啊！与其苦苦无尽期地等待，还莫如就此分别的好呢！"

仔细读来，诗里的含义简直是荒谬万分，完全是对女方品格无理的污辱。杨巨源看着莺莺手拿着这封信，眼皮发肿。他想元稹一定是头脑错乱，不然就是一心想摆脱这件事情。他若是真心爱莺莺，什么能叫他不回来呢？他无须把自己犯的罪，故意归于莺莺。杨巨源打定主意，他说："为了这件事，我要上长安去一趟。我去找他，小姐若有信，我愿给你带去。"

莺莺看了看他，从容不迫地说："杨先生真要去吗？"话说得毫不动情，真出乎杨巨源的意料。"不要为我担心，我很好。"她又说，"告诉他，我很好。"

杨巨源回去收拾行李，真是为了崔小姐，他要往长安走一趟。他很想看看发生了什么事情，并且劝一下元稹。元稹是个正人君子的话，他应当娶莺莺，虽然莺莺并不一定要嫁给他。如果办得到，他想把元稹叫回来。

过了三天，他向长安出发了。他带了莺莺的一封信，信交给了元稹。信写得真诚妥切，为自己辩护得庄严得体。

　　捧览来问，抚爱过深，儿女之情，悲喜交集。兼惠花胜一合，口脂五寸，致耀首膏唇之饰。虽荷殊恩，谁复为容？睹物增怀，但积悲叹耳。伏承使于京中就业，进修之道，固在便安。但恨僻陋之人，永以退弃。命也如此，知复何言！自去秋以来，尝忽忽如有所失；于喧哗之下，或勉为语笑，闲宵自处，无不泪零。乃至梦寐之间，亦多感咽离忧之思。绸缪缱绻，暂若寻常，幽会未终，惊魂已断。虽半衾如暖，而思之甚遥。

一昨拜辞，倏逾旧岁。长安行乐之地，触绪牵情，何幸不忘幽微，眷念无歝。鄙薄之志，无以奉酬。至于始终之盟，则固不忒。鄙昔中表相因，或同宴处。婢仆见诱，遂致私诚。儿女之心，不能自固。君子有援琴之挑，鄙人无投梭之拒。及荐枕席，义盛意深。愚陋之情，永谓终托。岂期既见君子，而不能定情。致有自献之羞，不复明侍巾帻。没身永恨，含叹何言！倘仁人用心，俯遂幽眇。虽死之日，犹生之年。如或达士略情，舍小从大，以先配为丑行，以要盟为可欺，则当骨化形销，丹诚不泯，因风委露，犹托清尘。存没之诚，言尽于此。临纸呜咽，情不能申。千万珍重，珍重千万。

玉环一枚，是儿婴年所弄，寄充君子下体所佩。玉取其坚润不渝，环取其终始不绝。兼乱丝一绚，文竹茶碾子一枚。此数物不足见珍。意者欲君子如玉之真，弊志如环不解。泪痕在竹，愁绪萦丝，因物达情，永以为好耳。心迩身遐，拜会无期，幽愤所钟，千里神合。千万珍重！春风多厉，强饭为嘉。慎言自保，无以鄙为深念。

元稹读着信，脸色由红变白，杨巨源在旁边看着。停了一下，杨巨源问他："为什么不回去看看她呢？"

元稹张口结舌，借口说自己得读书，心情又很恶劣。杨巨源完全明白了，于是告诉他说："你这样，可对不起她呀！告诉我到底是怎么回事。"

"我现在还不能成家，我得先求功名。不错，我跟她有了暧昧的事情。不过，一个人不应当为年轻时的一件荒唐事耽误了前途。"

"那叫年轻时的荒唐事？"

"不错。一个年轻人做了不应当做的事，最好的办法不就是住手吗？"

杨巨源生了气，他说："在你看来这算件荒唐事，可是给你写信的那个女人怎么办呢？"

元稹的脸上显得很狼狈。他说："一个年轻人当然容易犯过错，当然不应当把大好光阴耗在女人身上，一个年轻人应当……"

"微之，你要是已经变了心，用不着来这套虚伪的大道理。我告诉你，我觉得你是个满嘴讲道德而实际上最自私的人。你这样的人，我还没有见过第二个！"

杨巨源深信元稹对他如此不诚实，一定另有原因。他在长安待了有十几天，打听元稹的行径。原来他又和一个富家之女魏小姐勾搭上了。憎恶之下，杨巨源径直回到蒲城。

他怎么把这种情形告诉莺莺呢？真让他为难，恐怕大伤她的心，他告诉了夫人。

莺莺看见了他说："杨先生给我带了信来没有？"

杨巨源一句话也没说上来。实话不能说，正想找别的话说，他看见莺莺的脸色变了。那一刹那，他看见她深而黑的眼睛闪着智慧的光芒，像一个不单了解自己的处境，而且了解人生和宇宙的女人一样；也像一个不是被一个情人遗弃过，而是被十个男人遗弃过的女人一样，眼睛里怒火如焚。杨巨源不由得低垂下眼皮，最后说：

"他原先给你的那首诗，本就是一首绝爱诗啊！"

莺莺在那儿一动不动，一语不发，足足站了五分钟。杨巨源恐怕她会昏过去，可是她很高傲很坚强地说了一句："就这样好了。"她突然转身走了，刚一走到里屋门口，杨巨源听见她凄厉的笑声，夫人赶紧去看她。杨巨源听见她在屋里直笑了五六分钟。

杨巨源很担心。第二天他听夫人说了莺莺的情况，他才放了心。莺莺很好，她一直高傲沉默，好像一个女王一阵猛烈的情绪过去之后一样。她答应嫁给夫人的内侄郑恒，他已经向夫人求这门子亲事很久了。第二年春天，莺莺和郑恒举行了婚礼。

有一天，元稹来到郑家，以一个远房表兄的身份求见莺莺。莺莺不肯见他。可是元稹要辞去的时候，莺莺从围屏后头走了出来。

"你来讨什么厌？我原先等你，你不回来。我们之间，现在没有什么可说的了。事情我早已忘记，你也应当忘记。给我滚！"

元稹一句话也没说就走了。莺莺昏过去，倒在地上。

离魂记

本篇系据《太平广记》中一篇重编，原作者陈玄祐。元朝大戏剧家郑德辉取其意改编为《倩女离魂》，与原作无大差异。再后，瞿佑在《剪灯新话》中将原文演义新编，情节加富。在此新本中，有姊妹二人，姊已订婚。未婚夫归来时，未婚妻已死。死后，女魂乃据妹身，与未婚夫相恋，旋即私奔，妹丧魂失魄，卧病床笫。后姊魂回至妹处，妹遂醒，与情人若不相识。终遵姊意嫁之。

王宙今年十七岁，死了父亲，孤苦伶仃的。他生性沉稳，智慧开得早，不像那么大年岁的，所以自己可以勉强活着。父亲临死时说，他可以去找姑母，姑母家在衡州的城南，并且告诉他，他已经和表妹订了婚。这是两家都怀孩子的时候，他父亲和姑母双方约定的：如果一方是男一方是女，这门亲事就算定了。如今王宙把房子一卖，启程南下。想到就要看见表妹了，心里很兴奋，表妹自从六岁时随同父亲北上做官时见过，十年来始终再没见。

心里很纳闷，她现在身体是不是还那么单弱？是不是还像以前两个人玩耍的时候那么热情？是不是对他的所作所为还那么开心？他想，最好早点儿去，若去晚了，十七岁的姑娘也许就许配给别的人家了。但是旅途漫漫，下湘江，过洞庭，最后才到了山城衡州，足足走了一整个月。

他的姑丈张义开着一家药铺。张义生得大下巴，粗嗓子。过去二十五年以来，他按时每天到药铺去，准得像个钟一样，向来没到别处旅行游逛，也没歇过一天。小心谨慎，处处节俭，买卖日渐发展，日子现在过得很不错。新近又把铺子扩充起来，做批发生意，产业越发大了，又盖了新房子。王宙在铺子里见到他，他吼了一声："你来干什么？"

王宙告诉了姑丈。他知道姑丈头脑简单，胆子又小，就愿规规矩矩地缴捐纳税，在街坊邻居嘴里讨声好儿。头脑冷静实在，一向当长辈，绷着个脸，一点儿也没轻松过，老有麻烦揪着心，一辈子走的道儿又直又窄。

姑丈把他带到新宅子里去，王宙自称是太原来的一个亲戚。姑母赶巧当时没在家。

一会儿，他看见一个穿着蓝衣裳的姑娘进了客厅。倩娘已经长成一个非常苗条美貌的大姑娘，肩膀上垂着条大黑辫子，光泽滑润的脸，一见表兄就红起来，迟疑了一下，轻轻喊了一声："你是宙表哥！"

"你是倩表妹！"

姑娘欢喜得眼里噙着眼泪。她喊说："你都长得这么大了！"眼睛不住地打量着这个英俊的表兄。

王宙也说："你也长得这么大了！"

王宙以分明爱慕的眼光看着表妹，心里不住地想着父亲临终的话。过了一会儿，两个人便忙着各说自己的家事，年幼的琐事，记得什么说什么。倩娘有个弟弟，比她小几岁，很纳闷怎么来了这么个生人叫他表弟呢？他们分别太久了，家里面很少提到王宙。

姑妈回来了，万分热诚地欢迎她这亡兄的儿子。她长得五官端正，眉目清秀。头发正由黑渐渐变灰，是个羞涩、敏感的妇人，一笑嘴唇就颤动。王宙告诉姑妈说，他已经念完了县学，自己也不知道下一步该干什么。姑妈也告诉内侄姑丈的生意很发达。

内侄说："我也看得出来，你们现在住的房子多么漂亮啊！"

"你姑丈这个人真好笑。这所房子盖好之后，我、孩子们，劝了他多少日才搬进来。现在他还很后悔，嫌没把这房子租出去，悔恨一个月少入多少租钱。你在我这儿住着吧！我叫你姑丈在铺子里给你安插个事情做。"

不到傍晚，姑丈是不回来的。他一回来，就跟今天早晨一样烦躁，不愿意跟人说话。内兄亡故了，他似乎也不在意。王宙就像个孤儿穷亲戚，来求他收作徒弟试几天工一样。姑母倒是很仁厚，很温和。她比丈夫倒多念了点儿书，看着丈夫那种商人习气、作威作福的样子，倒觉得可笑，虽然如此，她仍是常常顺随着丈夫。她叫倩娘跟着自家延聘的老师念书，受了良好的教育。在吃饭的时候，因为母女不懂得买卖，父亲对别的事又毫无兴趣，所以终席也没有什么话说。他是一家之主，态度严肃，说话生来就粗声粗气的。

内侄已经长期住定了，当年双方约定的婚事却一字不提——以前姑妈跟她哥哥当然是口头约定的。在王宙看来，即便当年没有指腹为婚，这位穿蓝衣的少女也是他的意中人。倩娘觉得王宙沉静缄默的性格，很投合她的爱好，更因为天天耳鬓厮磨的，不多日子她就一心一意属意于表哥了。

母亲看出了倩娘脸上的快乐。倩娘给家里特别做点儿什么菜的时候，就觉得专是为王宙做的一样，心里一种新的快乐和得意就涌上心头。一点儿一点儿地，她把青春的娇羞渐渐淡忘了，拿王宙的衣裳补，洗他该洗的衣裳。她觉得应当照顾他。在家里，各种事情并没有严格地被分派，姑娘在家里，虽然有几个使女，仍然应当练习料理家里一般的事情，不过收拾王宙的屋子跟注意他日常的琐事，自然而然地落在倩娘的身上。倩娘甚至不许她弟弟弄乱王宙的屋子。

母亲知道倩娘爱上了王宙。一天，她跟女儿很冷淡地说："倩娘，这些日子菜越做越咸了。"

倩娘脸红起来，因为王宙有几次嫌菜的口味太淡。

王宙做梦也没梦到日子能过得那么甜蜜，那么美。他在铺子里忍受着姑丈的粗暴，并不以为苦。为了倩娘，为了亲近倩娘，做什么事情都不在乎。因为爱倩娘，与倩娘有关系的人他都爱。对姑妈就跟对自己的母亲一样，对倩娘的小弟弟就跟对自己的小弟弟一样。吃饭时姑丈很少说什么话，不跟家里人一块儿谈笑，也很少在家，常有买卖人在晚上请他去吃饭。

衡州的天气变化得很厉害，山上有时来一阵子狂风暴雨，太阳一出来，又烤得慌。有一回王宙病了，觉得在家躺在床上，有倩娘伺候，舒服极了，病好了之后，还多躺了几天。

倩娘跟他说："现在你得到铺子去了，不然爸爸会跟你发脾气的。"

王宙很勉强地说："难道我非得去吗？"

一天，倩娘跟他说："你得多穿点儿衣裳，恐怕天要下雪。你若再生病，我就要恼了。"

王宙很顽皮地说："我愿意生病。"倩娘知道他的意思。

"别说傻话。"倩娘说完就噘着嘴，叫他多穿上件衣裳。

一天，倩娘的大姑从樟安来看他们。大姑丈非常有钱，帮助过倩娘的父亲，她父亲原来就是用大姑丈的钱开的铺子，铺子还没分。张义对姐丈极其忠诚，忠诚得有点儿像恐惧，恭敬得奴颜婢膝的，真是丢了他们一家的脸。姐姐一来，他就盛宴款待。他这样对大姑，一则是亲戚间的热诚，二则是他天生的怯懦跟嫌穷敬富的脾气。天天是上等宴席。宴席上，张义是又说又笑，想尽方法讨喜，当然跟妻子女儿没有这么说笑过。

大姑觉得什么也没有给侄女许配阔人家更有意思了。一天，大姑从城里最有钱的一家赴席回来，那家是姓蒋的。她跟倩娘的母亲说："倩娘出息得多么漂亮啊，今年已经十八了。我把她说给蒋家的二少爷吧。当然你知道蒋家是谁，我说的就是那蒋家呀！"说这话的时候，倩娘就在附近，大姑说的话完全听见了。

她母亲说："大姐，我已经把倩娘许给我内侄了。"

"你说的就是在你们家住的那个内侄呀？你哥哥不是已经去世了吗？"

"这个没有什么关系。他们好像很合适，我看。"倩娘听见妈妈向着内侄，羞得脸都红了。

大姑哈哈大笑起来："你简直糊涂。他有什么呀？我现在说的是一个有身份的婆家，他们家体面，有地位，跟我们是门当户对的。"

倩娘从椅子上立起来，走出去，把门"砰"地关上。

大姑在后面喊说："多么个不知好歹的妮子！她不知道我是多么为她费心。你还没有见过他们家的花园住宅呢。做妈妈的不要太软弱。你一看见他们家里的阔气，你就要感谢我了。他们太太戴的那个钻石戒指，差不多跟我戴的这个一样大。"

母亲没有答言，也没有说什么道歉的话。不过，大姑这次来到衡州，既然说这个媒，就决不肯半途而废的。她的约会无非是吃饭喝酒，她的假日里都是这些活动，她在这里这一段短短的日子里，若能做一件足资记忆的事情，那才有趣呢。若是母亲不赞成这门子亲事，大姑可没忘记姑娘的父亲对她是俯首帖耳言听计从的。张义觉得除去跟富家联婚，再没有什么能提高自己身份地位的方法。此外，生活之中再也没有什么快意的事了。他常常羡慕城里一家，那就是蒋家。蒋家是个世家，老蒋先生曾在京里做过官。张义屡次想混入蒋家这个圈子，可是蒋家没有邀请过他一次。结果不顾姑娘的母亲反对，不顾姑娘躺在床上茶不饮，饭不食，大姑和父亲做主，就硬把倩娘许配给了蒋家的二少爷，两家订了婚过了礼。

母亲跟丈夫说："这么着可没什么好处。姑娘不愿意，你早应当进屋去看看她。她在床上都快要把肠子哭断了，这不是要她的命吗？你一心就图蒋家有钱。"

后来，倩娘叫人劝得也吃东西，也起床了，在家里东转西转，活像个已被判决死刑的囚犯。

事情会弄到什么地步，王宙索性不管不顾。他自己走了，一直二十来天没露面儿。他钻进衡山不出来，原打算一下子把烦恼忘到九霄云外。过了二十来天，一心想回去看倩娘，真是情不由己。回家一看，倩娘得了一种怪病。自从他离家以后，倩娘就没有记性，连自己是谁都不知道。躺在床上，怎么说也不肯起来。连自己的父母、使女也不认识。她嘴里嘟嘟囔囔的，谁也听不懂，都怕她已然变成了傻子。更可虑的是，她不发烧，也不疼痛，整天躺在床上，不饮不食。别人想尽方法跟她说话，她只是两目无神，简直仿佛魂儿离了躯壳，一身无主，仿佛不能动弹一样。脸上老是那么苍白，医生明说向来没诊过这种病症，根本不知道叫什么病。

经过母亲答应，王宙才跑进屋去看她。他喊："倩娘！倩娘！"母亲很焦心地在一旁看着，姑娘茫然无神的眼睛似乎聚焦起来，眼毛也动了，两腮显出了一点儿血色。

他又叫："倩娘，倩娘！"

她的双唇微启，欣然笑了。

她轻轻地说："噢，是你呀。"

母亲的眼里噙着眼泪说："倩娘，你的魂儿回来了。你认得妈妈了吧！"

"当然认得。妈妈，怎么了？您哭什么？我怎么在床上躺着呢？"

倩娘显然不知道出了什么事。母亲说她这些日子始终在床上躺着，连母亲也不认得，她不信。

几天之后，姑娘康复了。女儿病的时候，父亲也真正害起怕来，现在看见女儿一好，又俨然一家之主地当起家来。母亲说王宙一到床前，倩娘脸蛋儿上又有了血色——以前那么苍白父亲也看见过——父亲说："根本就是假装的。大夫向来就没见过这种病。会认不出父母来？我不信。"

"我的先生，她躺在床上不吃不喝的那些日子，你不是没看见。病是在她的心里头，婚事你还得再想一想才是。"

"订婚已经举行过了，你不能叫我跟蒋家解除婚约呀。人家哪会相信倩娘这种病？我自己都不信。"

大姑现在还没走，没事就说话嘲笑人，说姑娘的病是假的。她说："我活了五十岁，还没听说有人不认识爹娘的。"

父亲坚决不再提这件事。一双情侣焦急万分，又毫无办法可想。王宙觉得情形忍无可忍，而又一筹莫展。失望与气愤之下，他告诉姑丈他要上京去，自己谋生。

姑丈很冷淡地说："这个主意也不坏。"

走的前一夜，姑妈家请他吃饭饯行。倩娘简直是芳心欲碎。她已经在床上躺了两天。当天晚上，她怎么也不肯起来。

母亲答应王宙进入倩娘房里去告辞。她已经两天没吃饭，浑身发高烧。王宙轻轻地摸着她说："我特意来向你辞行。事情这个样子，我们是毫无办法了。"

"宙哥，我不活了，你走了以后，我还活着干什么？我只知道这个——不管死了还是活着，你在什么地方，我的魂儿就在什么地方。"

王宙找不出话来安慰她，两人眼泪汪汪地黯然而别。王宙登程奔京都，肝肠寸断，相信永不会到表妹家来了。

他的船走了约莫一里地，到了吃晚饭的时候，船就停泊过夜。王宙躺在船上，孤独、凄凉，自己淌着无用的眼泪。将近半夜，他听见岸上有脚步声，越来越近。

他听见一个姑娘的声音："宙哥哥！"他想自己是在做梦呢，因为倩娘正病在床上，怎么会是她呢？他打船的上边往外一看，看见倩娘正站在岸上。他大惊，跳上岸去。

倩娘有气无力地说："我从家里跑出来了。"说着一下子倒在他的怀里。他赶紧把她抱到船上，心里纳闷她病得那么厉害，若没有神力的帮助，决不能走这么老远。他一看，她还没有穿着鞋，两人喜极而泣。

倩娘躺着，贴得他很近。王宙温柔地吻她，用身体慢慢温她。倩娘一会儿就回暖过来，睁开了眼睛，对王宙说："我要随你来，什么也拦不住我。"她仿佛已经完全康复，他俩在一块儿，彼此信

赖，无忧无虑的。这条水路很长，一路之上，倩娘只表示有一件
遗憾，就是母亲一看见她不见了，一定会非常伤心。

　　最后，他们到了四川的一个小城，王宙找了个小事情做，刚
够维持家用。为了使日子勉强过得出入相抵，在离城一里地远的
乡下租了一间房，他每天往返，徒步而行。可是他觉得非常幸福。
倩娘洗衣做饭，跟他在一块儿，心满意足，十分快活。他看了看
自己的小屋子，只陈设着简陋的椅子，一张桌子，一张简单的床，
他觉得一切齐备，没什么缺乏的。把楼上一间房租给他们住的那
个农人，为人忠厚老实，他的妻子对王宙夫妇很热诚，他们把自
己园子里种的菜送给王宙夫妇吃。这样王宙可节省下钱来买粮食，
因为王宙夫妇也帮助他们管理菜园子。

　　冬天，倩娘生了个男孩子，又胖又可爱。到了春天，王宙一
回家，就看见妻子抱着胖孩子喂奶，他真是幸福极了。他向来就
没跟妻子道歉，说连累她过的日子像穷人家的女人一样，因为这
无须说。他当然知道她以前富里生富里长的，享福享惯了，现在
这么能迁就，真是叫人想不到。

　　"我真愿多挣点儿钱，好给你雇个丫头使唤。"

　　妻子在他的脸颊上轻按一下，不叫他说这个。她只简单说：
"你没让我来，我偷着跑来找你的。"

　　一天一天地过，每十天，孩子都有新的变化，非常有趣。孩
子转眼要什么就能拿什么了，转眼又会自己指自己的鼻子，拧转
自己的小耳朵。转眼又会爬，又会叭嗻嘴儿，会叫妈妈，一天比
一天聪明。在王宙夫妇的生活里，这个孩子真是个幸福的泉源。
房东两口子没有小孩子，欢喜他们的孩子，常帮着他们照顾。

　　只有一件事情叫倩娘觉得美中不足。虽然对父亲不怎么样，
可是老想着母亲和弟弟。王宙那么疼倩娘，倩娘的心事他都知道。

"我知道，你又想你母亲呢。你要想回家，我带你回去。我们现在已经结婚生了孩子，他们也不能把我们怎么样了。至少，你妈看见你还会高兴呢。"

"我们就回去吧。我走以后，妈妈一定都要想疯了。现在我有这么漂亮的外孙子给妈看了。"

他们于是又坐船回去，在船上过了一个月，到了衡州。

倩娘说："你先回家去，叫爸爸和妈妈来接我。"说着从头上拔下来一支金簪子交给丈夫，"他们若是还跟你生气，或是不让你进去，或是不信你的话，好拿这个簪子做个证物。"

船在沙滩抛了锚。倩娘在船上等着，王宙走了一小段通往张家的路。

大概是正在吃晚饭的时候，父亲也在家。王宙跪在地下，求二位大人饶恕他带着表妹私奔的罪过。姑妈虽然显得老了点儿，头发也全都白了，看见他回来，似乎很高兴。他告诉姑妈、姑丈说，他们都回来了，倩娘在船上等着呢。

父亲说："你说什么？饶恕你什么呀？我女儿这一年始终躺在床上生病呢。"

母亲也说："你走以后，倩娘就病得不能下床，这长长的一年过得真凄惨。她病得厉害的时候，几十天一点儿东西也不吃。我永远不能饶恕我自己。我答应她一定把婚约解除，可是她虚弱得好像听不见我的话。好像她的真魂儿离了躯壳一样。我天天盼望你回来。"

"我告诉您，倩娘现在就在船里呢。您看，这是个证物。"

他把金簪子拿了出来，父母仔细一看，认了出来。全家都被弄得莫名其妙。

"我告诉您，她是在船里头呢。您派个仆人先跟我去看看。"

　　父母如堕五里雾中。派了一个仆人，一顶轿子，随着王宙前去江边。仆人到了船上，认出了是小姐，跟倩娘长得一样。

　　小姐问："我爸爸妈妈好吗？"

　　仆人说："二位老人家都好。"

　　全家正惊疑不定，等着仆人回来的时候，一个使女拿着簪子进去看正在病着的小姐。小姐一听见王宙回来了，她睁开了眼睛，笑了。一见了簪子，她说："我真是丢了这个簪子了。"说着把簪子插在头上。

　　没等使女告诉她，小姐就起来下了床。一言不发地走出去，像个患离魂病的人一样，笑着走往江边去。倩娘已经下了船，王宙正抱着孩子等她上轿。他看见由家里来的小姐在岸上越来越近，等两个姑娘一见面，两个人变成了一个人。倩娘一个人穿了两身衣裳。

　　使女说床上生病的小姐不见了，全家惊慌失措。等一看见倩娘下轿，身体很健康，怀里抱着个胖孩子，全家有三四分喜欢，倒有六七分惊慌。后来才明白姑娘的真魂儿和王宙过活去了。情之所钟，关山可越。原来在床上生病的女儿只不过是留下的空影子，有身体，无灵魂，灵魂早离开身子，游荡到远方去了。

　　这件事情是在公元六九〇年发生的。全家都把这件奇事守为秘密，不叫街坊邻居知道。后来倩娘又生了几个孩子。王宙跟倩娘很有福，活的岁数很大。越上年纪，相爱越深。

狄氏

本篇选自《清尊录》，宋人廉布作。作者称在京都为太学生时，亲闻此事。本篇中学生运动呼吁收复失地一节，为余所增入。此为历史上人所熟知者，见宋周密《癸辛杂识》。

南宋的京都杭州，在每年正月十五灯节那一天，无论从哪一方面看，都算得上是一年最热闹的日子。在繁华壮观上，足可以和北方沦丧给胡人以前的临安比美。灯节这一夜，杭州俨如白昼。由秋晴门到海垣街，全都是过节游逛的人们。这时，贼匪窃盗都乘机活动，情侣们则在湖边幽会，城门彻底大开。那天夜里，往往有事故发生。

拥挤的人群都集中在六部街，因为六部街的花灯最为出色，处处照耀得灿烂辉煌。皇上也大放花灯，与民同乐。特建一座大楼，五十尺高，叫作龟山，用各种丝绸扎成彩饰，悬挂灯笼，组成文字。官宦人家，各有看棚，棚里用帐幔隔开，棚上悬挂着自家新奇的灯笼，人在自己的棚里同时也观看别家的灯笼。男人、女人、孩子，都挤满了街。每逢大官显宦之家的小姐、夫人在街看灯，仆人们在她们四周抬着活动的围屏，女人们都穿戴得珠光宝气，花团锦簇，在围屏里面。这样，有时候站住和熟人说说话，称赞一下人家灯笼的美观，或是微微笑着和熟人打个招呼。

这时，一家的看棚还空着，只有两个男仆在那里看守。这个正是一个御史家的看棚。御史夫人是京都里无人不知的"最美的夫人"，这是全城那些漂亮的女人暗中对她的称呼。社交场中女人彼此嫉妒的时候，总是爱说："她以为自己是狄夫人吗？岂有此理！"或许说："这种新奇的梳发式样，若是狄夫人梳来就好看了，可是配上她这个胭脂粉擦得又浓又厚的胖脸，可真难看死了。"狄夫人原是个世代书香之家的小姐，在公众场所，不常出头露面的。

一会儿，狄夫人来了，一路向这个那个打招呼。她来到自家的看棚里，有丫鬟和亲爱的孩子陪伴着。一个八岁的儿子，两个五岁双生的女儿。她自己今年才二十八岁。

狄夫人只穿着一件朴素的上等料子的黑长衣，除去头上戴的一个月牙儿样式的珠饰，什么别的珠宝也没有戴。这也许是她的好尚高雅，也许是她自己知道自身就像一件艺术品，用不着金框儿来装饰的。她并没有浓妆重抹，别的女人说她是高傲，这话并没有怎么说错。一个女人若是美得像狄夫人一样，就是高傲，也是应当的。她的面容光润洁白，自然美丽，就像是玉石雕就的，闪着温和柔软的光彩。嘴唇甜蜜蜜的，每逢微微一笑，就露出整齐洁白的牙齿。若说她也有一丁点儿毛病的话，那就是她的耳朵垂儿微微小了一点儿，微微薄了一点儿。她的肩膀儿圆圆的，身材窈窕，一件没绣花的缎子衣裳穿在身上，形体越发显得好看。

别的女人都羡慕她，都觉得她是个极其有福气的女人——年纪轻轻的做了母亲，有几个漂亮的孩子，丈夫才三十三岁，官运亨通，已经升到了御史。

儿子问她："妈，爸爸怎么还没来呢？"

"别嚷嚷，爸爸忙得很，一会儿就来的。"

狄夫人脸上微微有一丝不高兴的样子，可是除去了丫鬟香莲，别的人都看不出来。丈夫原说他要来的，可是他若不来，也并非出乎意料的事。这种情形，香莲很清楚。香莲是狄夫人陪嫁的丫鬟，也是狄夫人出嫁前的女伴，女主人一出嫁，她就陪伴过来了。她比夫人小几岁，是夫人的心腹。这时，狄府看棚的对面和左右的看棚里，父亲、丈夫，都和夫人孩子们坐着。狄夫人在礼教之家长大，在朋友面前，对丈夫的感情是丝毫不露的。

过往的人都往狄夫人这边看，都不看那些戴满珠宝的女人。年轻的男人陆陆续续走过，一边笑，一边戏谑，偷偷儿地向这位漂亮迷人而平日一向深居寡出的狄夫人急瞟几眼。狄府的看棚一带总是密密匝匝围着一层一层的人，比起别处特别多。京都的警卫军也在附近巡察，好让人群继续移动，不至于阻塞住街道。其实，警卫军也许是来看狄夫人的。狄夫人那美丽光泽乌黑的头发，配上黑衣裳和雪白的面庞，越发显得漂亮。灯笼、灯光、一轮明月，还有来自远处的皇家乐队的丝竹之声，在这些声光彩色相衬之下，狄夫人越发显得美，真是红尘之外一仙女。

狄夫人和孩子、丫鬟，一块儿说说笑笑的。

丈夫还是没有来。狄夫人看见尼姑慧澄来了。狄夫人和慧澄是很熟识的。京都的富贵之家的夫人小姐，只要是尼姑庵的施主，尼姑是常常登门拜望的。尼姑们有特权接近富贵之家的夫人小姐，她们给夫人跑跑腿，传递一下信息，倒是很有用的。因此尼姑们也知道许多大家府第的秘密。

狄夫人说："进来吧，慧师父。"

"好，我进去待一会儿。"仆人放下了拦棚的丝带，慧澄走进去。

狄夫人指着留给丈夫的座位对慧澄说："坐一会儿吧。"慧澄只是在狄夫人后面立着。

"不坐了。这个月牙儿珠子夫人戴着真好看！"

狄夫人执意让尼姑坐下，慧澄才坐下，观看花灯和来来往往的人们。

慧澄问夫人说："老爷不来吗？"

"他说要来。他跟朋友吃饭去了，真不知在什么地方呢。"

什么事也瞒不了慧澄尖锐的眼睛。她轻轻叹息说："真糟！"

"我告诉你，他会来的。"

过了一会儿，听见附近一阵混乱，谁都想知道到底闹了什么乱子。后来才知道原来是几个太学生被捕了。有人刚才散发传单，传单上写着："卖国贼，主和派，赶快辞职！"传单是要求宰相辞职。因为南宋这时，整个中国北部全为金人所占，京都南迁到杭州。人民要求朝廷收复失地，但是百战百胜的大将军岳飞被召回朝廷，下狱处死，这样借以安慰金人，因此弄得民情激愤。而大权在握的人们，却安居高位，骄奢淫逸。姑息政策既然不变，势必采取铁腕手段，钳制舆论。那天晚上，过了一会儿，事情闹过了，游逛的人们熙来攘往，观赏龟山上的花灯。转眼就要放烟火了。

慧澄站起来说："我得走了。我不愿老爷看见我在这儿坐着。我这次给您买的这个月牙儿珠子，真是美极了。"

"我特意留着今天戴的。你若再看见上等的项链，也给我送来。"狄夫人特别喜爱珠子，今天晚上戴着两个大珠子耳环，把那稍微小点儿的耳朵垂儿不但遮住，而且陪衬得很美。

烟火快要放完的时候，丈夫才来。

他长得身材高，有点儿消瘦，眼眉常皱在一块儿。他和当时的士大夫一样，也留着髭须。打扮得十分整齐，小胡子，高帽子。虽然不配叫美男子，却也长得不难看。人人都知道他精明强干，野心勃勃。他娶得这一位天仙似的夫人，毫不足怪，因为他们两家都是名门望族。他当年迷恋小姐的美貌，央求母亲给他办理停当这门亲事。小姐的母亲那时已经去世，双方的父亲同朝为官，是一党，又是老朋友。小姐原本不愿意，不过也没有过多说什么。丈夫像富贵之家的子弟一样，生来就命好，生来就有现成的功名。那时他对夫人是一心相爱，所以刚结婚那几年，日子过得倒很美满。后来，爱情渐渐冷淡下去，他开始亲近一些女伶姣童，居然不理会家里那么美貌的夫人，真是令人百思莫解。每逢丈夫升了官，人们向狄夫人道喜，或是表示羡慕她的福气，羡慕她的命好，她真不知道说什么才是。不过，她总是装出自己很幸福的样子。今天晚上，她知道丈夫又是去看那些下贱的朋友了，香莲知道，慧澄也知道。丈夫来了，狄夫人也没有说什么。他们接着看完了烟火。旁观的人们对这一对夫妇真艳羡至极。

回家的时候，她没问丈夫去了什么地方，不过今儿晚上却是把她招恼了，她真有点儿发烦。他们是夫妇分床睡觉的，就寝以前，丈夫向她说了几句话。她一边摘下珠子一边淡淡地说："今儿晚上你到以前，有几个太学生被捕了。街上散发传单，要求宰相辞职。"

丈夫说："活该！都是些下流无廉耻的暴民，捣乱生非的。"这是引起他们夫妇吵架的一个问题。

狄夫人恼了，她说："'暴民'捣乱生非的，真是捣乱生非！你们倒应该这么捣乱生非才是。这些'暴民'要求收复失地，要求半死不活的官僚辞职，老百姓厌恨你们这些人。"

丈夫大声斥责说："妇道人家，谈论什么政治！"说完，"砰"的一声关上门，回自己屋里去了。

狄夫人记得当初对丈夫的爱情是怎么冷下来的。自从看出他的性格贪得无厌，狠毒自私，对他的观感就改变了。狄夫人的父亲在世的时候，是个激进爱国的人，主和派哪个不怕他？而自己的丈夫正年轻有为，却跟那些主和的官僚狼狈为奸。其实，狄夫人也知道，丈夫之所以在主和派里混，就是因为容易升官，官做得稳，能得到当权者的庇护。对他内心的了解，再没有别人像狄夫人那么清楚的了。

有一天，狄夫人读朝廷公报，看到一个忠臣上表弹劾宰相，被判了流刑；另一个忠臣也上表弹劾宰相，知道大祸不免，上表以前就自缢身亡。她看了非常感动，不禁流泪。

丈夫问她："你哭什么，那种人简直是愚不可及，你不知道这件事情的原委。宰相原来已经答应给他枢密院里的一个好差事，只要他不上表弹劾，只要他肯加入宰相那一派就行了，那真是人生求之不得的好差事。"

狄夫人张大了小嘴说："我想你不知道一个人为国牺牲的意义吧？"

"我的确不知道。"

"香莲都知道。"狄夫人说着转过头去问香莲，"你都知道，是不是？"香莲不敢说什么。

丈夫虽然升了御史，狄夫人却对他完全不存什么指望，爱情和敬意一扫无余了。御史本是专司指责朝政失误的，这样一来，宰相把他的走狗都填满了御史台，他愿弹劾谁，他就可以指使他的走狗弹劾谁。狄大官人为人极其活跃，吃苦耐劳，单有一种特别的才干。以前，有一天丈夫回到家里，得意扬扬地说自己升了御史。狄夫人听了，简直作呕欲吐。

"我官运亨通，你怎么不给我道喜呢？我不知道你一辈子喜爱什么。"

狄夫人冷冷地说："你别想知道了。"

御史究竟是个高官显爵，狄夫人这副态度的确伤了丈夫的体面。近来，他常常夸耀他的新相知，夸耀那些人的官爵，津津乐道那些人的种种事情。狄夫人对他总是一副冷漠的样子。狄夫人生在富贵之家，对这些官场的事情并不往心里去，并且已经看出来，丈夫的心里只有肆无忌惮自私自利的想头，除去自己的飞黄腾达，一切概不关心。丈夫如此，她自己脸上都觉得难堪。每逢丈夫在家自吹自擂，她只是隐忍着，不是微笑一下，就是装出漠然冷淡的样子。妻子这种脾气，丈夫能觉察出来。

狄夫人嫌丈夫讨厌，女孩子生了以后，就没再生孩子。对丈夫既然毫无办法，只好由着他去，自己就一心放在孩子身上，看看孩子们可爱，一天一天地长大。除去上庙烧香，只有像灯节、五月节，才出门看看，别的时候，就很少抛头露面的。这样，根本没什么人说什么闲话。每逢出门，轿子前面总是挂着很细密的竹帘儿，外面无法看见里面。若是没有什么意外发生，她的日子可以过得舒服满意，可是灯节那天晚上出了事情，只是她当时并不知道而已，这件意外的事情竟会改变她以后的生活。

几十天之后，狄先生出京公干，此一去要六个月到十个月。一天，尼姑慧澄来看她，带来了一个玉项链，价值三千金。

狄夫人说："我不能付现钱，老爷没在家。"

"对方愿半价出卖，再少点儿也可以。"

"急着用钱吗？"

"不是用钱，他是要求夫人帮帮忙。"

"帮什么忙？"

"他近来丢了官。老爷不在京里，夫人给他美言几句吧。"

狄夫人犹豫了一会儿说："让我想想，你先把这条项链带回去。"

"我想还是夫人先收下，腾个工夫再回复他好了。若是拿回去，他也许送到别家去。不管您怎么决定，我明天来听您的回话儿吧。"

第二天慧澄来的时候，狄夫人说她要留下，对于人家的请托，她一定尽力而为。

"他到底要多少钱呢？"

"夫人，你若能帮他忙，这条项链可以算作礼品的。不过有一件事，不得夫人允许，我不敢说出口，我总得让那个青年满意才成啊。"

狄夫人脸红起来："一个青年？"

"不错。他把这条项链交给了我，这么一样贵重的东西，当然他指望这件事办得妥当。他要知道拜托的人是谁，他想见一下夫人。"

"这怎么办呢？"

"到庙里去一趟就行了，我设法让你们俩随便见一下吧。"

狄夫人斩钉截铁地说："不，不，不成！"

"他只是想官复原职，没有别的。夫人若不答应，事情就不好办了。"

狄夫人很爱这条项链，想了一会儿说："后天是我哥哥的忌日，我要到庙里去，我可以和那个青年人说几句话，我不知道他到底是怎么样个人。你明白，他若是个老年人，我倒不在乎了。"

慧澄微微一笑说："夫人，您的话说错了。我知道，您一见准会喜爱他。他是个身材高大的美男子啊。"慧澄看着狄夫人，狄夫人的腮颊微微红起来。

夫人很严肃，郑重其事地向慧澄说："别胡说八道的，我知道你们这些当姑子的。我已经是有夫之妇，我已经做了母亲。你把这条链子拿回去吧，我不稀罕它！"

"哎呀，夫人太多心了。他若不是个正人君子，我也不敢给夫人和他定这个约会。他只是求您帮帮忙，夫人千万赏给他个面子。他读书明礼的，没人不说他好。他也是个大家之子，从这些珠子您也不难想得到。您尽管会见他，我若是说错了，以后您别让我登您的门。"

狄夫人大笑说："你这个坏东西。我一定去会他——就是短短一会儿的工夫，我可以告诉你。"

慧澄念了声："阿弥陀佛！"

到尼姑庵去赴约会，狄夫人并非不觉得有点儿蹊跷、有点儿冒险。她只带了香莲一个人。跟一个陌生的青年人相会，她压根儿就没想过。她到庙里时，庙里只有五六个老太太。她觉得很不安，她问慧澄："他在这儿没有？"

"您怎么能在这儿见他呢？我一会儿带您去。"

狄夫人听了很吃惊，原以为只是在庙里随便见一下的。

给狄夫人的亡兄念完了经，烧完了纸，慧澄好像计上心来，做了个手势，叫小尼姑陪着香莲往山谷的石洞里去玩耍。

慧澄对狄夫人说："现在跟我来。"她把狄夫人带往一栋不远的房子里。到了之后，慧澄说："那个美男子在里面呢。"她的声音里显然有一种令人惊喜之意，好像其中另有文章。

她们进了里院儿的一间屋子，那个庭院有个后门，由那个门通到一个花园，花园里有桃树、李树，有山头石。客厅陈设得简洁雅致，只有几张朴素的漆桌子，几个书架上满放着书，两个六角的窗子，往外可以看庭院和花园，是一个十分幽静的地方。那时正是三月天气，空气里飘荡着紫丁香的幽香。屋里空无一人，桌子上摆着酒杯，还有些干鲜果品，各种香味的吃食。

狄夫人一看，惊问说："这是干什么？"

慧澄斟上一杯酒，狡猾地微微一笑："我先喝一杯，祝夫人健康幸福。"

狄夫人怪不安，问慧澄说："他究竟在哪儿呢？我不想待很大的工夫，赶紧把事情说完就算了。"

"请坐，我就去找他来。"慧澄说着走出院子的后门去。一会儿，狄夫人见她和年轻的男人在花园里，两个人正在一块儿说话。狄夫人立刻觉得他俩之间一定有什么阴谋诡计。心里想："这个年轻人好大的胆子！"他戴着一顶高帽子，身上穿着一件大小合体的紫色长袍，步态轻松自然，脸上发红，前额饱满，鼻梁笔直，眼睛奕奕有神。狄夫人自言自语说："我真该死，我这是来干什么呀？"觉得自己正在做一件淫邪的勾当。不过慧澄的话说得一点儿也不错，一见准会喜爱他。现在一见，果然觉得他可爱。

慧澄先走进屋来，介绍他俩说："滕先生，狄夫人。"

滕先生深深一揖，狄夫人微笑还礼。

慧澄说："两位都请坐。"她给两人杯里都斟上酒，又说："两位有事请谈，我别在这儿碍事。"

狄夫人说："别走哇，在这儿吧。"狄夫人焦急得很。慧澄打开帘子，往前面的屋子走去，转眼不见了。

两个人互相打量了一会儿。狄夫人立刻就清楚了，这不是寻常的约会。

滕生举杯向夫人说："敬祝夫人健康。"

狄夫人不由得也像对一位士大夫一样，回礼说："我敬先生。"于是又想起了自己的身份，这才说："我已经知道，你有事跟我说。"打算装出凛然不可侵犯的样子，可是声音发颤。

滕生说："不错，夫人。"说着瞅了她一会儿："我不知道该从哪儿说起才好。"他的声音在温柔之中带着慌张，带着羞愧。

"你要我帮忙，是不是？"

"是的，如果夫人肯赏脸，真是要求夫人帮忙的。"

"你丢了什么官职呢？"

"我并没有丢什么官职呀。"

狄夫人的心有点儿慌，满脸惊诧的神气，向滕生望了一会儿，很不客气地说："我想你求我是要官复原职，若不然，你送什么礼呢？那条项链真是美得很哪。"

"那不过聊表敬意，若是和跟夫人见一面说几句话相比，那条项链可算得了什么！"

狄夫人斥责他说："你也太胆大妄为了。"说着站了起来："你知道我是有夫之妇，有了儿女的。"

"请夫人原谅，请夫人垂听。鄙人有几句话说，若话说得不中听，夫人尽可把鄙人斥退，鄙人也以能受责于天下第一美人为荣幸。这一刹那的会见，是我一生里一段最宝贵的时光。我妄想跟夫人说几句话，自己知道是荒唐非礼。不过夫人命令我来，我不得不来。"

"我命令你来的？"夫人说着又慢慢坐下，这句话引起了夫人的兴趣，"你直截了当地说吧。"

"是的，夫人的身影让我一刻也静不下来。自从灯节那天晚上看见了夫人，您的身影在我心里昼夜不离。我做梦也梦见夫人，心里想念着夫人。我自言自语说，我只要能亲近夫人，看见夫人一会儿，和您这全京里最美的女人说一会儿话，就是死，也死得痛快。即使沦为乞丐，沿街乞讨，我也觉得是天下最富的人，因为我心里有夫人宝贵的影子，还有这短短的一刹那的记忆。"他的声音有男子汉大丈夫的气概，眼睛里热情如火。

狄夫人听来颇觉有趣，两眼看着他说："这次见面就那么宝贵吗？"

"一点儿也不错。我应当承认，我太失礼，太荒唐。我宁愿冒生命之险，求与夫人一见。慧师父告诉我夫人要来，我真不相信我会有这么大福气。"

狄夫人微笑说："你一定贿赂了她吧？"

"说实话，一点儿也不错。谁能跟夫人接近，我全城找遍了，我运气不坏。夫人，您看，这是您自己的错呀。别的女人只答应在别人面前与人相见，您却不然。我要见夫人，就是因为爱夫人。夫人，您不知道您给了我多大的幸福哇。我已经等了夫人半天，现在夫人可以让我走了。可是千万求夫人再说几句话，我好永远记着夫人。"

这种甘言媚词，狄夫人简直欲拒不能。她已经改变了主意，因为滕生的话说得太中听。她说："先别走，你既然来了，费了很大的麻烦，告诉我你的情形，你是什么人哪？"

"我是个太学的学生。"

"嗯，是了。学政治的？"

"我们所有的太学生都关心政治。不过，不是单纯的政治问题，这是个有关我朝的荣誉和独立的问题，是人人关心的大事。若说什么主和派和主战派，话都不算对。应当说是朝廷荣辱的抉择。谁不愿意和平呢？若是为和平而受污辱，我宁愿一战。"

滕生说得慷慨激昂，他是反对主和派的学生游行示威的领袖。

那时太学生将近三万人，屡次要求朝廷对金人采取强硬的政策。因为他们成为人民的喉舌，政府要人对他们也很顾忌。像太学生领袖陈栋已经被杀，后来群情激愤，朝廷才又身后褒扬。滕生说着心头的话，狄夫人听着赞佩不已。她越听越觉得滕生是痛快淋漓地说出了她自己的心头话，不由得兴高采烈。

滕生停了一下说："我简直是忘乎所以了。"

"没有，你的话说得一点儿也不错。先父向来也是这个主张。这是我们李家的传统主张。李纲先生就是我娘家的叔祖。"

"真的！"滕生几乎一惊之下跳了起来。李纲原是主战派的主要人物，六十年来的政治论争是以他为中心的。在太学诸生的心目中，除去老天爷，就是李纲了。

他俩各饮了一杯，向李纲先生致敬。现在跟滕生在一起，狄夫人已经觉得毫无拘束，觉得安全无虑了。滕生为人自然轻松，这次相会的美满，的确出乎滕生的意料。两人觉得彼此颇有一些脾味相投的地方。狄夫人也忘了自己的骄矜，就和女人对情人说话一样了。她向来没有尝过这种陶醉的滋味，也向来没有和丈夫的朋友这样畅谈过。现在好像一条堤堰决开了，她的青春的天真，原已抑制了很久，淡忘了很久，在这短促的一段时光里，都一齐去而复返了。

"夫人，我爱您，您不能怪我的。"他说着就要吻夫人的手。夫人把手递给他，芳心荡漾不定。

忽然，她强作镇定说："滕先生，遇见先生，我觉得很荣幸。我盼望我们可以做朋友。"

"夫人若是不嫌弃，我简直快乐死了。"

外面有脚步声，慧澄走了进来，眼睛盯着双方说："事情谈完了吧？"

"谈完了。"狄夫人说着起身就要走,"不知不觉天都这么晚了。"她立起身来,脸上发红。忽然脸上有点儿异样,弯下了腰,又跌在椅子上,痛得直呻吟。

慧澄问:"怎么了?"

"我也不知道,觉得不舒服。"

慧澄跑过来和夫人说:"到那间房里去吧,躺下休息一下。"

慧澄扶着夫人走到里间去,狄夫人躺在床上,盖好被子之后,她跟慧澄说:"你派人跟香莲回家去。告诉香莲明早差人抬轿来接我。告诉家里人说,我忽然一阵腹痛,今天晚上不回家了。"

慧澄从客厅走出来,正碰见滕生。她凑到滕生耳朵跟前小声说:"滕先生,给您道喜。"

第二天早晨,狄夫人向滕生告别说:"若遇不见你,我这一辈子简直白活了。"

狄夫人胆子越来越大。她十七岁订婚,向来不知道恋爱的快乐。没有人这么爱过她。滕生,我们也看得出来,偏偏是个情种。

像狄夫人这样地位的女人有个情人,的确是很危险的。虽然她是一家的主妇(只有一个婆婆,但总是躺在床上),也不能叫情人到家里去幽会;自己离开家,也没办法让仆人轿夫不知道。漫长如年的日子只好挨着,等有机会才能出门,后来又和情人见了两三次,事情才不能瞒着香莲了。恐怕老爷知道事情,香莲也为夫人捏着一把汗。有一次,狄夫人又装有急病,和情人痛痛快快地过了一夜。

秋天,丈夫自外省回到京都,看见那条珠子项链,问从哪儿来的。

狄夫人说:"从一个人家买的,还没有给人家钱,说好你回来给钱。价钱是六千两。"

丈夫看了看，夸了几句。

狄夫人又说："这个价钱很上算，过几天人家就来拿钱。"

丈夫一冬没出京，狄夫人怕丈夫知道，又怕别人说闲话。因为跟情人过得很幸福，现在想弥补一下自己的过失，于是跟丈夫略示殷勤。丈夫却冷冰冰，没有一点儿温情之意，除去家庭日常的琐事，夫妇间简直不谈别的什么话。

狄夫人又冒了一次大险。有一次，她应约到一位尚书大人府上去赴宴，到场的都是女人。她吩咐香莲在宴会之际去找她，说老太太生病。于是主仆二人去访滕生幽会，半夜才回家。她甘心如此冒险，但是怎么可以一而再、再而三呢？

一天，狄夫人偶感风寒，什么事也不顺心，心里很难过，告诉丈夫说要回娘家去一趟，要走一天的路程。到了娘家，吩咐轿夫回去，半个月后再来接她。狄夫人的父母早已去世，她从京里回来，当然自由随便。她和香莲到天目山去会情人。在那里如醉如梦地过了十天。在山麓的千年的古松之下漫步。没有人问过什么，彼此很快乐地分手离去。

闲话终于传进了丈夫的耳朵。话是，夫人回娘家的日子，轿夫看见一个青年男子跟她在一块儿，那个人也是同一天回来的。那一天两个人甚至还一同中途停下同吃午饭。丈夫起了疑心。他向来办事稳扎稳打，有条不紊，因此隐忍下去，没有发作。

等狄夫人一闹喜呕吐，自己害怕起来。在丈夫面前，极力遮掩，说是染了一点儿别的小病，算不了什么。可是丈夫对这种征候知道得太清楚了，疑心越发大起来。不过，还是不追问她。狄夫人可真急得要命。这种事情在别人看来，她再生个孩子，有什么可怪呢？可是夫妇二人都明白，这是根本办不到的。她始终说是别的缘故，不是受孕，可是肚子大起来，是一目了然的。

一天晚上，丈夫追问说："那个男的是什么人？"

"别胡说，我想不是受孕。若是受孕的话，不是你的孩子还是谁的？"

"那怎么会呢？你还不明白吗？"

"一天晚上你喝醉了。你自己也不知道。"狄夫人说着眼睛直看着丈夫，丈夫由眼角向她瞪着。这话当然也说得通，可是丈夫不相信。

他毫不留情面地说："喝醉不喝醉，我是没跟你同房。你在你娘家受的孕，还是到你娘家去生吧。"

"你简直蛮不讲理！"狄夫人哭起来，心里多么恨他！

丈夫的疑心当然始终去不了，一心想找出妻子的情人到底是什么人。丈夫现在对待她完全是一副鄙视的态度，就跟狄夫人以前鄙视他一样。狄夫人和滕生断绝了一切往来。肚子里的胎儿已经五个月了。

若是不再闹政潮，弄得朝廷一团混乱，一切本可以平静无事的。后来有一位大臣奏请罢黜宰相，遭受了杖责，杖责之后，再遭流放。杖责大臣，真是历史上稀有的事。一百多个太学生，还有一部分朝廷的官员，激于朝廷的失政，受到老百姓舆论的支持，在皇宫前面如火如荼地举行了一次壮大的示威游行，请求驾前陈情，数万市民起而参加。游行的前一天，宰相乘车走过大街，群众狂怒呼喊："辞职！辞职！"宫前陈情的那一天，一个太监奉命出来，向群众宣读圣旨。谕允考虑百姓的请求。群众不满意，圣旨宣读完毕，太监被殴，几个禁卫士兵被杀身死，暴民蜂拥如潮，把几个士兵践踏在脚下。

几个学生领袖被捕下狱。狄夫人的情人据说也在其中。太学生被捕的消息，立刻传到茶馆酒肆。滕生的名字挂在每个人的嘴上。狄夫人吓坏了，不知道如何是好。

晚上，丈夫回来了，狄夫人很温和地凑过去，劝他释放被捕的太学生。

她说："那些学生只是要救朝廷，没有别的意思。"

丈夫冷冷地说："还不是一群暴民！"

狄夫人再三求情。声音微微发颤，脸色发白。丈夫静了一会儿，然后问她说：

"你干什么这么担心？我听说朝廷要根绝这种示威运动，被捕的一律处死呢。"

狄夫人被唬得牙齿震颤有声，竟至晕过去。苏醒过来之后，泪如雨下，俨若疯狂，百般向丈夫求情，简直不要命似的哭喊说："你千万要制止这种屠杀罪行啊！"

"我何能为力呢？告诉我，你要搭救的是谁啊？"

丈夫再三追问，狄夫人不吐一字。丈夫怒冲冲地走了。

狄夫人为情人的命运焦急万分，彻夜不能入睡，早晨一出屋门，望了望丈夫的脸色。丈夫刚一出去，她就差香莲去太学打听被捕的学生的名字。她知道丈夫的疑窦一起，被捕的学生的性命势必轻如草芥。香莲回来报告滕生已经失踪，有人说他已经逃脱。

狄夫人知道丈夫不回家吃午饭。到了晌午，她忧心如焚，渴望有更确实可靠的消息，不断思索主意，好警告滕生留意。这时忽然有一个人自称是香莲的表兄，刚刚由乡下来的，要看香莲。香莲出去一看，那个人穿着乡下人的衣裳，身上背着一条口袋，香莲进去回禀夫人，眼睛里有无限的快乐。

"他若是你的近亲，就叫他进来吧。"一会儿，滕生由香莲领上楼来。

滕生乔装之下，狄夫人认出他来后，立刻喘吁吁地说："你怎么逃跑的呢？这可不是见面的地方啊。"

"我就走，走以前我要见见你。当时有一个人要逃跑，立刻一片混乱，我就乘机逃脱的。"

"你得立刻逃走，狄先生起了疑心，打算要你的命呢。他一定要追问那些学生领袖，你的地位太明显了。"

狄夫人回到自己屋里，拿出那条珠子项链来，她说："拿着这个，赶紧远走高飞。局势转变之后再回来，一路要用钱。不知道什么时候才能再见。"说着早泪眼模糊了，又说，"至于我呢，我永远不会忘记你。我要为你祷告，不要为我担心，我有孩子就能活下去。我爱孩子就跟爱你一样。"说着把项链放在他的口袋里。

他坚持不要，他说："我有钱。他若发现没有了这条项链怎么办？"

"这个不用你操心，说丢了也可以，说叫人偷走了也可以。我向来不戴它，他不会知道。凭这条项链我们才遇见的，说不定将来凭这条项链我们还能重逢呢。"

滕生说："局势总会好转，也会有好日子过的。"说完匆匆去了。

夜里，丈夫回来，说被捕的都要处死刑。狄夫人只是说："杀这些爱国的人，都是你的主意，是不是？"她这么从容不迫，很出乎丈夫意料。

过了很久，两人没再说什么。

一天，狄夫人告诉丈夫说："我要回娘家去生产。"她再不能跟丈夫一块儿过了。

丈夫说："你最好回去生吧。"

狄夫人知道丈夫决不能冒险休妻，那样会闹得满城风雨的。

她知道丈夫的心思，丈夫非常在乎自己的社会地位，并且娘家也是高官显宦之家。这种情形之下，休她当然不容易。再者丈夫也没有真凭实据。

孩子在娘家生的，她就一直住在娘家，没回去跟丈夫一块儿过。生的是个男孩子。夫人爱得比另外那几个孩子更甚几分。滕生好像全无踪影了。

三年以后，皇帝驾崩，新主登基之后，一反前朝的政策。流放的主战派官员全下旨召回，狄夫人的丈夫因残杀太学生领袖，判罪流放边疆，在路上猝然倒毙。

狄夫人回到京都，成了寡妇。一天，慧澄来问她愿不愿再买条珠子项链。她立刻知道滕生回来了。在这种新情况之下，二人再度相逢了。滕生告诉她他已经在礼部担任了一项要职，专司民政。这场重逢，真是令人惊喜万分。

三年的守寡之后，狄夫人嫁给滕生为妻，香莲嫁给滕生手下的一个文书。

数年之后，狄夫人又成了御史夫人。也是在一年一度的上元灯节之夜，时代变了，她长得更丰润，眼前虽然添了些新人新面孔，还是拥挤着群众，还是同样的花灯，同样的烟火。她跟丈夫和孩子（男孩已经十岁了）坐在以前坐的地方，她的脸上增加了一种成熟的丰韵。她不那么爱笑，也不那么轻松愉快，脸上却显着一种恬淡中和的幸福。

那个男孩子喊："您看，慧师父来了。"

慧澄走到夫人跟前来，她说："这条珠子项链戴在夫人身上，真是美极了。这条珠子项链给夫人带来了多大的福气啊！"

| 鬼 怪 |

Chinese Legend

嫉妒

本篇选自《京本通俗小说》，作者不详。此种恐怖小说，当为茶馆酒肆所乐闻。故事中除一塾师，所有人物几乎无一非鬼，如此乃达到恐怖之极点。《京本通俗小说》中另有一鬼故事，亦用此种笔法，将全篇角色逐一揭露，皆系鬼物。

吴洪为人生性疏懒，寄居在京都，教一个私塾。学生放学之后，孤独的日子，过得倒也惬意。自己烧水沏茶，一点儿不觉得麻烦，一个人慢慢品茗，也不嫌寂寞。他那个单身住房在里头院，屋里颇有女人气息，这对于他，倒是有无限魅力。他的卧室里有一个梳妆台，一个旧梳妆盒，顶上有一个可以收缩的镜子，还有些女人用的各式各样的东西，有的知道用处，有的不知道有什么用处。抽屉里还有针、绦子、簪子，抽屉底儿上粘了一层脂粉。他一进屋，就闻着屋里弥散的幽香。那种永不消失的香味，虽然找不出来源，但他闻得出是浓郁的麝香气味。这些闺阁的气味，正投合他这单身汉的爱好。因为生性富于幻想，他总想象当年住过这屋子的女人，究竟是怎么个样子，是不是亭亭玉立呢？什么样的声音呢？他一心想的不是别的，就是一个活女人，能让他相信自己过的是家庭生活就好了。

像杭州这么个大城市，他心想，有那么多神秘的美人，甜蜜蜜的，那么迷人。这就是他在京都考博学鸿词科落第后，不肯回福州，而仍然留在杭州的缘故。他心里算计得很清楚，旅途迢迢，盘费很大，莫如等到下年考试。谁知他虽然功名不遂，艳福却不浅。正是少年翩翩，应当结婚的年龄，不然杭州真有点儿亏负他呢。其实只要能找到个意中人，他立刻就结婚，只要中意，是鬼怪精灵，也得之甘心。

"哎，要能找到一个女人，又标致，又有钱，孤身一人，无牵无挂，那该多好！"

他自己找到的这所房子，就跟他的头脑一样，外面是灰砖砌的墙垣，并没有粉刷装饰（他以极低极低的价钱租到），可是里头美妙得出奇！因为坐落的地方非常偏僻，离市中心太远，租价当然低。不过租价低还另有原因。

一个书生知道这样的故事，比如，夜里万籁无声，一个书生在书斋里静坐，独自冷冷清清的。猛抬头，忽见一个绝色女子，立在前面，在灯影之下正向他微笑。她每天夜里来，与书生同居一处，绝无外人知道。跟他过日子，为他节省花用，有病看顾他。这简直是烦嚣的尘世上出现的一个美梦。吴洪所以常常自言自语，说愿跟这屋里住过的女人的鬼魂交谈。他把这屋里住过的女人想作死人，就因为他盼望那些女人是死的才好，没有别的原因。他想自己在夜里能听见女人的声音。可是仔细一听，却原来是邻近的猫。真是叫人失望！他为什么不娶个真正的活女人呢？

孤身未婚，作客异乡，也确有一种益处。很多父母愿把女儿嫁给家里人口结构简单的男人。有一天，王婆来了。吴洪没迁到这里来，还住在钱塘门的时候，王婆就认得他。王婆是指着说媒过日子的，给他提过亲。不过那时他一则忙于考试，二则刚刚到京都，新鲜好玩的事情正多。现在呢，在这里已经住定了。王婆做了个很动人的姿势，凑到他耳边小声说，有要紧的事跟他提，示意叫这位塾师随她到里屋去。她那点儿稀疏的灰白头发，在脖子后头梳成个小髻儿。吴洪看见她拿一块红头巾高围着脖子，其实那时正是四月，天气已经够暖了。他想王婆一定是脖子受了凉。

王婆一副老风流的样子跟他说："有一门子好亲事跟你提呢。"她笑得动人，话说得讨人喜欢，这全是她们这个行当儿不可缺的长处。

吴洪请她坐下。她坐下了，把椅子凑近吴洪。吴洪问她近来的日子过得怎么样，两个人差不多一年没见了。

"不用说这个。我记得你是二十二岁。她也是二十二岁。"她拉了拉她的红头巾，好像脖子受了伤似的。吴洪心里想，也许她睡着的时候，从那光滑的皮枕头上滑落了一下。

"她是谁呀？"

"就是我要说的那个姑娘。"

"你说的姑娘都是二十二岁，我知道。"吴洪很轻蔑地说，并且告诉她，"我现在也不忙着成家，除非你能给我找到一个像杭州城里那些神秘的美人一样的才行。"王婆给他提过几门子亲，他一打听，都是些平平常常的。"你们说媒的话都说得天花乱坠。一个月牙儿也说成是一轮明月。"

王婆的职业，可以说，就是使全城可以结婚的男女都成双，虽然不一定都是美满的姻缘，但总算是已经男婚女嫁。在她心目中，一个二十二岁还没成家的男子，在老天爷看起来也是一桩罪过。

"你要什么样的女人呢？"

"我要一个年轻的女人，当然得漂亮、聪明，而且还得孤身一人才行。"

"也许她还要带十万贯钱来，带个丫鬟来，是不是？"王婆笑得很得意，仿佛知道他这回是逃不了的一样，"她就是一个人，也没有三亲六故的。"

虽然屋里没有别人，王婆却把椅子拉得再近点儿，在他耳朵根儿底下小声说话。吴洪聚精会神地听。

她提起了一个年轻的女人，真是求之不得的。那是一个有名的吹箫的女艺人，新近才离开了雇主。她的雇主并非别人，就是权倾一时的金太傅的三公子。这样富家的府第，常养有成班的女伶和女乐。现在提到的这位女人，因为以吹箫为业，人称她李乐娘。她就是孤身一人，很自由，有个养母，并不用她养活。她有十万贯钱，自己还带着个丫鬟。

吴洪说："这门子亲事听起来倒不错，可是干什么她愿意嫁给一个穷书生呢？"

"我刚说过，她自己有钱，就愿嫁给读书人，要单身一人，没有公婆的。我告诉你，吴先生，我这一回真成全你了。原先有个富商愿意娶她，她不愿意嫁给商人。我极力劝她，她还是执意不肯，她说：'我要嫁个读书人，没有兄弟姊妹，没有父母。'很多人都不合适。所以我想到你，老远地来告诉你。你真是有福气！你知道不？"

"她现在住在哪儿？"

"她跟养母住在白鹤塘，你要是愿意相一下，我可以想办法。"

真是再没有这么好的事情了！

几天之后，吴洪按照约定，到了一家饭店。王婆介绍他见养母陈太太。虽然当时天气晴朗，她的头发却湿淋淋的，裙子直滴水。陈太太说："请吴先生原谅我这么失礼，刚才在路上，不幸碰着了一个挑水的。"

吴洪问："小姐在哪儿呢？"

"在隔壁屋里呢。跟她一块儿的那个姑娘叫青儿，是她的丫鬟。真是个挺好的丫鬟。会做菜、做饭、做衣裳，家里的活儿件件都拿得起来。"

陈太太向吴洪告别，回到隔壁屋里去了，地上留下了些潮湿的怪脚印儿。王婆仍然跟吴洪在这个屋子里，他把手指头在嘴上沾湿，把隔扇的纸弄了个小窟窿往隔壁偷看。吴洪一看，看见陈太太低着头，跟一个标致的年轻女人正喁喁私语，他看见那个女人笔直的鼻尖儿。她忽然抬起头来，微微一笑，脸变得绯红。他看见她那漆黑的深眼睛，衬着雪白的脸，围镶着乌云似的浓发。一个年轻的姑娘，十五六岁，对正在进行中的事情好像觉得很有趣。吴洪看了大惊："会有这种事？"

"怎么？吴先生。"

"她若是肯嫁给我，我可以算是杭州最有福气的人了。"

他坐下吃饭，听见隔壁女人的笑语声，她们显然很快乐。有一次他抬头一看，看见那隔扇上纸窟窿后头有一个眼睛。他一看，那个眼睛立刻缩了回去，随后听见地板上女人的碎步声，咯咯的笑声，他想必是丫鬟笑的。

王婆微笑说："我这次定这个约会，女方也是要看看你，跟你想看看她一样。她也不愿不相一下就嫁给你的。她给你带过来十万贯钱，你分文不费就娶过她来了。"

　　一切料理妥当，预定半月后李小姐过门。双方商议好，因为新郎作客他乡，没有什么亲友，婚礼无须铺张。李小姐只要带着丫鬟过来，跟吴洪住在一块儿，也就很快活了。

　　吴洪从来没想到问问，李小姐为什么离开太傅府。

　　吴洪简直急得等不及了。可是福和祸一样，都不单来。过了几天，又来了个妇人说媒。为了省得麻烦，吴洪说已经订婚了，可是那个女人还执意要说。

　　"请问你这位未婚妻是谁呀？"那个女人问（她自称是庄寡妇）。

　　吴洪告诉了她未婚妻的名字，庄寡妇显得吃了一惊，好像很不赞成。

　　吴洪问她："怎么了？"

　　"没什么。既然已经订婚，我就用不着再说什么了。"

　　这反倒引起了吴洪的疑心。他问："你认得李乐娘吗？"

　　"我认得她吗？哼！"她停了一下又说，"我想再给你说一门子亲。我心目里的这个姑娘，真是男人们求之不得的。美得赛过一朵花，百依百顺，刻苦耐劳，做饭做菜，手工针线活计，全都是能手。像先生这样的人，娶了她过来，你们小两口儿，真是再好也没有了。其实，我告诉你也不妨，我说的这个姑娘，就是我的女儿，我当然不是破坏别人的亲事。不过一个贫家之女给先生做妻子，倒是更合适。别信媒人的话呀。"

　　吴洪简直烦起来了。"我亲眼看见过那位小姐。我已经订婚，真是遗憾。"他把庄寡妇领出门，客客气气地分手了。他这么不怕麻烦，就因为这是最后的见面，何苦失礼得罪人？

　　一个下雨的傍晚，乐娘坐着轿和养母、丫鬟、王婆，一齐来了。轿夫也没站住像平常的轿夫那样要赏钱，要面吃，新人下轿就走了。等新郎想到，他们已经走远，消失在黑黝黝的夜里。丫鬟青儿打开新娘的衣箱，烧水沏茶，什么事都做。新娘带来了一整套的乐器，青儿小心翼翼地一件一件地摆在桌子上。青儿还是孩子气，就像个小猫，很了解夫人的脾气，不用吩咐，就知道要做的事。她俩似乎以前住过这房子。现在吴洪除了安闲享受，全无事做。

吴洪和陈太太、王婆、新娘、青儿随随便便地坐席饮酒。陈太太的头发还是湿淋淋的，因为雨下得很大，也不足怪。吴洪仿佛闻着她有浮萍的气味。主座让给王婆坐，因为她是大媒。虽然四月的晚上潮热闷人，她脖子上还是围着那条红围巾。

那天夜里，乐娘跟吴洪说："你对我起誓，除去我你决不再爱别的女人。"新婚之夜答应这种话，当然没有什么难处。

"你很嫉妒吗？"

"是啊，我很嫉妒。我是情不由己。我打算把这里做成我爱情的家，可是，你若对我用情不专的话——"

"我要在梦里跟一个女人恋爱，你也嫉妒？"

"当然！"

妻子和丫鬟把这个家弄得非常美满，美满得出人意料。媒人天天撒谎，这次却是真话，吴洪觉得好像在梦里一样。乐娘多才多艺，跟王婆以前说的一样，真不愧是个艺人，她能读能写，饮酒玩牌，无一不能。在黄昏时候，她吹箫吹得人荡气回肠，给丈夫唱缠绵的情歌。她聪明伶俐，跟青儿不断地唧唧私语。

吴洪问她俩说："你们俩鬼头鬼脑的干什么呀？"

乐娘劝他说："一个读书人怎么用这种字眼儿？"

"那么你们干什么呀？"

"这么说还像话。"乐娘给他改正过十来次，不许他说"鬼东西""鬼鬼祟祟"。一说这话，好像得罪了她。

夫人和丫鬟非常亲密。起初，丈夫都有点儿生气，起了疑心，直想听一听她俩老不住说些什么，可是每次都发现她俩暗中商量的全是对他有好处的事。比如，想做什么新鲜花样的菜，清蒸精白的包子，羊肉大葱馅儿，早晨给他做点心。乐娘还有一种更稀奇的才能，简直奇妙得不可思议，就是能预知丈夫的意思，不等吩咐，就早已把事情做得停停当当。吴洪一想到从前单身的时候，提着篮子去买菜的光景，不由得笑了。

有一天，结婚后大概一个月的样子，他从城里回来，看见乐娘正哭呢，于是极力安慰她，问她怎么回事，自己怎么惹她生气了。

乐娘说："这与你没关系。"

"是别人？"

既然什么话也问不出来，他改问青儿。青儿似乎知道，可是不肯说。

两天之后，他打街上回来，正是晚饭以前，他听见妻子尖声号叫："滚出去！给我滚！"他冲进去一看，乐娘正气得直喘，头发披散在前额上，脸上有轻轻的抓伤。青儿站在乐娘的身旁，跟乐娘一样，也气喘吁吁的。

他问："谁来这儿了？"

"有个人——有个人来跟我找麻烦。"乐娘勉强说出来。

丈夫看见屋里没有别人，连个影儿都没有。有个小巷由院子通到街上，那儿也听不见什么。

吴洪说："你大概看见什么东西了吧？"

"我看见了什么东西？"乐娘忽然大笑起来。丈夫觉得没有什么可笑的。

那天夜里在床上，他又问："你非告诉我不可，到底是什么人来跟你找麻烦？"

"有人嫉妒我，没有别的。"

"什么人？"

追问了半天，乐娘才最后说："是我从前的一个女朋友。"

"她究竟是谁呢？"

"一个庄小姐，你不认得她。"

"是庄寡妇的女儿吗？"

"你认得她？"乐娘一惊而起。

吴洪告诉她，庄寡妇来给她女儿说过亲，那是他们订婚后几天之内的事，其实是来破坏他们的亲事。据说女人嫉妒上来比老虎还可怕呢。乐娘听了，用一连串的脏字眼儿咒骂起来，真想不到她的两片朱唇竟会说出那么难听的话来。

吴洪说："你没有什么可愁的，我们是结婚的夫妇，她没有权利来找你麻烦。下一次她来了，你叫我，我当你面痛揍她一顿。"

"我们俩比起来，你还是更爱我，是不是？"

吴洪说："乐娘，你怎么说傻话？我向来就没有见过这个庄小姐，只看见过她妈妈一次。"

他情不由己，真觉得有点儿烦恼。心里想，妻子一定有什么秘密，不肯告诉他。

还好，庄小姐没再来，吴洪夫妇日子过得很幸福。他想，杭州是个美妙的都市，他正在一个虚幻美妙的天地里过日子。

到了五月节，吴洪照例放学生一天假，他提议进城去逛，不然就往附近山里去赶庙。自从结婚以来，乐娘还没离开过家。今天她叫丈夫带她往白鹤塘养母家过一天，丈夫可以自己去逛。吴洪把妻子放在白鹤塘，自己就朝万松岭走去，顺路往清泽寺一游。他一出庙门，对面酒馆里一个茶房走过来说："酒馆里有一位先生要见您。"

吴洪走进去，看见是考试时的一个同伴儿，名叫罗季三。

"我刚才看见你进庙里去了。我想跟你聊聊天儿。你今天要干什么呀？"

吴洪说，他正闲着过节，也没有主意要上哪儿去，并且告诉他自己新近结婚了。

罗季三嫌他结婚也不给个信儿，一半儿开玩笑，一半儿真不高兴，心想把新郎扣留一天，看看吴洪怎么不舒服。

"我说，我要到多仙岭去上坟，跟我去玩儿一天怎么样？杜鹃花儿现在正开呢。离那儿不远有一家小酒馆，酒好极了，我在别处就没喝过那么好的酒。"

吴洪找到了个游伴儿，心里好不痛快，立刻就答应了。两人走出了酒馆，穿苏堤，横过了西湖，一路看见成群的男人、女人、孩子，在宽广的柳荫下的大路上散步。他俩从南兴路雇了一只船，在毛家铺上岸。罗季三的祖坟是在多仙岭那巉岩陡峭的高山上。费了一个小时才爬上去，过了山峰，在对面往下走了半里地才到。那天天气温和，山坡上丛生着粉色红色的花朵。美景令人欲醉，一个下午不知不觉地过去了。

离开坟墓，罗季三就带着吴洪往酒馆走去。要到酒馆，他们还得走下山谷，顺着一条小溪走。两岸柳荫茂密，风景绝佳。过了一座小木桥，桥头的一边有一棵大榕树，一路上这样的树很少见，长大的枝杈，离地面十几尺高，向四面八方伸出去。长的树根像胡须一样从枝杈上垂下来，都一齐用力往地下长。离树五十尺远的地方，有一所茅屋，一根竹竿上挑着一块方布，正是酒家的幌子。

罗季三说："就在这儿，我认得那寡妇。上次我来，跟她女儿谈得好不畅快。好一个迷人的甜蜜蜜的姑娘！"

吴洪觉得心惊肉跳。

庄寡妇正立在酒馆前头欢迎他俩，好像刚才看见他们来了一样。她眉开眼笑地说：

"哟，这不是吴先生吗？哪一阵风把您刮来了？请进，请进！"

庄寡妇把他俩领进去，挪椅子，拍垫子，极力张罗，显得非常热诚。"先生请坐，想不到您两位认识啊。"

她又喊："梨花！客人来了，出来。"梨花是她女儿的名字。

一会儿来了一个十八九岁，亭亭玉立的姑娘，身穿黑色宽边的衣裳，眼眉很长，脸上老是带着笑容。她向客人行礼，没有一点儿城里女子忸怩作态的样子。母亲吩咐说："把上好的酒给客人烫上。"

梨花往屋角酒缸子那儿去打酒，庄寡妇跟吴洪说："我以前跟您说过，我的女儿怎么样？不挺漂亮的吗？不挺好吗？若没有她，我简直过不了。有她一块儿混，我日子过得多么快乐！她差一点儿就成了尊夫人，是不是？唉！"

梨花回来了，手里拿着酒壶，两颊鲜红，庄寡妇就住了口。梨花的眼睛亮得像一洼水似的，向吴洪顾盼了几下，并不淫荡，而是自觉的、愉快的，就像那么大年岁的姑娘，自然对一个美少年微笑似的。她站着扇炉子，身体微微摆动，屡次把低头时落到前额的一绺头发掠回去。吴洪静静地坐着，瞅着她的后背。她的每一个动作都很优美。炭火通红之后，她离开了火炉子，去洗白镴酒杯，洗后放在桌子上，一边洗一边瞧吴洪。

庄寡妇说："摆上四份吧。"

梨花又拿出两份来，照样儿洗过。事情停当了，在桌子旁边站了一下，一会儿又到炉子那边看酒烫好了没有。酒烫好之后，倒入一个白镴酒壶里。

她喊说："妈，酒好了。"她把酒给客人斟满了杯。

"你先坐下，梨花，我就来。"

她用雪白的胳膊把前额上的一绺头发掠回去，拍了拍围裙上的灰，然后坐下。庄寡妇一会儿就回来了，四个人坐下饮酒，闲谈起来，庄寡妇问吴洪近来怎么样，婚姻美满不美满。吴洪说过得很快乐，因为记得家里闹过那件事，话说得很谨慎。他真不相信这么个温柔标致的姑娘会去打他的妻子。不过却有八九分相信，这两个女人之间一定有点儿事情。

庄寡妇又说："现在您亲眼看见梨花，您就知道错过什么了。"

吴洪也愿称赞梨花几句，于是回答说："庄太太有这么个好女儿，真是有福气。"梨花的脸上有点儿发红。

两个客人说要走，庄寡妇执意不放。她说："别走，在这儿吃晚饭，不尝尝梨花做的鲤鱼，你算不知鲤鱼的滋味。"

吴洪想到妻子，他说天太晚了。庄寡妇说："今天晚上赶不到城里了。你到的时候，钱塘门也已关上了。离这儿有四五里远呢。"

庄寡妇的话一点儿也不错，吴洪只好答应住下，不过心里头，总觉得有点儿对不起乐娘。好在她在养母家里等着，不会有什么差错。

鲤鱼是新自溪里捞的，烹制得非常鲜美，暖暖的酒润得嗓子好舒服，心里也松快了，吴洪觉得真快活。他问梨花："这鱼怎么做的？"

梨花简短地说："也没什么。"

"其中必有秘诀。说实话，我从来没吃过这么好吃的鲤鱼。"

庄寡妇说："我告诉你什么来着？我说我女儿的话，一点儿也没说错吧？可是你非要信一个说媒的话呢。"

吴洪听了庄寡妇的讽刺，不由得恼了，显然很烦躁地说："难道我太太有什么不是吗？"

梨花似乎有话要冲口而出，母亲看了她一眼，她才沉默下去，庄寡妇说："我们跟她很熟识，你这位太太嫉妒得厉害，要不然，怎么那么个出色的艺人会叫太傅府赶出来呢？"

"她到底犯了什么罪过呢？你说她嫉妒得厉害。"

"一点儿也不错，她嫉妒得厉害。不拘是谁，只要长得比她漂亮，箫比她吹得好，她都受不了。她在走廊上把一个姑娘推下楼去摔死了。还不就仗着金太傅家有权有势，护着她，她才免了个杀人罪。你既然已经娶了她，我也不愿再多说什么。在太太跟前，可别提这个，假装不知道就好了。"

酒劲儿一发作，罗季三调笑起梨花来，傻眉傻眼地死盯着她，梨花很温和地跟他敷衍，就像对付醉人一样，一面却有意地对吴洪微笑。过了一会儿，罗季三醉了，大伙儿把他搀到一张床上，他躺下打起呼噜来。

娶了个那么神秘的女人，吴洪觉得心里很烦。一看梨花，长得虽然不如乐娘那么光彩照人，为人却真诚温柔，活泼愉快，娶这样的女子为妻，才算有福气呢。虽然天真单纯，却长得好看得很。她母亲说的"您就知道错过什么了"这句话老在他脑子里转。今夜在路旁的酒馆和她不期而遇，自己新近的结婚，过去一个月内种种的事情，就像一连串儿世上少有的空幻的故事一样。

夜已经黑暗，萤火虫穿窗而飞。吴洪在外面漫步，母女把酒馆收拾好关上门。整个山谷里再没有别的茅屋。这时鸟儿已经在窠里安歇。四面八方，一片寂静，只是偶尔有一个猫头鹰尖声怪叫，一个这样夜出捕食小兽的动物，在遥远的地方啼啸，令人不寒而栗。西方天空的山巅，刚上来一个暗淡的月牙儿，两个尖儿向下，把树木都变成了又黑又长的怪影，在风里摇摆，山谷之中显出一种幽冥虚幻之美。

梨花正站在门口，新换上了一件白衣裳，头发梳成绺儿往下垂，轻柔优美。她朝吴洪走过来，手里拿着一根箫，向吴洪天真烂漫地微笑了一下。她说："你看那月亮。"话说得那么简单，那么有味。

"是啊。"吴洪把感情用力抑制下去。

"我们往溪水旁边去吧。那儿有个非常美丽的地方，黄昏时候，我很喜欢在那儿吹箫。"

到了那儿，她拣了小溪旁边的一块巨大的圆石头，两个人坐下，她吹起柔和、凄凉、伤心断肠的曲调。月光不多不少，正照出她那鹅蛋脸儿，头发、身体，稍微朦胧的轮廓。她似乎比乐娘吹得更美妙。在月光之下，幽谷之中，谛听一个美女吹箫，歌声与溪水齐鸣，飘过树巅，清越之音又自远山飞回。此情此景，不管什么人听来，都是终生难忘的。吴洪当时听着，箫声之美，竟使他心里觉得阵阵痛楚。

梨花问他："你怎么显得这么难过呢？"

"你的箫声叫我这么难过。"在那星光之夜，他瞅着梨花那白色的幽灵之美。

"那么我不吹了。"梨花说着笑了。

"还是接着吹吧。"

"叫你难过，我就不吹了。"

"你在这儿过得快乐不快乐？"

"快乐。世界上还有地方比这儿好吗？——你看这里的树、小溪、星星、月亮。"

"你在这儿不觉得寂寞吗？"

"什么寂寞？"她好像不知道什么叫寂寞，"我有我妈，我们非常亲爱。"

"你不想要男人吗？我的意思是——"

梨花大笑起来："我要男人干什么？再说，好男人又不容易找到。妈跟我说过你。她很喜欢你。若能嫁给你这么个男人，我一定会很快活，还有小孩子玩儿。"

她叹了一口气。

吴洪说："梨花，我爱你。"热情之下，语声都嘶哑了，"我一看见你，你就把我迷住了。"

"别瞎扯。你既然已经娶了那个女魔王，只好认命。来，我们回去吧。我相信，她若是知道你和我在这儿消磨这个夜晚，她非要弄死我不可。"

吴洪好像有一点儿恍惚，这个地方的魔力，音乐的魔力，简直强大得不可抗拒。一点儿也不错，他心爱的这两个女人，以前的确是仇人。

两人沿着溪岸朝茅屋走去，月亮破云而出，把梨花鹅蛋形的白脸蛋儿印在漆黑的夜幕上，正好有一朵白花儿在她的头上。吴洪突然用力搂住她，热情地狂吻，梨花完全顺随着他，一会儿，抽抽咽咽地哭起来。

梨花忽然恐惧万分，说："她一定要弄死我！"

"简直胡说！你说谁呀？"

"乐娘，她要弄死我！"她的声音直发颤。

"她永远知道不了。我不至于那么傻，会去告诉她。"

"她一定能知道。"

"怎么会呢？"

"我说，你能不能保守一个秘密？"她越发紧贴着吴洪，吴洪觉得她说话的热气喷到了脸上，"你太太是个鬼。因为她怀了孕，一离开金太傅府，就上吊自尽了。她死后就迷惑人。我妈不能告诉你这件事的实在情形。按理，这是不应当说的。妈也嘱咐过我别告诉你，可是你正叫她迷着呢。"

吴洪听了，脊椎骨一下子冷了半截："你的意思是说我娶了个鬼吗？"

"不错，你娶了个鬼。我在城市的时候，她还迷惑过我呢。"

"她也迷惑过你？"

"就是啊。因为她嫉妒我，我跟她吵过架。你知道我们母女为什么搬到城外这么老远来？就是要离她远远的。"梨花说到这儿，停了一下，然后又接着说，"现在我完全康复了，在这里日子过得很快活。她还不知道呢。这条路上常常有过往行人，妈积蓄了不少钱，我们也不想回城里去住。将来，我盼望妈能给我找一个像你这样的翩翩公子。"她述说自己的身世，仿佛话家常似的。

"你这么个标致的姑娘，还有什么说的。可是，你说我怎么办呢？"

"我怎么会知道？可是记住，千万别告诉乐娘，你在这儿或是别的什么地方遇见过我。也别告诉我妈我告诉过你这件事。你若是爱我，就别说到这儿来过，别叫乐娘知道我住在这儿。"说这话的时候，她声音直发颤。

吴洪不由得生出了侠义之心，要保护这个柔弱的少女。梨花的话，他都一一答应了，又极力想吻她，可是她扭过头去说："我们得进去了，妈一定等着呢。"

吴洪回到屋里，罗季三还睡着打呼噜。梨花手里拿着一支蜡烛，向他道晚安。他已经上了床，正要睡下，梨花又在楼梯顶出现了，温柔多情地问他："怎么样，好了吧？吴先生。"

"好了，多谢多谢。"

梨花又上去了，他听见梨花的脚步声在他头上响。再过一会儿，寂静无声了。他在床上翻来覆去，折腾了一夜。

第二天，两位客人回城里去。分别的时候，庄寡妇说："千万请两位再来。"梨花很留恋地看了吴洪一眼。

吴洪没敢告诉罗季三自己跟梨花的事，一路心里不住地想梨花。到了钱塘门，他说还有点儿事情办，叫罗季三先走。梨花告诉他的——他的妻子是个鬼——真是荒诞之至，可是他很烦恼，踟蹰不敢回家。

他又想起乐娘能预知他的心事，这种情形有好几回。真令人莫名其妙。有一回他写信，抽屉里找不着信封，他正要叫青儿，忽然看见妻子站在身旁，手里拿着一个信封。他又想起来，一天放学之后，他要上街，本来他不常上街。天正下雨，正是四点半，乐娘拿来了把雨伞，把伞斜靠在墙上。他抬头一看，真是惶惑不解。乐娘问他说："你要出去，是不是？"说罢就回里院去了。也许这些都是偶尔赶巧，可是他越想越怕。他记得乐娘不许他说什么"鬼""魔"等字。不但她，而且青儿都能在黑暗里找到东西。

他决定去找王婆，打听清楚乐娘的身世。到了王婆家，看见门上有官府的封条，上面写的是："人心似铁，官法如炉。"他向街坊邻居一打听，才知道王婆在六个月以前，因为引诱青春少女，有伤风化，已经受官府绞刑而死。

现在他越发害怕起来。那么，梨花告诉他的话一点儿也不错了。对于梨花，也越怀念，那个可爱的姑娘。心里不住想她那雪白的脸，她的天真活泼，她的幽默风趣。若是当初娶了她，该是多么好！

他必须去找梨花，好把这件神秘的事情弄个了结。可是他还记得乐娘那么贤淑，他生怕铸成大错。他在外头待得越久，回家之后越不易解脱，他简直被弄得头昏脑涨。在钱塘门待了一夜，第二天下午三点多才往多仙岭去。他上了船，一想到就要见梨花，心里便觉得安全点儿，也舒服得多。他急于要见梨花的脸、听梨花的声音，几乎一刻也不能等待。冒着逆风，船行得很慢，西北天空，乌云兴起，好像六月的狂风暴雨即将来临。往西山一望，乌云已遮住山顶。他没有带伞，但是中途不肯停留。他有点儿欢迎一场暴风雨，盼望能冲淡他心里的苦恼。

道路他记得很清楚，不费什么事就找着路，过了多仙岭。他站在山顶往下望，心想着梨花的溪畔茅屋，脉搏立刻跳快起来。天空已经黑暗，也无法知道是什么时候，恐怕已经有五六点。风声飕飕，从底下的树林子上刮来。在山坡中间，巨大的岩石之下，有一些公墓和私墓，有的是新的，有的是旧的。他急忙走下那陡直、直通溪畔的石头台阶，一则要见梨花，急不可待；二则暴雨将来，好赶到酒馆躲避。

到了下面平地，他开始奔跑。离酒馆还有百码来远，暴雨突然而至。他淋在雨里，雷声隆隆，电光闪闪，豆子大的雨点儿打将下来。他一眼瞥见附近有个孤独的小方院儿，正在公墓的进口，他赶紧避进去，不自觉地把门插关儿插上。不知道我们自己面对这种情形如何，他是清清楚楚地觉得，他是全山谷唯一的一个人。六月里的暴雨下不长，一会儿就停了。他身上没有淋湿，心里很高兴。

他刚喘息平静，就听见有人在外推门。他闭住气，一动不动。

"里头锁着哪，"是女人的声音，听着好像青儿，"是不是咱们从门缝儿进去？"

"不管怎么样,他是跑不了的。"是他妻子的声音,"这种天气,来看这个小鬼东西。没关系,我先跟小淫妇算账。他若是跑了,回家之后,也有工夫对付他。"他听见她俩的脚步声儿走远了。

吴洪浑身上下,哆嗦成一团儿。暴风雨减小了,不住的闪电却照亮了屋子,加重了他的惨况。他到屋后一看,原来都是些老公墓、老坟。有的坟顶上已经坍塌,在地上朝天张着个大嘴。忽然间,听见酒馆那边有女人凄厉地呼叫。

"救命啊!救命啊!杀人了。"

吴洪浑身的汗毛眼儿都张开了,汗毛都竖起来。骂声、喊声、哭声,仿佛三四个女人在那里打架。显然是女的声音,不像人声,是鬼的声音,比人声高而尖锐。

吴洪看见一个魁梧的男人的影儿,从看坟人的屋子上跳过篱笆,跳进坟地来,嘴里喊着:"朱小四儿,朱小四儿,你听见哭声没有?"

一个穿得破而肮脏、头发又长又乱的人,由一个坟墓里爬了起来,弯着腰,咳嗽得很厉害。吴洪心里想:"这个鬼大概是生气喘病死的。"

那个身材魁梧的鬼在黑暗中喊说:"那边闹了凶杀案,咱们去看看。"两个鬼像一阵风似的去了。在细雨蒙蒙中,吴洪听见一个人的喊声:"都静一下,别吵闹。你们四个女人一块儿说话,我怎么听得清楚?"他清清楚楚听见梨花的哭泣声音,一定是梨花。一会儿声音停止了。他又听见打声,铁链子拖过木桥的声音。嘈杂的声音,越来越近。吴洪吓得骨软筋酥,两手又湿又冷又黏。他们朝门口走来了。

公墓四周围有一道矮墙,有四五尺高。外头的东西都看不见,他又听见铁链子声。"啪"地重打一声。"哎呀！"他听见一个女人的哭声，是他妻子的声音。

一个男人的声音说："我看你的面貌不怎么熟识，干什么到这儿来捣乱？哪儿不能去，偏上我们这儿来！"

"啪！啪！"乐娘尖声地哭号。她说："我来找我丈夫。我跟在他后面来的。他一定就在附近呢。吴洪藏着又有什么用呢？"乐娘又说："大人，我们是明媒正娶的。他被这个姑娘迷住了。他是五月节来的，一直就没回去，我和丫鬟一块儿来找他的。"

"我什么错儿也没犯！我什么错儿也没犯！"梨花一点儿也不服，不住声儿地哭。吴洪听见，心都要碎了，即便她是个鬼，现在也觉得她越发可爱。

"是，不错，你什么错儿也没犯！"他妻子怒冲冲地说，"你这个杀千刀的。"好像她又揪梨花的头发，梨花又哭喊。

坟墓的鬼官儿大喝一声："住手！"

庄寡妇的声音喊说："我们母女二人，在这里过得平平安安的，没招谁惹谁的。这个婆娘害死了我的女儿，大人若不来，她还要再害死她一次呢。"

鬼官儿说："我知道，我知道，梨花是个好姑娘，挺孝顺的一个女孩子。即使她夺了你丈夫的爱，你应当来找我才是，怎么可以自己动手掐死她？这不行，你知道。我非给你呈报上去不可。你住在什么地方？"

"保俶塔。"

鬼官儿又问："你说你是明媒正娶的，媒人是谁？"

乐娘回答说："媒人是钱塘门的王婆。"

"别跟我撒谎！""啪！啪！"

乐娘很可怜地说："我说的是实话。"

吴洪忽然想起来，他随时都会被发现。于是暗暗地下了门闩，开了门插关儿，偷偷跑出逃命。幸而有女人哭喊的声音，谁也听不见他。他跑过了桥，直奔大榕树。向四周围一看，酒馆已经不见了。正在那块地方，有两个坟，他大为害怕，没敢驻脚看一下碑文。

他浑身出冷汗，越跑越怕。四周围山谷之中，全都是鬼影幢幢。他仿佛记得上次是和朋友顺着谷中的溪水走出去的。路又黑又滑，在小路拐弯儿的地方，看见两个女人，在一块空地上立着。老妇人脖子里的围巾，还看得出来。今天晚上，另外那一个女的头发若不湿才怪呢。

王婆和养母陈太太朝他说："你上哪儿去呀？这么跑！我们等了你好半天。"

他吓傻了，又使劲跑，听见她俩在后头笑。

大概跑了半里地，他看见远处谷口有灯光。灯光之亲切可爱，再没吴洪现在看见的这么可爱了。他跑近一看，原来是个小酒馆，里头空洞洞的，没有什么家具，一对夫妇，狰狞可怕，像一对骨头架子，一灯荧荧之下，两人在桌子旁边坐着。丈夫有五十开外年纪，腰里围着一个围裙，上头染着血，像个屠户一样。

吴洪要点儿酒喝："四两，热一下。"

那个男人抬头望了望，也没有立起来，很粗暴地回答："我们就卖冷的。"

吴洪明白了，又遇见了一对鬼。没说二话，出来就跑。到了钱塘门，大概十一点。他进了一家旅馆，在楼下的一个小茶座里，六七个人围着一张桌子喝茶。他用力挤进去，贴近桌子坐下。

他身旁一个人说："你好像看见鬼了似的。"

"不错，我遇见了鬼，一大群鬼。"

他回家去，一看门锁了。他不敢进去，转身朝白鹤塘走去。到了妻子的养母家，发现大门半开着，进去一看，简直面目全非。以前挂绿窗帘儿的地方，现在窗扇空空的，懒洋洋地随风摆动，轻轻地在墙上碰打。原来碧绿的地方，现在已经油漆剥落了。他真是惊异万分。

既然无处可去，他进了最近的一个酒馆，咽下了一杯酒。等稍微定了定神，他安安静静地向茶房打听这所荒宅的情形。

"这所房子没有人住已经有一年多了。鬼闹得太凶。屋里的家具都没人愿去偷，还是好木头的呢。"

"怎么？闹鬼？"吴洪假装不信的样子。

"一点儿也不错。以前在夜里，里头乱哄哄的可怕死人，脚步声在楼梯上扑通扑通地响，好像女人们追赶的声音。椅子乱飞，炒菜锅砸得粉碎。有人听见女鬼哭号。嘈杂的声音由半夜闹起，闹腾一刻钟才平静。"

"以前什么人在这里头住呢？"吴洪非常高兴听这个故事，好像是一件新闻。

茶房说："房东是一位太太，姓陈。她有一个养女，非常漂亮，人们叫她乐娘。她俩日子过得很宽裕。乐娘吹箫很出名。金太傅的三公子知道了，出了一大笔钱给她养母，就把她买过府去。后来听说，两个人打架，她打死了另一个姑娘，就被人撵出府来。她正怀着孩子，回家就上了吊。两个女鬼好像天天夜里打架。其实乐娘也可以满足了，因为她埋在保俶塔，有全套的乐器陪葬。她死之后，陈太太一天在池塘洗衣裳，掉下水去淹死了。真糟糕，偏偏尸体又教荷叶遮住，两天以后才发现。打捞上来，都泡涨了，浑身都是浮萍。她死后，就剩下她的一个小姑娘——我们叫她青儿——孤苦伶仃的，白天夜里哭，直到陈太太来把她带走为止。"

"怎么会来带走呢？"

"那就是人们都听见房子里头一次女鬼打架的那一夜。第二天，人们发现青儿躺在床上死了。她一定是吓死的。我知道你不信这些事情，可是一点儿也不假。"

吴洪心里明白，迷迷糊糊回答说："谁说我不信呢？"

他打定主意，京都不是个光棍汉住的地方，第二天就启程还乡了。

小谢

本篇选自《聊斋志异》，清蒲松龄著。本篇由笔者更动若干处，以适合西方之读者。

"我不相信有鬼。"

说这话的人叫陶望三，一个三十岁的青年，新近丧了妻子。他一副高傲的态度，话说得万分自信。他的朋友姜部郎，跟他相交很深，听了这话，一点儿也不见怪。他知道望三为人虽然乖僻，却是才华过人。望三今天来，是问问能不能借姜部郎的房子住。那时正是夏天，望三家里只有一间住房，一个厨房，庭园很小，暑天蒸热，四处苍蝇乱飞。姜部郎在近郊有一所花园住宅，树茂荫浓，非常凉爽，因为闹鬼，弃置好久了。

部郎蔼然笑道："你看，你虽然为人无用，我倒很敬爱你，不愿叫你冒生命的危险去住呢。短短的两年半，连着死了三个看房的。"

"恐怕是赶巧吧？"

"不是，不是，别这么说，一个死，两个死，也许都是赶巧，不能三个都赶巧哇！"

陶望三从衣袋里掏出一篇文章来，他新近写的，题目是《续无鬼论》。

他说："你看这篇文章。我活了三十年，没有见过一个鬼。若是有个鬼，我倒愿见见她。在书上读到的鬼，都是艳丽迷人的。"

姜部郎把那篇文章浏览了一下。文章的主旨是这样的：宇宙内有一个幽冥的鬼的世界，有一个人的世界，这两个世界同时并存，这是毫无疑问的。不过这两个世界并不在同一个轨道上运行而已。认真看起来，鬼之存在是大有道理的。鬼躲避日光，鬼怕人，正如人怕鬼。鬼人之间，有使二者相隔离的东西。生活正常的人，看不见鬼；看见鬼的都是精神失常的人。当然有见了鬼吓死的人，但是，那是因怕而死，不是鬼害死的。有时候遇见艳丽的女鬼，许多英俊强壮的男人，渐渐不胜，因而死亡。这也是他们自己心里的诱惑，是自己的过错，并非他们想象入迷之时被所见的艳鬼害死的。诚然，丑陋、残忍、怀怨的鬼可怕，但是美丽迷人的鬼更不易抗拒，因为她的温柔缠绵、引诱、挑逗，终会致人死去的。如果一个人能不恐惧，能制怒，鬼就无能为害了。

姜部郎对他苦笑说："你的书法倒挺好，此外，我没有别的话说。"说着把文章交给他，又说："我不能叫你到那所房子里去住。你的道理说得很动听，不过咱们用不着争辩。"

"我不是争辩，我是找房子住。夏天苦热，我在家里真受不了，我真愿住在你那所大宅子里，一享清凉之福。说不定我还能为你驱除鬼怪呢。答应了吧。"

"好吧，谁叫你愿自取灭亡呢，真是个怪人。"

陶望三就像那等青年人，三十岁了，仿佛应当有所成就了，但不知道为什么，竟然一事无成。他穿着高雅，声音低沉，走起路来龙行虎步。这一副仪表，的确不像事业失败的人。而他如今正在赋闲——也许因为他什么事情也做不长，也许是不愿长久干一行的缘故。他态度镇静，漠然不动情，好学如渴，多才多艺，先后做过诗人、鉴赏家、阴阳家、儒医。他也深究幽冥界的奥蕴，而终于成了一个唯理论者。研究道术之时，经道士秘密传授之后，他也曾经试验采补秘术，经久不泄，以求延年益寿。在此期间，所御女人甚多，后来皆一一弃置不顾，就好像弃置别的事物一样，他好像对人已经完全看透了。姜部郎很喜欢他，也很器重他。以前还在这所大宅子里住着时，一天夜里，望三在姜宅做客，宴饮之时，望三谈笑甚欢，并且向使女戏谑挑逗。事后姜部郎听说，一个使女夜奔望三，竟为望三所拒。望三的为人，姜部郎实在莫名其妙。

一天，日落的时光，望三搬了进去。他并没盼望遇见一个美丽的幽灵。他先搬去了二十几卷书，又回家取些随身用的东西，等回去一看，搬去的书都不见了。真叫他惶惑不解。他到厨房随便做了点儿晚饭，饭后躺在床上等待，看有什么事情发生。

房里似有阴风如丝，他觉得不能宁静，于是安卧以待。霎时，听见帐帷声，女人衣裙窸窣之声。他心神紧张起来，隔壁有两个女人的声音，他稍微起身，往里一看，门轻轻开了，两个青春少女，胳膊抱着书，进来把书放在桌子上。整整齐齐地摆好，站在那儿看着他，觉得非常有趣。看见搬来了客人，显然很高兴。

一个首先说：“我们还你的书来了。”

大一点儿的大概有二十岁，长长的脸儿；小一点儿的十七八岁，身体丰满些，圆圆的脸儿。小点儿的有点儿害羞，眼睛只是上下打量望三，大点儿的走过来，随随便便地坐在床沿儿上，很大胆地向他微笑说："我以前没见过你呀。"望三瞧着这两个女孩子，一言不发。于是大点儿的把腿跷在床上，坐得离他更近点儿，小点儿的在那里咔咔地笑。她拿脚指头轻轻挠望三，她的同伴笑得捂着嘴。陶望三一下子坐起来，摆了个自卫的架势。心中想，自己必须镇定。那位小姐拿右手把他的头发掠到后头去，拿另一只手的手指头轻轻地抚摩他的脸鬓胡子，一面诱惑地巧笑着，一面轻拍他的腮颊。

望三镇定了心神，叱道："好大的胆子！不自己去好好地待着，鬼东西！"

两个女孩子跑了，羞羞惭惭的。他深深地吐出了一口气，心想这是自己找的。相信她俩一定还会来，一夜是不能睡了。想立刻搬走，又怕朋友知道了，怪不好意思，于是打定主意不走。他要保持方寸不乱，严格自制。这时屋里仍旧有异物存在的气味，他觉得黑暗之中有影儿移动，听见细语和碎步声。在他的生活里，这真是从前未曾有的奇事。别人随便是谁，都要跳下床来，可是陶望三是个怪人，觉得非常有趣。他想起了他以前说过怎样制服恐惧，于是把灯挑亮，开始睡觉。

他刚一睡着，觉得鼻子发痒，有人轻轻触他。他打了个喷嚏，听见屋里有抑制下的笑声。他什么也没有说，假装还睡着。他半睁半闭着眼睛，看见那年轻点儿的女孩子趿着软拖鞋，慢慢地弯着腰过来了，手里拿着一个纸捻儿，走近床来。他坐起来喊："走开！"影儿又消失了。他睡着了没一会儿，有人触他的耳朵，他又一动，醒了。至少，这一夜他没安歇，他的理论总算站得住。鸡叫以后，扰乱才静止，他沉沉入睡，直到晌午。

白天什么事也没有。一到素娥西上，他就掌上灯，立刻又听见响声。他不住听见轻轻的叩门声，他总是喊："别来捣乱，鬼东西！"这话不中用。门吱嘎一响，他抬头一看，她俩正往屋里偷窥呢。这样闹了好几回，叫人心里非常纷乱。他决定起来坐一夜。假装没看见她俩，自己到厨房沏了一壶茶，弄了点儿凉肉来。回屋一瞧，她俩正立在桌旁，低着头看书呢。一看见他进来，两人把书放回，擦了擦桌子上的尘土，站在那儿看着他。

"好吧。你们要是非陪着我不可，就坐下吧。不过我有事情要做。我跟人家借来的这所房子，我打算住在这儿。你们俩要规规矩矩地像个好姑娘。听见没有？"

两个小姐很听从他的话，于是左右徘徊，低声细语。过了二十分钟，他看见一只玉臂放在桌子上，觉得有女人的头发摩触他的腮颊。

"您念什么书呢？"是那个年岁大点儿的声音。

他转过脸去对她说："不要管我。"那个女孩子直起身子来，很失望的样子。他又温柔点儿说："别来管我，听见没有？"

"你为什么这么用功？"她好像很不赞成。望三没有回答，可是脸上表示并不讨厌她们陪伴的样子。那个岁数小的现在过来了，立在对面，身子紧靠着桌子。在灯光之中，她的黑睫毛非常美。她很沉静，像一个少女很喜欢一个青年男子的样子。望三有点儿动心，把手用力按住书，强作镇定。于是她轻轻走到望三的背后，两手捂住他的眼睛。然后弄乱了他的头发，笑着跑了。他起来追她，伸手一抓，却抓住了自己的手。

他一面朝桌子走回来，一面说："你们这迷人的鬼，我若抓到你们，非弄死你们不可。"

年纪小点儿的笑着说："你办不到。"

这两个姑娘也不走，也不怕他。

"我知道你们俩安着什么心，我恐怕对不起，办不到。诱惑我也没有用。"她俩只是笑，陶望三听见更夫正打三更。

岁数大点儿的问他："你饿了吗？给你做点儿热东西吃好不好？"

"很好。"

两个女孩子跑到厨房里，一会儿端来了一盆热气腾腾的粥，陶望三抬头一看说："好极了，谢谢两位小姐。"

只有一碗粥，一双筷子。他问：

"你们不吃吗？"

"不吃。"

真是感激得很，他说："你们帮忙，我怎么道谢呢？"

年岁大点儿的说："以后再谢吧。可小心，粥里放有砒霜啊！"说着向他若有所思地笑了一笑。

"你不会放砒霜的，你害我干什么呢？"

陶望三拿起筷子来吃了一碗。她俩在一旁看着，争着去盛第二盆。还没吃完呢，小个儿的已经跑到厨房里去拿了一条热毛巾来。

望三一面擦脸，一面跟她俩说："谢谢两位小姐，我们认识了很好，恐怕我们要一同在这房里住些日子呢。"他问她俩的名字。

"我叫秋绵，姓乔。"年岁大一点儿的这么说，又指着同伴儿说，"她叫小谢，姓阮。"

望三笑着说："名字真有意思。告诉我你们家庭的情形，你们的父母、祖父母是谁？"

小谢回答说："你问这个干什么？你又不娶我们。跟女人在床上睡觉都不敢，我不信你会娶我们。"

陶望三正色说道："两位小姐，我必须跟你们说几句话。我不是不觉得你们美，我的确很爱你俩。不过，与阴冥的女人相交，男人必死。我想你们一定知道，我不打算走，还想住在这儿。你们若不喜欢，干什么要跟我同床共枕呢？若是真爱我，干什么要害我呢？你们听我说，我们为什么不可以这么待下去，像朋友一样呢？"

两个姑娘面面相觑，好像很难为情，好像很感动。

秋绵说："你说得很对，我们很喜欢你，我们就做朋友好了。"

看看两人还没有走的意思，陶望三就问她们："你们怎么还不去睡觉呢？"

"我们白天都睡够了。"

从这天夜里以后，她俩就不再引诱望三，不再提什么性爱。望三也喜爱跟她俩在一块儿。在这里住着的确不坏。晚上跟她俩一同做事，白天睡觉。

一天，他出去了，桌子上放着些东西没抄完。他回来一瞧，小谢正伏在桌子上替他接着抄写。一看见他，就把笔扔下，仰头看着他微笑。望三一看她的字，虽然不老练，按她那个岁数说，写得还算不错。

他很高兴地喊："我还不知道你会写字哪！你若愿练字，我愿教给你。"

于是他叫小谢坐在怀里，把着她的手写字。这个当儿秋绵进来了，一见这个样子，脸上立刻显出妒意，望三一看就明白了。

小谢说："小时候父亲教我写字，长大这些年就压根儿没写过，简直快不知道怎么拿笔了。"

秋绵什么都没说。望三假装没留意，把自己的椅子拿过来给她，说："你写，我再看你写得怎么样。"

秋绵坐下，写了几个字就站了起来。

望三存心要安慰她，故意说："写得不错。"她这才笑了。

望三于是裁开两张纸，书上方格，他说："你们俩为什么不认真练字呢？你们坐在这儿练字，我在那边做我的事。"

于是又添上一盏灯，放在另外一个桌子上。这样给她俩找点儿事情做，望三也好自己安静一下，这个主意倒不错。她们俩写得很起劲，望三看了也很高兴。她俩写完之后，拿过来给望三看，站在桌子一旁，听他指教。

她俩之中，小谢念的书多。秋绵有时候写错字，她自知错误，觉得脸上很难看。望三对她很温存，常常鼓励她。

两个姑娘似乎很喜欢写字，现在以敬师之礼侍奉望三，非常诚恳，就和学生侍奉塾师一样。她俩也给望三拿东西、烧水、沏茶、打扫房屋。他疲倦的时候，两人给他捶背、捶腿，完全是纯洁的爱。

一天，小谢拿仿体给老师看，字写得进步很快，老师非常高兴，赞不绝口。忽然听见秋绵伏在桌子上哭，望三走过去，用手抬起她泪湿的脸，很温和地轻拍着她说："小谢以前练过字，你应当努力。你这么聪明，我相信不久你就能追上她。"秋绵听了才破涕而笑。

秋绵的功课进步很快，当然她是要取悦于老师。只要望三和她说一次，她就能记住，永不忘记。这样以后，这个房子一变而成了一个书房，两个女弟子高声朗诵，声音温柔悦耳。这样由入门以至经书。经书还没念完，她们就请望三教给她们作诗。小谢暗中请望三不要教给秋绵，望三答应了。秋绵也暗中告诉望三不要教给小谢，他也答应了。

到了十月，乡试将要举行了，望三预备启程。秋绵说："我看大不吉利，恐怕有祸事当前，何不借口有病，这次先不去呢？"

望三说："我一定要去，不然朋友会笑话，这种借口不好。"

陶望三去了，果然不出两个女弟子所料，在城里出了事情。

他心直口快，得罪了人，被人向官府控告。被捕之后，拘押在监，科以行为不检、有伤风化、贻辱士林的罪名。他自己知道，在前几年，的确与女人们有暧昧的事情，实在过于放纵，不过是几年前的事了。事情的经过，现在已经记不清楚了，只身在城里，又没有亲戚，又没有钱，只得向狱吏乞食度日。

入狱后第二夜，在睡梦中惊醒，原来秋绵正站在床边，手里提着篮子。她说：

"不要发愁，这里有吃的，有我从狱吏那儿偷来的银子，赴汤蹈火，我也要把你救出去。"

他不由得一惊，向她致谢，影儿已经不见了。第三天，县令从街上经过，一个女人拦住轿，跪在轿前递呈文。呈文上详述案子的经过，说陶望三被人挟嫌诬告，呈文是秋绵的签名。县令接了呈文，刚要问递状子的人，秋绵已经在人丛中不见。于是他把状子放在衣袋里，回家一找，也不见了。

次日，陶望三被传过堂。县令说："昨天有人为你递状子。秋绵是谁？这当然是个女人的名字。"

陶望三假装不知说："向来没有听见过这个名字。"

县令怒冲冲地说："你瞒着我什么呢？人家控告你调戏妇女，这就可以证明你的行为不检。你怎么配做个书生，我就把你……"

县令忽然觉得一阵剧痛，好像有人拿大针扎他的耳朵一样，于是案子没有宣判。

陶望三再三分辩说："这是几年前的事，大人。"

"这不行。你身为儒生，还旁究邪术……"

县令话没说完，文案看见他的脸变得又绿又灰，出入气儿都短了，白眼珠儿来回转，好像有人捏他的脖子一样。陶望三和大家都惊慌得不知所措。县令把手放在前额上，说头痛得要裂，脸白得像水，下令案子等候通令再审。

第二天，县令传陶望三面谈，他说夜里得一怪梦，梦见一个女人替他求情，他要把陶望三惩戒之后，予以释放，以后要谨言慎行。现在语调谦恭，一如同学闲话。他要知道秋绵是谁——是不是鬼。

"不是，不是，我不信鬼。"于是他详论不信鬼的理由，述说他文章上写的要点。

县令说："正好相反，我可信鬼。"

望三被释放了，非常高兴，同县令告别。他一到那鬼屋，才知道谁也没在家。刚过了半夜，小谢和秋绵出现了，趔趔趄趄，互相搀扶着，两人都瘸了。小谢把秋绵扶到床上，去给她倒了杯茶来。

小谢叹了一声说："秋绵闹出了这么大的事。"

小谢告诉望三说，秋绵由城里回来的途中，被城隍爷拘了去，因为秋绵滥用鬼术，干涉县令审案子，被投入城隍庙的监狱，饱受了小鬼们的虐待。小谢老远地去向城隍爷解说，告诉城隍爷秋绵并非是为自己，是为了一个贫书生，城隍爷治下有人这样主持正义，见义勇为，城隍老爷也应当高兴才是。这样，秋绵才被开释。可是她们俩得走三十里路，脚都磨出了泡。

现在他们又重新团聚，经过这一场风波，彼此越发情深，陶望三于是热情高亢，不能自制，向二人求爱。

陶望三把小心谨慎都置诸九霄云外去了，他向她俩说："我不在乎。我太爱你们了，我死也没有关系。"

"陶先生，以前我们有意，你把我们劝说明白了。现在我们怎能为了满足一时之欲，把您牺牲了呢？"

这次风险之后，两个姑娘之间的嫉妒也仿佛消失了，都与以前大不相同。谁也不再留意功课，对望三和从前一样热诚，一样恭敬，轻轻地拍他，吻他，只是不答应他别的要求。但是，她俩跟他在一块儿，毫无拘束，蜷缩在椅子上，好像屋里一个男人也没有似的。陶望三和自己热爱的姑娘这么亲密，这样居住在一块儿，克己制欲，的确是件难事，真不知道如何是好。

她俩说："我俩太爱你，所以对待你不忍像对待以前那三个看房的人一样。"

望三的心灵痛楚万分。他说："那么我走吧。"

两个姑娘听见哭起来，望三也舍不得硬着心肠走。于是去看以前的一个道友，告诉了那个道士这件事的前前后后，以及现在的这种进退两难的情形。

道士说："这么一说，她俩是好鬼。你对她俩千万要忠实。我一定帮助你。"

道士给了望三两道符，告诉他说："把这两道符拿回去，一人给一个。她俩若看见有棺材从门口过，就把符放在一盆水里，喝了，跑出去。谁先跑到棺材，谁就能借尸还魂。这要看谁的运气好了。"

一个月以后，她俩听见门前有出殡的经过。两个姑娘都往外跑。小谢先跑了出去，忘记了先喝符水，只瞪眼看着秋绵的阴魂进入了棺材不见了。小谢难过万分，哭哭啼啼地走回屋里去。

陶望三在门口站着，什么都看见了。丧女的家人看见有阴魂进入了棺材，一会儿就听见棺材里有声响。大家惊慌得不得了，吩咐打开棺材，盼望小姐复活过来。棺材里的尸首喘气了，起初，气很微弱，后来，出入气渐渐均匀，最后睁开了眼睛。何家惊喜之下，赶紧把她抬出了棺材，抬进望三的屋去，放在他的床上。这位小姐生得白而丰满，声音比秋绵的圆润。何家要把她抬回家，她不肯走。她向父母说:"我是秋绵,不是你们的女儿。"她的相貌虽然不像秋绵,可是一见望三,却向他微笑,不像是对生人的样子,像对个爱人,对个老朋友。

父母想不到自己的女儿说这种话,但是她断然拒绝回家去,非在望三家不可。

她说:"爸爸——如果您是我的爸爸——我告诉您,我爱他。"

父亲跟望三说:"情形既然如此,我就把女儿留给你。她若一定愿意,我就认你做女婿好了。"

于是丧礼中途取消,父母折回家去。第二天,何家派了使女带了被褥和嫁礼来。望三和她说话,极力想渐渐习惯她的样子。她的确是秋绵,她的说话,她的走道儿,全是秋绵。两个人真是欢喜得无话可说。

新婚的夜里,总有一个女人的哭泣声,使他俩不能安静,那正是小谢,在一个黑暗的墙角落里生闷气。望三拿着灯去跟她说话,想法安慰她。她的衣裳都哭湿了,不听劝慰,两人烦恼得厉害,一夜没睡。

第二天晚上,情形一样,一直接连六七夜,总听见小谢在墙角落里哭泣。结婚之后,两个始终没同床,非常可怜小谢,可也没法儿拿话安慰她。小谢冷清得可怜。

秋绵说:"干什么不再去找老道试一试?也许他还能给她想个办法呢。"

陶望三又去找道士,道士起初说事情毫无办法。望三再三请求,说小谢现在这种情形没人管,的确可怜得很。既然救了一个,索性就救两个好了。

道士说:"我也可以救她,我尽我的法术而为吧。我一定帮忙,可不能保证一定成功啊!"

　　道士和望三一同回家，要了一间安静的屋子，沉思着。他告诉望三不要去问他什么，一点儿也别惊动他。十天十夜，他在那间房子里坐着，一滴水也没喝。由外往里偷看，看见他坐在那儿闭着眼睛，一动不动，像睡着了一样。

　　在第十天中午以前，一个漂亮的少女撩开帘子，进入陶望三的屋子。她微微一笑，眼睛流露着温柔的光芒，像非常疲倦的样子。她说："走了一整夜，我简直精疲力竭了。走了三十里地才找到这儿。道士在我后头走呢。"

　　快到日落的时候，小谢到了，先来等着的这个姑娘站起来欢迎小谢，她一抱小谢，两个姑娘变成了一个，昏在地上。现在道士才从屋里出来，告诉陶望三一切都已妥当，告辞走了。

　　望三把道士送到门口，回来一看，那位小姐苏醒过来，能睁开眼睛了，把她放在床上，精神已经恢复，只是抱怨一夜走得腿发酸。

　　小谢说："我已经从死里复活了。"她欢喜得流眼泪。她跟秋绵说话，好像从儿童时候就认得一样，现在两人一同和陶望三沉醉在爱情里。

　　以前的情人，现在又变成了真正美丽的活人，同居一处，望三真是幸福极了。可是谁为妻谁为妾呢？这很容易办，秋绵大几岁，又是先复活的。

　　陶望三有个同学叫蔡子琴，一天因事来看他。望三叫他在家住几天，他就住下了。蔡子琴一看见小谢就飞快地追她，小谢跑脱了。小谢说客人无礼。望三很奇怪，可是也没说什么。那天晚上，蔡子琴跟望三说："有件事情弄得我摸不着头脑，我得跟你说一下。事情真离奇。你若不见怪，我要问你一件事。"

　　望三说："什么事啊？"

"一年以前，我死了个妹妹，死了的第二夜，她的尸首从床铺上不见了。直到现在还是一件神秘的事情，全家都不明白。我刚才看见了一位小姐，特别像她。她是府上的人吗？"

望三告诉他，因为是同学，他愿意把他的妾介绍给蔡子琴。他把蔡子琴带进去见小谢，叫小谢穿上她初来时的衣裳。

蔡子琴一见大喊："不错，你正是我妹妹。"望三只好把这件事情的经过说明。蔡子琴说："我要赶紧去告诉我妈，说我妹妹复活了。"

几天之后，蔡子琴的母亲跟家人来看小谢，把她认作亲女儿，跟何家认秋绵一样。

诗社

　　本篇为《太平广记》中第四百九十篇。作者王洙（九九七——〇五七），为一多才多艺之学者，生于宋初。其时唐诗日衰，流弊日甚。作者写本篇，诙谐谲怪，盖讽当日之诗人也。因原作中禽兽之诗无翻译之价值，故此篇无异完全重编。原文中各诗人之姓名，皆暗示其个性，故其名不得不以英文译出之。

　　四年前，我作客雍阳。一天，偶尔碰见友人程某，他正从京都回来，要回原籍彭城。我俩一同盘桓了几天。他是个诗人，为人机敏诙谐。闲谈时，他告诉了我他生平遇到的一桩最奇怪最好笑的事。究竟他的叙述有几分可靠，为把事情点染得有趣动人，其中有几分是凭空捏造的，我不知道。不过，他起誓说只是一个月以前的事。现在谨就我的记忆写出来，下面就是他说的话。

　　那是十一月初八，我刚到了大西北，还不到一天，就得到家母有病的消息，不得不终止旅程，立刻回家。第二天，我到了渭南，已经是下午。天气突然转寒，大有雪意。李县令与我有旧，邀我暂停一下，共饮几杯。那时大概是下午过半的光景，我吩咐仆人带着行李先走，在下一个镇店上等我。路途并不远，我的马很快，半夜以前预料可以赶得到。

不久，下起雪来，李县令要我住一夜再走。因为我觉得渭南毫无可以观赏之处，我告诉他我急于回家，执意要走。一出了城，只见长空如雾，雪片翻飞，简直睁不开眼睛。马的黑鬃上落得斑斑点点的雪，我只得缓缓而行。在通往淇水的大道上，一路没遇见什么行人。到了东阳，天已渐渐黑起来，在驿站随便吃了些晚饭，又接着赶路。

乡间夜行，四野一望，只见一白如毡。柔软的雪堆后面，月光照射出来。眼前大地，一片冬日美景，俨如一个万古苍茫的古国。刚才在驿站饮了几杯酒，我觉得很温暖、很舒服。马好像不惯于那种白茫茫的神秘的光辉，总是时时长嘶，以蹄蹴地，仿佛见了鬼怪。雪下得越来越厚，我只觉得眼花缭乱。我把帽耳朵放下来，怕迷失了路，眼睛不住地看着。刚走过了一个驿站一里多地，渐渐下坡，那条道通往一个山谷。前面不远，有一个古庙。我打消了赶往下一个镇店的念头，直奔那座古庙去投宿。你知道，马的胆子小，并且有第六感，我们人是没有的。我把马拴在庙前院的一棵树上，它不住地刨蹶子，眼睛瞪着，鼻子眼儿直颤动。我费了半天劲，才把它安抚下来。

一进庙，我就大声喊："里头有人吗？"里头黑沉沉的，显然是荒弃很久了。

没有人回答。我绕过供桌，往里头院儿张望，看见里头点着一盏油灯，光亮荧荧如豆。

我又大声喊："里头有人吗？"

一个驼背的老和尚——那个驼背在浅褐色的僧袍之下高高突起——他来到门口说："进来吧。"

我横穿过庭院。老和尚非常老，下眼皮松垂着，背上的大疙瘩使他不得不向前伸着脖子，那样才能抬平了脑袋。他那种长相和歪起下巴颏儿打量我的样子，看来很古怪，很可笑，像一个老年人用眼睛从眼镜儿上往下看小孩子的神气。他显然是正在等待客人，因为我一进去，他把我认作了老朋友，他说："老朱都来了。"

我赶紧说明我是赶路的，遇上这场大雪，愿求借宿一夜。

"这么大雪，你往哪儿去呀？"

"我要到彭城，回家去。"

老和尚仰起鼻子，打量了我一下，他说："你很像个读书人。今天晚上我们有几个朋友在这里聚会，你若愿意，可以跟我们坐一坐。你也是个诗人吗？"

我恭而有礼地回答说："我也随便写点东西。"

"太好了。能同先生共此雅集，真是荣幸之至。"

真令人想不到，在那么偏僻的地方，那样的夜晚，竟会有那么个诗人的雅集。后来才知道那原来是个门户之见极深的小诗派，外人根本不知道。他们独有其崇拜，自树藩篱，成立了一个新诗派。每个人都严肃认真，从事创作，至少自己认为是诗歌正宗，得以传之千年万世。

屋内的墙角里，坐着一位绅士，大腹便便，坐得很舒服，也许是不拘俗礼，我一进去，也没有起立一下。他的名字已经说过：老朱。

穿土黄袍子的和尚说："老朱，这位是程先生，正在回家的途中，也是个诗人。我已经邀了他参加咱们的雅集。"

老先生从眼镜框儿上头看了看我，准备要立起来。我赶紧说："不要站起来，不客气。幸会，幸会。"

我很喜欢他。他身材矮，但是很粗壮，双下巴颏儿，又短又粗的白手指头在胸膛前面交叉着。

我转过脸去问主人："还没有请教尊姓大名。"

"骆奇峰。"声音很沉，说得很有劲。

他那瘦削的身子，穿起那土黄色的袍子来，未免过于宽大。他年轻时，一定身材很高，因为他坐在椅子上——其实，说蹲缩在椅子上更合适，我看见他挺长的腿直摆晃。

老朱在嗓子眼儿笑着说："我们叫他骆驼。"

"先生高寿？"

"我今年八十岁。跟你现在一样，一辈子走的道儿真不少。我能一走就走上几天，一走就几百里，不吃东西，也不觉得累。现在这些关节都变硬了。"他叫我看他那患风湿的腿，他说在又潮又冷的夜里很难受。他的话上句不接下句，好像一边说话，一边回味咀嚼往事似的。他忽然又说："我真纳闷，怎么简教授还没来，平常他总是先到的。"

我很愿知即将来临的这位先生，于是我问："简教授是谁？"

老和尚说："就是简竹先生，一会儿就来的。他是我们的大批评家。雪下得太大，他来太不便了。来，靠近火点儿坐。"

主人翁虽然年迈，为人倒极其和蔼可亲。他伸着脖子，不住往院子里看大家正在期待的客人。老和尚的精神极可佩服，诗题一出，他的眼睛还闪闪有光呢。他说他极爱贾岛的诗，也许因为贾岛也是个和尚吧。

我坐在老朱的旁边，听他说他和子孙们都住在乡下。他总爱提他的孩子们。我想他是一个子女众多的人，很喜欢家居的。

不久，听见前院有木屐嘚嘚的声音，于是一个活泼有力的声音喊："我来了。"一个兴高采烈的青年，长长的脸，肩上披着一条灰毡子，简直跳了进来。

他说："我跋涉了这么多里地，你们说，怎么样？不坏吧？"说着把灰毡子一扔扔在凳子上，一跳跳到火旁边，"唉，这一夜！"说着长长出了一口气。

骆奇峰说："我来介绍一下。这是卢子先生，我们叫他老驴，是我们最有创作力、前途希望最大的诗人。"

"幸会，幸会。"他向我问好，微微一笑，露出了白牙。他的脸和笑容都有点儿滑稽可笑。他的头发又黑又硬，脖子硬挺，好像精力很充沛。脸又瘦又长，不能说是好看。他转过脸去跟老朱说："老朱，你看我这两句诗怎么样？"

> 长途行行行未已，
> 寂寞凄凉谁与语。

老朱很高兴，他说："还可以，还可以。韵调和谐，如此而已。"

忽然墙角一个尖锐嘹亮的声音说："老驴，从你现在的样子看，我倒看不出来你的寂寞凄凉。"

老和尚说："简教授！你什么时候进来的？我还不知道你已经来了。"

老朱和我往墙角一看，看见一个矮小的人在座位上缩作一团，两个小亮眼睛向着灯光闪动。他又说："你说的寂寞忧郁——不是忧郁，你的那个词儿是凄凉——和你现在兴高采烈的神气，显然不相符，你说是不是？"

老和尚说："喂，老简，你总是无声无息地就进来了。"

"我不像老驴，老是穿着木屐，咔嗒咔嗒响。"

我仔细一看那位瘦小乖僻的教授。他穿得很随便，眼睛流露着聪明智慧，粗硬蓬松的头发披散在两肩上，给人的印象越发深刻。他的全副神气，都显得极其博学的样子。

老和尚说："喂，教授，来靠近火坐吧。我们都愿敬闻高论，只是你的声音太小，不容易听见。"

教授一边答应着起身过来，一边还说："这边坐得也很舒服。"他的矮腿一挪一挪地走过来，几乎不声不响地就坐在一张太师椅上，那张椅子显然是个上座。他一凑近，我闻着一股子刺鼻子的怪气味。我告诉你，他的美完全是内心的美。

不久，又来了三位。其中一个年轻矫健，一经介绍才知道是姓老名苟。另一个翩翩少年进了屋子，仰首而行，岸然阔步。他的脸色总是通红。老朱告诉我，他的脸那么红，就是因为他天天风流浪漫、如醉如痴。老朱又跟我低声说："他还是个光棍汉，一个花花公子，一个真正的登徒子。他的名字是龚基，只写情诗，年轻人都很喜欢他的作品。"

但最古怪得令人难忘的是黎毛，他的声音细而高，像女孩子的声音，态度神情也简直像个女孩子，一举一动也太斯文，扭扭捏捏的女人气，有时候两手交叉着，露着很长的手指甲，说话时把斜歪着的腮颊放在双手上。老朱是个好脾气的人，自己很知足，谁也不嫉妒。他说黎毛是个伟大的热情的诗人，诗句优美，感情沉郁，是时人所不及的。老朱和老苟都认为黎毛的热情泛滥，无故就痛哭流涕，实在叫人无法忍受。黎毛和老苟交情极恶，不过两个人都很客气，表面上还显不出来。

我厕身于这一群雅士之间，觉得他们对诗那么热情，竟不惜冒风雪之苦来此论诗，实觉有趣。我一向没听说过有这么一群诗人。他们对文艺的热情的确值得赞美。他们也以新诗派的创始者自命，颇以他们的诗法奇特不可了解而自豪。李白、杜甫，以及一群杰出的诗人已经过去，后起者都竞尚新奇，自辟蹊径。在他们表现手法的奇特，以及新奇难解的特性之下，气味相投，秘密结社。我相信，他们所要表现的感情，也就是人类根本的感情，但是他们认为非用晦涩的手法不可，其实那种感情与一般人的并无不同。后来我听说，他们有很多诗彼此也不能明白，也有某一个人的诗，别的人竟全不能领悟。我记得遇见了两句怪诗，最初看见真是莫名所以，明白之后又真令人喷饭，那两句是："玫瑰蓓蕾含光芒，有角突兀圆且方。"这是卢子的诗句，简教授赞叹不已。我则大惑不解，根本摸不着头脑。我请求解释究竟所指何物，因为我的确没有见过"圆且方"的玫瑰。简教授很恳切地解释说："这两句指的是大诗人卢子先生尊夫人的脚指头。'有角'用以指脚指头是很雅的，'圆且方'当然是指脚指头的形状。"

我又怯生生地问："那么'含光芒'三个字又是什么意思呢？"

简教授说："上下文你还没有仔细看。老驴这里暗示我们获得灵感的一点儿趣事。上月他同夫人一同外出散步，傍晚回家很迟，他看见夫人布鞋湿透了，夫人的脚指头（在这两句诗里描绘得很有诗意，很真实而具体）在潮湿的草原上沾上了银珠般的夕露。你看，把这隐秘的联想在两句诗里表现了出来，韵调铿锵，暗示力极强。不过，要充分欣赏这首诗，还要知道诗人与他夫人散步的情形才成。"

这种高论真令人难具同感。数百年来，诗人都用比喻当作漂亮的辞藻，读者也以读华美的辞藻为快。当然谁也知道孔子说的自己"三十而立"，在今日通常说某人年届三十曰"而立"之年，这是弦外余音的谐媚之词。作者用这个典故即表示读者也必读过《论语》。所以含意越偏僻难解，能了解其幽邃的含义，乐趣也越浓。

我又问简教授说："这个含义不也太生僻了吗？"

"过于生僻？看对谁说。对凡夫俗子当然算生僻。但是对那些能欣赏个人的情绪，能欣赏幽邃深彻的人，这并不算怎么生僻。因为只有这样的比喻才能传达优美新奇之感。"

我因为临时做客，在这一群陌生人之间，我不愿卷入争辩。但是简教授又自问自答说："问题是这样：诗人的天职是用诗人自己的语言创造出一种情调，而这些情调必须由字句唤起，而字句和情调是联系在一起的。这就是千百年来诗人总是用典故的原因。因为一经用典，只字片语便能唤起一个事件、一个掌故。所以典故已经成了人人共有的东西，但因沿用已久，其暗示力大为消失，所以今日优秀的诗人都致力寻求不为人所熟知的典故，自己借此显得学问渊博，也给博学的读者一种愉快感。事属必至，理有固然，这是不可避免的。如读者遇见典故艰深的诗句而不能了解，则有待于博学之士把幽僻的典故搜寻出来。老杜寻常的字句，我都穷毕生之力，研究其来源。诗中典故越多，暗示力越丰富。所以今日的诗已经成了学者的消遣，诗的真正的欣赏已经成为一种辛苦研究得来不易的酬劳。如果一首诗人人一看便懂，那必然是不足为奇的了。"

不久之后，诗人们相互诵读自己上月创作的诗歌，请求互相欣赏，互相批评，结果当然是欣赏多而批评少。大家都极想了解欣赏对方的诗，存心极其诚恳，而特别难解的诗篇和词句阐释起来，引起了无限的谐趣，引起了不少的评论。那些诗句在此只好从略了。卢子似乎是新派中公认的领导人物，而黎毛朗诵起自己的诗来，呜呜低吟，有无可比拟的独特之美。在过去一个月里没有写诗的只有抒情诗人龚基，他呜呜一笑解释说，因为闺房之内过于忙碌。他口吃得很，一听到别人的诗，便喊说："吾……

吾……吾不及也。妙不可言！"老朱以沉重的喉声说话，沉沉稳稳，一言一句地，两手放在胸前。老苟为人直率，忠于团体，老驴亲自把自己的一首诗向他解释，他不禁狂喜而吼。我则一面畅闻高论，一面以躬逢其盛为快。主人骆奇峰并不喜形于色，只是沉思往事，若有余味在口，拿一根稻草在嘴里嚼。

这种赏奇析疑的文人雅事，直进行到深夜。黎毛最先离去。轮到老苟诵读自己的诗时，黎毛无声无息地悄然而退。大家饮着酒，嚼着硬果，讨论着新诗派新奇的义法，这样，长夜不知不觉过得很快。以杰出的新诗派批评家自居的教授简竹先生在座位上睡着了，头深深隐缩在胸前，我只看得见他那粗硬蓬松的头发。大约三点的时候，龚基突然一跃而起，说他要走。这一来提醒了大家他必须早晨起身的习惯，而且他一夜在外未归了。老朱在座位上睡得很舒服，大腹便便，与鼾声相应和。只有卢子和老苟两个青年人，始终清醒，毫无睡意。

我自己也不知何时睡着了，不过这个无须说，我只告诉你还有什么事情发生了吧。我一听到寺院的钟声，便一觉醒来。睁眼一看，我原来睡在庙里一个角落里的地上，觉得有一种气味，刺入鼻孔。

天已放晴，我觉得饥肠辘辘。赶紧起来，向四周一看，夜里的一切竟已杳然无存。没有火炉，也没有家具，只有一座荒凉的古庙，阒无一人。我往庙里走去，看能不能找到一个人。越接近里面屋子，越觉得气味刺鼻。结果在里面屋子里，我发现了一匹又病又老的骆驼，在地上卧着，看见了我，岸然不理。现在白天所见如此，夜来所见如彼，我不禁大惊，遂往各处探测一番。在北屋我看见了一头瘦削的老驴，皮上有几处摩擦的创伤，一身灰色，羸弱无食，竟不能饥鸣一声。我的恻隐之心油然而发，遂走往外面去寻些干草。正迈步时，看到墙下一条长板之下有东西动弹，原来是一只公鸡在那里立着睡觉。在一间坍塌的下房里，找到了一些干草，那屋子灰色的墙上，还残存一些古雅的彩色壁画。我一伸手去拿草，忽然有一只黑狸猫一跳而起，跑到院子里不见了。

抱着一捆草，我回去喂驴。老驴望着我，有无限的感谢之意，我又进去喂那匹老骆驼。我看见它的膝盖发肿。夜来的记忆犹新，我不由得向老骆驼说："多谢昨夜的厚待。"它只是用鼻子嗅稻草，卷动它的舌头，向我望着。

走出屋子来，我举步迈过一个农人戴过的圆边旧帽子，下面又有东西动弹，原来是一头箭猪。我还认得教授的光亮的圆眼睛，刚要向它打招呼说："躬逢……"它勃然而怒，刚毛竖起，犹如自卫，我连忙离开。我又听见身后一声尖锐的叫声："这显然不相符——"我闻之欲狂，不等它说完就不辞而别了。

我的马还拴在树下。天已大亮。我穿过村庄的时候，村里的人都已起来。我进了一家小店，随便吃了些早点，喂了马一些草料，一条狗走过来用鼻子闻我，很热情地摇摆尾巴，仿佛认得我一样。

我轻拍着它叫："喂，老苟先生。"

店主问我："为什么叫它老狗先生？"

我说："我也不知道。"

店主说："这是条好猎狗。我若不把它拴起来，村子里的鸡就休想安全。"

我也没把夜里看见的事告诉店主，又出门赶路。我的仆人正在前面市镇的店里等着我呢。

书痴

　　本篇选自《聊斋志异》，作者蒲松龄，见《小谢》。蒲为一博学鸿儒，才气过人。康熙岁贡，后应试不第。实则其才固不在时文，且通儒硕彦例多散佚功名也。蒲氏对官吏之鄙薄多于其小说中见之，幽默泼辣，讽刺深刻。

　　彭城郎某出身于书香门第。儿童之时，就听到父亲谈论珍本和海内孤本的事，听到父亲与朋友闲谈各种手卷及古代诗人。父亲为官清正，产业不多，自己的收入，大多买书珍藏，家中藏书由祖父时代开始。所以父亲故去之后，家中唯一的遗产就是一书楼的书，这种家庭世传的特色似乎一代胜似一代，因为儿子是在书城中长大的，对别的事情几乎是一无所知，只是一味爱好书籍。至于钱是什么，怎么挣钱，简直完全不懂。平常总是卖些零星的东西，换些现钱。无论如何，也不肯把书楼里的书卖一本，所以先辈留下的全部藏书始终完好如初。
　　书房里他最珍贵的一件东西，就是父亲手书的宋真宗的《励

学篇》。父亲是特为儿子写的，算作他的遗教。儿子已经把那一篇
墨宝装在镜框里，挂在书桌上面的墙上，好能天天看，作为自己
人生的箴言。用纱罩起来，免得落上尘土。这是传家之宝：

> 富家不用买良田，
>
> 书中自有千钟粟；
>
> 安居不用架高楼，
>
> 书中自有黄金屋；
>
> 娶妻莫恨无良媒，
>
> 书中自有颜如玉；
>
> 出门莫恨无人随，
>
> 书中车马多如簇；
>
> 男儿欲遂平生志，
>
> 五经勤向窗前读。

《励学篇》的意思是这样的：读书即可以获高位，享荣耀，厕
身士林，列位富贵，金玉满堂，五谷满仓。书中自有颜如玉，书
中自有黄金屋。郎某从字面上看，认是句句实言，字字不虚。说
来可怜，他竟坚信一斗一斗的食粮和其美如玉的女人，真个完全
在书里头，只要努力读书，持之以恒，自己所求必可从书中出来。

在十八岁、十九岁、二十岁，这都是男子好色不好学的年纪，
郎某却仍潜心读书，真是令人敬佩，也不出外访友，不闲游以畅
胸怀，日常之至乐就是坐在椅子上朗诵得意文章。藏书之癖也未
尝稍减。自冬至夏，他只穿一件长袍，因为尚未婚娶，独自居住，
也没人提醒他换一换内衣。有时友人去访，只是几句问好。几
句勉强的寒暄之后，他总是闭上眼睛，仰起头来，吟诵几首诗，

朗诵几篇文章，抑扬顿挫，得意忘形。朋友一看他是那么一个不可救药的书呆子，于朋友毫无用处，坐了一下也就起身而去。

他上京赶考，但竟名落孙山。他虽然失败，但是读书的热忱毫不减低，因为他深信宋真宗的《励学篇》。他的确需要黄金、车马，十之八九也需要一个颜如玉的美女。而真宗皇帝曾经说过，只要身为儒生，功名财物，声色犬马，一切都可以得到，皇帝的金口玉言，绝不会错。

一天，一阵风把他手里拿的书刮跑，滴溜溜转着飞到花园里去了。他在后面追，用脚踩住书好捡起来。这样一来，一只脚滑进野草覆盖之下的一个窟窿里。仔细一看那个窟窿，看见里头有腐草根、泥土，还有些稷子。他一粒一粒拾起来，稷子是肮脏的，显然是在那个窟窿里放了很久，稷子也很少，连熬一碗粥早晨吃也不够。可是他觉得这是预言的应验，皇帝的话已经证明了。

几天之后，他上梯子找几本旧书。发现书架子上层一堆书后有一个一尺长的小马车。把尘土掸下一看，颜色金黄闪亮。他兴高采烈地拿下来，拿给朋友们看。一看原来是镀金的，并不是真金，真出乎他意料。

后来不久，父亲的一个朋友，官居视察之位，因公路过县境，到郎家看一看那辆小马车。这位官老爷是位虔诚的佛门弟子，盼望得到那个旧艺术品献予一个寺院，摆在佛龛前面。他给了郎某三百两银子、两匹马，把那辆车换了去。

郎某如今对真宗皇帝的《励学篇》越发相信了。因为黄金、马车、谷子都已应验。其实谁都读过宋真宗的《励学篇》，那么逐字深信不疑的，只有这个郎某。

郎某到三十岁，还没有结婚，朋友们劝他物色个女子，办了终身大事。

"为什么?"郎某自信得很,"我深信我能从书里找到一个容颜美丽如玉的女子,何必往别处找?"

书痴对书本的信念,以及希望从书上跳出个美人来,这些事传布到外面,大家都视为笑柄。一天,一个朋友对郎某说:"老郎,织女爱上了你,总有一夜她要从天上飞下来找你呢!"

书痴知道朋友嘲笑他,并不和朋友辩论,仅仅回答说:"你等着看。"

一天晚上,他读《汉书》第八卷。大约在书的一半的地方,他看到一枚书签儿,是一条宽绦子,有一个用丝织成的美女贴在上面。书签儿的背面写着两个字"织女"。

他一边凝视那个画,心中不由得激动起来。他把书签儿翻转过来,爱抚了半天才放回原处。他心里想:"这就是了。"吃饭吃了一半,他常常起来去看那个书签儿上的织女,夜里就寝以前,他也去打开书,把书签儿拿起来,在手里爱抚一番。日子过得很快乐。

一天晚上,他正在思念那个书中美人,美人忽然在书页上坐起来,向他嫣然一笑。书痴觉得真出乎意料,但是并不害怕。连忙立起来,恭敬地向美女作了个揖。这一来,美女长到一尺大,他又作了个揖,两手紧紧交叉在胸前,于是看见美女从书上走下,两条玉腿露出来。她的腿刚一踏在地上,就长到成人那么高,两眼向他顾盼神飞,大有一见钟情之意。似这般美女,看上一眼,便可以消炎解瘴。

"你看我来了!你等了好久啊。"声音笑貌之中,有无限取悦之意。

"你是谁呀?"郎某的声音有些发颤。

"我姓颜,叫如玉。你以前不知道我。我虽藏在书里,早就知道你。你对古圣先贤的话深信不疑，我心里很受感动。我自己说：
'我若不去给他看一下，以后就没有人信古圣先贤的话了。'"

现在书痴的梦实现了，信念也证实了。颜小姐不但漂亮动人，
自一出现就和蔼可亲。亲热地吻他，从各方面都表示万分爱他。
郎某真是个书呆子，与颜小姐在一起，没有丝毫失礼之处。与颜
小姐在一起，总是讨论文史，直到深夜。不久小姐困倦了，于是
说："夜深了，咱们睡觉吧。"

"不错，该睡了。"

颜小姐害羞，脱衣裳以前先把灯吹灭。其实这种小心并没有
用。两个人躺在床上之后，颜小姐吻书呆子说："夜安。"

书呆子也说："夜安。"

过了一会儿，小姐翻个身又说："夜安。"

书呆子也回答说："夜安。"

这样过了一夜又一夜。有此美女在身旁相伴，书呆子非常欢
喜，越发用功，读书直至深夜方止。颜小姐只好在一旁干坐相陪。

小姐很烦恼，问他："你为什么这么苦读呢？我是来帮助你
的。我知道你有什么需求——你是要功名、做大官。若真是如此，
你可千不该万不该这么苦用功。你应当到外面去拉关系、交朋友。
你可以看一看，求官求职的人他们念了多少书，简直屈指可计，
只有朱注四书五经里头念三部。考中的并不都是读书人。不要发
呆，听我说，别再念书了。"

听了小姐一番话，书呆子大吃一惊。对小姐叫他出外交朋友
的事，真觉得不高兴，这种忠告是万难接受的。

小姐很坚持，又说："你若打算成功，非依我的话不可。把书
本丢开，不要钻研这钻研那的，不听我的话我就走。"

书呆子因为感谢小姐陪伴他，也深深爱她，只好勉强听从。

可是每逢眼睛一看到书，又一心想到读书，又张嘴高声朗诵起来。有一天，他一回身，小姐不见了。他暗暗祷告，求小姐回来，可是小姐还是无踪无影。他忽然想起来小姐是来自《汉书》第八卷。于是去翻开《汉书》，一看那枚书签儿仍然夹在原来的地方。他叫名字，小姐并不动，他非常难受，非常凄凉。一而再、再而三地祈求小姐出来，许下一定听从小姐的话，不再读书。

最后，小姐又从书上起来，走下来，脸上怒气未息。

"这一次你若再不听我的话，我一定要走，老实话告诉你。"

郎某郑重其事地答应了。颜小姐在一张纸上画了一个棋盘，教给他下棋，又教他玩牌。书呆子恐怕小姐再走，只好勉强学，心不在焉。每逢自己一个人的时候，就偷偷地打开书。他怕小姐再走，又藏在原处，他把《汉书》第八卷改放个地方，藏在别的书后面。

一天，书呆子正专心致志地念书，一心放在书上，没理会小姐到了跟前。一看被小姐发现了，赶紧把书合上，可是小姐转眼又不见了。他把所有的书都搜遍了，但是终归枉然。她知道《汉书》第八卷在什么地方吗？在原书上一找，果然在原处找到了那枚书签儿。

这一次费了好半天事，颜小姐听见书呆子说再不看书，才从书上走下来。她答应走下来的时候，伸出个手指头警告他，语声烦恼之至："我打算帮助你早日功成名就，可是你蠢不可及，不听忠言。我跟你耐着性儿，这绝对是最后一次。三天之内，你若下棋没有进步，我定一去不返，你以后也就功名无望，当一辈子穷书生吧！"

第三天，郎某赶巧赢了两盘棋，颜小姐很高兴。然后又教他弹琴，三天学一个曲子。当初既已立下誓，他只好聚精会神学弹琴，手指头渐渐灵活，渐渐敏感。小姐并不要他一定弹得神妙，只是教他得到其中的雅趣而已。

郎某知道自己正在天天学着高雅的技艺。小姐又教给他饮酒、赌博，在宴会上谈笑风生，处处随和。

颜小姐看到真宗皇帝的《励学篇》，她说："这只是一半而已，这还不够。"于是以玄书秘典相授，书名是《成功秘诀》。从这本薄薄的小书之内，颜小姐教给书呆子很多事情。比如，不说自己心里的话，说自己心里没有的话，最重要的是要说对方心里的话。学会这一套之后，最后一步是学习只说一半自己心里的话，免得人看出自己是赞成还是反对。万一对方和自己心里想的背道而驰，会很容易把自己心里赞成的想法翻转过来，表示反对；同样也很容易把自己心里反对的翻转过来，表示赞成。

书呆子领悟得并不快，可是颜小姐很耐心地教导他。并且让他深信，说心里没有的话，至少做官能做到四品五品，不说心里的话只能做到七品，也不过像个县令而已。她力言历史上所有的一品二品的大官，像刺史、尚书、宰相，无不精通只把话说一半的秘诀，好让人无从知道自己对事情是非的看法。

不过最后一步是必须娴于辞令，巧于应对，需要有长期的实习磨炼才成。但是颜小姐深信书呆子至少可以学到说对方心里的话，也就可以做到七品，做到县令。其实，也很简单，只要记住说"尊见甚是"就行了。郎某毫不费事就学会了。

颜小姐让他出外访友，与朋友彻夜欢呼纵饮。朋友看出来他有了改变，前后判若两人。他不久就小有名声，人说他会饮酒、会赌博，为人痛快随和。

颜小姐说："你现在可以做官了。"

也许是偶然，也许是颜小姐在循循善诱之下，教给了他成人教育的结果。一天夜里，他向颜小姐说："我看到男女同榻而眠就生孩子。我们在一起很久，可是没有孩子。怎么回事呢？"

颜小姐说："我早就跟你说过，天天死念书，的确是愚不可及。现在你都三十二岁了，还不懂人类生活的初步，还自称博学，好羞！"

"我最不能忍受的就是别人说我没有学问。别人说我是贼，说我诡诈卑劣，都没有关系，我就不许人说我学识不足。你说我不懂人类生活的初步，到底是什么意思，愿闻明教。"

颜小姐授以男女秘术。郎某不胜诧异，觉得美不可言，不由得喊说："男女之间，其乐如此，真是闻所未闻！"

书呆子把自己的新发现各处去告诉朋友，朋友都掩口而笑。颜小姐听说后，红了脸骂他："怎么一呆至此，闺房之事是不可以和人家说的。"

郎某说："这有什么可耻？私通苟且才算可耻，为人伦之始的事有何可耻？"

后来，郎家生了个孩子，雇了个使女照顾。小孩子一岁大的时候，一天，妻子向郎某说："我现在跟你相处已经两年，已经给你生了个孩子。我现在要走了，若是不走，恐怕要发生事情，因为我之下来，纯粹是酬答你的一片至诚。最好现在分别，免得遗恨将来。"

"你现在不能离开我。你不能舍我而去，你也想一想孩子！"

妻子看了看孩子，非常可爱，不由得心软了。她说："很好，我留下不走。可是你得把书楼的书都打发出去。"

郎某说："我请求你，我央求你，千万别走，可是也别叫我做办不到的事情啊！这书楼就是你的家，书也是我最宝贵的东西。我求求你，你吩咐我别的事情，我都乐于从命。"

妻子算迁就了，因为不能离开孩子，也答应不勉强丈夫扔那些书。她说："我知道我不应当如此。总而言之，一切都是命里注定的。总算我以前警告过你。"

　　郎某和一个神秘的女人同居，而且那个女人给他生了个孩子，这件事传了出去。邻人一向不知道那个女人是从哪里来的，也不知道与郎某是不是正式结婚的。有人问郎某，郎某很巧妙地躲避了这个问题。因为他已经学过不说心里话的本领。外面谣传他的孩子是一个精灵生的，至少是个来历不明的女人生的。

　　事情传到县令的耳朵里。县令姓石，福州人，少年得意，擅作威福，沽名钓誉之下，颇有点儿小名气。他传郎某和与郎某同居的女人，很想看看那个女人。

　　颜小姐立刻无影无踪了。石县令把郎某传到衙门盘问。在拷问苦刑之下，郎某为保护母子二人，一字不泄。最后县令从使女口中探得了消息，使女把所见的事完全供出。石县令不信什么精灵，他到郎某家仔细搜查，结果一无所获。他下令把全书楼的书都搬到院子里，付之一炬，表示他不迷信。人都看见大火冒上去的烟，笼罩着郎家，多日不散。郎某被释回家，看到书楼的书已经全部烧毁，心爱的女人也一去不返，不由得大怒，立誓复仇。

　　他痛下决心，不拘用什么方法，一定要做到高官。依照颜小姐的指教，不久就交了些朋友。朋友们都喜欢他，愿意帮助他。他各处去拜谒权门，对贵妇献殷勤。权门巨公许下给他个官职。

　　他没有忘记颜小姐，也没有忘记烧毁他家那些书籍的人。他给颜小姐立了一个灵牌，天天烧香，天天祷告说："小姐敬听我祷告，保佑我到福州去做官。"

　　他的祷告似乎都应验了，因为以后不久，他被派为福州视察，视察福州官吏的政绩。他对石县令的政绩特别仔细考察，发现石某贪赃枉法，擅作威福。他上本弹劾石某，把石某全家的财产没收。大仇得报之后，他递上辞呈，娶了个福州姑娘，回转故乡去了。

中山狼传

本篇为宋人谢良作，另有版本称作者为马中锡。马曾修正或润饰原作，或兼有之。原文风格古典，狼言竟似《左传》文句，英文本自未忠实译出。畜生为吾人良友，为人类义仆，人类竟忘恩不仁，殊不应当。作者原在申论人类对动物之残忍。志在讽世，风格典雅，亦不得不尔也。

春秋时，晋国大臣赵简子，一天到中山去打猎，带着一群猎犬，一群熟练的猎人，有的身上佩着弓箭刀枪，有的架着训练有素的苍鹰，一路奔驰，喊声震天。在路上，赵大老爷看见了一条狼，在不远的一条道上立着。说也奇怪，那条狼用后腿直立，放声长嚎，好像故意惹人注意，那样站着，正好是个绝妙的目标。赵大老爷一箭射去，正中狼身，那狼转身就跑。众猎人纵马追赶，人的喊声，犬的吠声，震得树林山响。尘土滚滚而起，狼正好趁着混乱逃去了。

正在那时，有一位东郭先生，骑着一匹瘦驴往中山而来。驴背上驮着一个口袋，口袋里有几卷书、几件衣裳。东郭先生是墨派的学者。当时墨子学派正盛极一时，以严于律己、厚以济人为特色。墨派学者奔走天下，宣传兼爱精义，以万分热诚之心，盼望能够说服王公贵人以及贩夫走卒。他们甘心贫苦度日，常冒自己生命的危险，以助人为乐事。

东郭先生听见叫嚣嘈杂之声，随后看见一条受伤的狼朝他奔来，后面有猎人跟踪。狼一看见墨学家，就哀嚎求救。东郭先生见一支箭正射在狼背上，不禁心软，起了恻隐之心。

东郭先生说："不要害怕，我给你拔出箭来。"

狼说："噢，您是位墨学家，您是个好人。猎人随后追来了，我藏在先生的口袋里吧，他们追过去之后再放我出来。您若救我一命，我终生感谢不尽。"

"可怜的狼，你怎么会遭受这种灾祸呢？你没有智慧，这就是缺乏智慧所致啊！不用说了，进口袋吧，用不着感谢，我愿尽力帮助你。"

于是墨学家把东西从口袋里掏出来，把狼用力往口袋里推。但那条狼是个长成的大狼，口袋又太小。头若先进去，蓬松的毛尾巴和后腿又露在外面，尾巴若先进去，若不把脖子弄断，前腿和脖子又露在外面。墨学家一而再、再而三，使足了力气把狼往口袋里挤，往口袋里塞，翻来覆去，仍然无法装进去。

狼喊说："赶快吧，追来了！来，把我捆起来！"

狼缩在地上，让墨学家把它的身子和腿绑作一团。最后，又塞又挤，东郭先生总算把狼装进了口袋，把口袋放在驴背上。他看见狼的血从口袋里一滴滴渗出来，真觉得可怜。再者，狼一路跑来，有血迹在后面，东郭先生自己也染了一手血。墨学家连忙把血迹遮盖上，把驴拉转个向，使口袋看来不太明显，不太显眼。

等猎人来到，赵大老爷问东郭先生看见狼没有。

东郭先生站在路旁，泰然说："没有，狼生性狡诈，不会往大道上跑来的，恐怕藏在树林里什么地方了吧。"

赵大老爷注目而视，手里拿着宝剑，重挥了一下子说："谁把狼藏起来，就是自招其祸。"

东郭先生从容不迫，骑上了驴，向赵大老爷挥手告辞，并且说："我若在什么地方看见了它，再告诉您，再见。"

狼一听见一群猎人的足音消失在远方之后，它在口袋里喊叫说："放我出去，快着！要闷死了！"

墨学家赶快下驴，把狼放出来。他把狼解开，轻轻摸了一下伤口说："还疼吗？刚才真替你害怕！"

"不要紧，只是轻轻地擦破了一点儿。先生既然救了我一命，能不能再帮我一点儿忙？"

"只要我能办到，无不乐于效劳。我们是墨学家，你知道，只有兼爱才能救这个世界。你还有什么事要我做？一定敬听台命。"

狼斜着眼看着墨学家说："好吧，我现在饿得很。"

"噢？"

"你已然救了我，可是我有三天没吃什么东西了。我若今天晚上饿死，你不是白白救了我一命吗？你为什么不让我吃了你呢？你牺牲一点儿就行了。我不算苛求吧？"

狼把大嘴张大，露出了大牙，向东郭先生跳过去。东郭先生大骇，连忙跳到驴那边去，吓得直打哆嗦。他劝告狼说：

"不行，你不能吃我！"

"为什么不能？"

"你不能吃我，我救了你的命！"

人和狼就绕着驴追逐，驴很纳闷，不知道人和狼这是为了什么缘故。

墨学家在驴那边，靠近驴脖子站住，向狼说："平心静气想一想，我们要讲理。狡辩和用暴力都没用。你即使把我撕得筋骨寸断，我也不承认你有道理，并且你良心上也不安，是不是？你当然是认为你应当吃我，是不是？"

狼大吼说："那当然。不过我很饿，懒得跟你讲道理。"

"咱们这种争论要按理来办才对。依我说，咱们还是听凭别人公断吧。按照习惯，咱们要请三位长者决定，到底你是不是应当吃我。你想，我刚刚救了你一条命。"

狼回答说："好，好，说话别绕弯儿，直截了当。我相信上天造人就是给狼吃的。我们比你们人类优秀得多。你们不能自卫，你们太堕落，太没出息，所以落到现在这种可怜的地步。"

东郭先生和狼在路上走，但是碰不见人，因为天已经黑起来。

狼说："我真饿极了，我不能再等。"说着就指着道旁一棵老树桩子说："咱们问问它。"

"它是棵树，它懂什么？"

"你问它，它会告诉你。"

墨学家向老树长长一揖，告诉老树桩子自己刚才如何冒生命之险，才救了狼的一命。"你告诉我，依你说，吃了我算报恩吗？算公道吗？"

老树发出嗡嗡的声音："先生，您的话我听明白了。您说是报恩吗？我把我的遭遇告诉你。我是一棵杏树，园丁种我时，那时我只不过是一个杏核儿。一年以后我开了花，三年以后长了果子，五年以后我的身子像人的胳膊粗，十年之后我和孩子的肚子一样粗。我现在二十岁了。我这一辈子，不断用果子养活园丁和他一家人，给他们吃，给他们的朋友吃，他还在市上卖果子赚钱。后来看见我老了，不长果子了，他打掉我的叶子，撅断我的枝子，锯了我的胳膊、腿当柴烧。这还不满足，我听说他还要把我这仅剩下的身子锯去当木材，要用斧子斫、用凿子凿。你看，人就是这个样子，狼怎么不应当吃你？"

狼一听大喜，跳过去就扑东郭先生："真是明白话，一点儿也不错。"

"别忙，还得再问两位长者呢。"

狼回答说："好，就照你的话办。可是我告诉你，我闻着你的味比刚才更香了。"

他俩刚走了不远，看见一头老水牛，靠近一道篱笆站着，看它那副神气，好像日子过得很烦似的。

狼又说："问问这家伙。我相信它也一定历尽沧桑，很通情达理的。"

墨学家又向老牛说了他和狼的情形经过，求老水牛公平裁断。老牛很沉郁地望了望东郭先生，东郭先生觉得老水牛颇有冷笑之意。老牛说："老杏树说的话一点儿也不错。你看我，又老又瘦，慢慢就要饿死了。我年轻的时候你一定见过我。一个庄稼人在市上买了我，叫我在地里给他干活儿。别的牛都上了年纪，大多的事都要我一个做。那个庄稼人说他疼我，他爱我。他要出门去，他叫我套上车；他要开垦荒地，他叫我耕地，他叫我犁田，把地弄得好好儿的，直到可以下种子为止。种田时，我在泥水里扑哧扑哧地走，泥水四溅；秋收到了，我又要拉磨。我一点儿也不惜力，一点儿也不偷懒，我独自干两三头牛的活儿。我这么劳苦，主人过了好日子。他的衣裳、吃的、纳钱粮的钱，全是由我身上出的。现在他的仓房旁边又盖了一间厢房，儿子也成了家，现在他子孙绕膝，俨然一位老绅士了。我当初刚刚到他家时，你大概见过他。就拿吃饭来说吧，他用的是瓦勺、瓦碗、瓦盆。现在他在地窖里有了几缸酒了。你为狼做的那些好事，我哪一件没为主人做过？可是现在，他老婆嫌我老了——我确是老了，有什么话好说——他叫我在外头流落，在露天地下睡，受风受冷。你看，我站在这儿，想叫太阳晒晒，好暖和暖和，可是一到夜来，我又冷冷清清的。光这个我也不在乎，横竖谁也得老。可是，我听见他老婆说要把我送进肉作坊去。他老婆说：'那老牛的肉可以腌起来，皮可以做成皮革，牛角和蹄子可以雕成用具。'你看，人就是这么个样子，再休提起人类的感恩图报吧。我看狼吃你没有什么不应当。"

狼又要扑过去，要用锯齿般的利牙咬东郭先生的膀子。东郭先生赶紧说："先不要，你已经忍耐了半天，再找第三个长者，听听他怎么说。咱俩原是这样约定的。"

不久，又看见一个老头儿，拄着拐杖，向他们慢慢走来，生得又长又白的胡子，仿佛一个圣人。东郭先生一看见真正有了一个人，欢喜得不得了，一直跑过去，求老先生解决自己和狼的这场争端。他恳求老头儿说："老伯您的一句话就会救了我的命。"

老头儿仔细听完那段经过，他向狼怒声喝道："真是忘恩负义。忘恩负义的人老来必有逆子。这是报应，你不知道吗？你将来也会有一个儿子，它是大逆不道的。赶紧走开，不然我非要你的命不可！"

狼解释说："老先生还没听我说呢。您也得听我说一下呀。这位墨学家把我捆起来，使劲把我往口袋里塞，紧得我几乎喘不过气来。我当然料想一定活不成了，您不知道在口袋里多么难受呢！"

老头儿说："这么说来，墨学家也不对。"于是人和狼又争辩起来。

"我简直不知道听谁的话，也不知道谁的话该信。你说你救了狼的命，狼说你伤害了它。唯一的一个办法能证明谁是谁非，就是再来一次现场表演，我要看一下，亲眼看一下他把你弄得多么难过才成。"

狼说："好，你看吧。"说着又叫东郭先生把它绑起来，塞进了口袋。

老头儿低声问东郭先生："你有尖刀没有？"

东郭先生惶惑不知所答，只说了声："是。"

"怎么，还不动手吗？"

"您是叫我杀死这条狼吗？"

"随便你。你杀死它，不然就让它咬死你。好一个不切实际的腐儒！"

老头儿说完了大笑，随即帮着墨学家，从口袋外一刀扎了进去，一下子解决了这场争辩。

幻 想 与 幽 默

Chinese Legend

龙宫一夜宿

以后四篇（《龙宫一夜宿》《人变鱼》《人变虎》《定婚店》）皆为李复言作，俱选自《太平广记》。李氏尚有一篇，余曾英译并载于拙著（*The Vigil of a Nation*《枕戈待旦》），亦以巫术邪怪为背景。篇中回答："何时闭口不言，最为难事？"

《定婚店》为中国家喻户晓之小说。"月下老人"及"红线相牵"为中国极通俗之典故。

唐朝开国的大将李靖，年轻默默无名的时候，常上霍山去打猎。山地的村民和他很熟识。因为他生得魁梧英俊，和蔼可亲，大家都很喜欢他。上山打猎的日子，他常常在村子里吃午饭，有时吃晚饭。每逢他打猎归来太晚，来不及回城去，村里一位长者就供给他食宿。那位长者家资富有，李靖借宿，他并不接受一文酬谢。每逢李靖到来，他就给李靖准备一顿热饭，烧上一个热炕，这样，两人便成了莫逆之交。

一天，李靖在山中打猎，看见了一群鹿，就随后追去。李靖善骑马，越过山谷，其快如飞。他随着一群山羊跑上山顶之后，盼望再发现那一群鹿，但是鹿群已然杳无踪迹。他知道在五百码以内，有什么东西移动，都逃不出他的双眼，而且他这种打猎名手，也不甘心半途而废。于是过了一山又一山，等到天漆黑，他已无法辨明自己置身何处。又烦又累，无法找寻归路，地方又不熟悉。幸而不久之后，他看见对面山顶上灯光闪烁，大概走半点钟就会到的。他于是往那个方向跑去，打算找个地方借宿一宵。

走近一看，原来是一所大宅第，四周围白墙很高，有朱红的大门。他敲了敲大门，在外面等候。等了好久，一个仆人出来，只开了一半门，问他来意。他说出外打猎，迷失了路途，请求借宿一夜。

仆人说："恐怕办不到。老爷们都不在家，只有太太一个人。"

"务请通报一声吧。"

仆人进去，不久又出来说："请进吧。太太先是不愿意，后来听说你是迷失了路途，又想了一下，才答应借一间屋子给先生住一夜。"

李靖随着仆人进了一个大厅，屋里陈设得很精致，有很多水晶灯、水晶盘子和一些别的东西。不久，一个使女说："太太来了。"

女主人来了，是一个五十几岁的妇人，仪态端庄，只穿着一身黑衣裳，非常朴素。但是身上所穿的一切都非常考究。李靖长揖为礼，对深夜打扰，备致歉意。

"小儿们今夜都出去了，平日我也不留客人住的。现在黑夜里你迷失了路途，不好不留你过夜。"女主人说话时文雅大方，说话的口气像个和美幸福、井井有条的人家的主妇，她的灰头发看来也很美。

李靖享受了一顿简单而极为讲究的晚饭，吃的大都是海味，筷子是象牙的，碗是水晶的。

晚饭之后，女主人前来略致简慢之罪，她说："你一定劳累想睡了，使女就来伺候你。"

李靖起身道谢，并道夜安。

女主人也温文尔雅地道了夜安，随后又说："夜里也许嘈杂不静，务请见谅。"

李靖的两眼显出惊慌的神色，女主人看出来，于是解释说："小儿们常常夜半回来，吵吵闹闹的。我告诉你，免得你吃惊。"

李靖说："不要紧。"有心要问公子们多大年岁，以何为业，又想了一下，还是不要问东问西的好。

两个使女拿进来一卷清洁精美的铺盖，铺好之后，见他不再需要什么，就推门出去，随手把门关上。

床又温暖又舒服，李靖追逐了一天，已经疲乏。可是他心里纳闷，不知住的这一家是什么人，离城市这么远，夜里还有事情，真是怪！他浑身累得很，急需一觉甜眠，可是头脑清醒着不能入睡。静静地躺在床上，一心等待有什么事情发生，好像猎手潜踪走近野兽时一样。

将近夜半，听见外面大声敲门，十分急促。不久，又听见旁门戛然而启，仆人向另一个人低声细语，随后听见仆人走往客厅的脚步声，又听见女主人出去问："什么事？"

仆人回答说："使臣送来一道公文，说差事很紧急。大爷受命当在这座山四周围七里内下雨，天发亮以前，雨就要停。说是雨不要太多，怕伤了庄稼。"

李靖听见女主人烦恼的声音，话说得很快："我怎么办呢？两个孩子都不在家。现在来不及去找他们，也没有别人可找。"

一个使女出主意说："能不能请客人帮帮忙？他很强壮，又是猎人，骑马骑得也好。"

女主人听说大喜，来敲李靖的门："睡着了没有？"

李靖说："什么事呀？"

"请出来一下，有事情商量商量。"

李靖立即起床，出来走到客厅里。女主人解释说："这里不是寻常的人家，这是龙王宫。我现在奉到玉皇的旨意，要立刻下雨，一直下到天发亮，现在我无人可派。大儿子到东海去参加婚礼，二儿子陪同妹妹到远处旅行。他们都远在数千里之外，来不及立刻送信去，你帮帮忙好不好？下雨是我们的职责，倘若违背了旨意，孩子们要担处分的。"

李靖闻听，又惊又喜，他说："鄙人极愿效劳，无奈既无能力，又无经验。我想必须飞到高空才能下雨吧？"

"你骑马骑得很好吧？"

"可以。"

"这就行了。你只要骑上我给你的一匹马，当然不是你自己的那一匹，然后遵照我的指示就行了。这很省事。"

女主人吩咐下人牵来一匹黑鬃马，备上鞍鞯，递给李靖一小瓶子雨水，挂在鞍子前面。

女主人说："这是一匹天马，你要轻轻拉着缰绳，让它任意疾行。不要催赶它，它自己知道往哪里走。一看见它的前蹄蹴动，你就拿过瓶子，往马鬃上洒一滴水。千万别洒多，别忘记。"

李靖骑上天马出发，马的稳定和速度出人意料。不久，马走快了一点儿，但是步调依然平稳。李靖觉得马正往高处爬，他向四周围一看，看见自己已经高在云端，潮湿的疾风往他脸上刮，下面则电光闪闪,雷声隆隆。只要马蹄一踢动,他就遵照指示,把神水洒一滴。过了一会儿,借着电光闪闪,他从乌云缝隙之中,瞥见了他常停留过夜的那个村子。他心里想:"我吵扰那位老丈和村民很久,始终想报答盛情,未能如愿,现在我有下雨的能力,昨天看见田里禾苗有点儿枯干,叶子有点儿发黄。我给这一村善良的老百姓多洒几点儿水吧。"

他向那个村子洒了二十滴水,看着大雨如注往下落,心里很安慰。公事完毕之后,他回到龙王宫。

女主人正在客厅的椅子上坐着哭泣呢。一看见李靖回去,她哭着说:"你怎么犯了这么个大错呢!我原先告诉你只洒一滴水,你大概洒下来半瓶子。你不知道一滴神水在地上就是一尺深哪。你到底洒了多少滴呢?"

李靖觉得怪不好意思:"就洒了二十滴。""还说就只二十滴水呢!你想一个村子,一夜之间凭空灌满了二十尺深的雨吧!人畜都淹死了。有本章奏到天上,小儿要负责任的!"

李靖羞愧满面,不知道说什么话好,只是万分追悔。不管怎么追悔,总是事已太晚,无法补救了。

"我也不怪罪你,你原不知道。只是我恐怕龙王回来,与你不大方便,你还是早点儿走了吧!"

女主人如此体谅他,李靖深为感动,要立刻起身而去。那时天已黎明,李靖觉得若能如此一逃了之,真算侥幸。他一切准备妥当之后,出乎他意料,女主人跟他说:"麻烦你半天,我要略致谢意。我本不应当在三更半夜把客人吵起来。这都是我自己的过错。没有什么贵重礼品可以奉赠,只有两个仆人可以供你差遣,你随意带一个去吧,两个都带去也成。"

李靖向站在女主人身旁那两个仆人一看,东边那个生得温文和善，靠西那个英勇矫健，甚至有几分狰狞凶暴。

女主人说："你随意挑选，怎么都可以。"

李靖停了一下，心里暗自思量。文雅的那个仆人聪明温厚，打起猎来，恐怕不是有用的帮手。于是说要带那个相貌凶猛的去。

他向主人道谢，然后告辞而去。后来，他回身一望，那座大宅第早已无踪无影。再一回身向仆人问话，仆人也不见了。

他独自寻路回去，到了以前常住的村庄，只见大水汪洋，除树梢以外，一无所见。一夜之间，村民已经全部淹死。

后来李靖身为大将，南征北讨，成了大唐开国的元勋。他保着唐太宗那么多年，始终没做过一天的文官。那就是因为他当初没在龙宫选择那个温文和善的仆人。俗语说，关西出将，关东出相，那两个仆人分站在龙王太太东西两面，就是象征一文一武的意思。当时李靖若带走了两个，他一定会做文官也做武官，那就文武双全，出将入相了。

人变鱼

薛伟年纪三十，在巴蜀青城县衙门做主簿。县丞是邹滂，同事则有雷济和裴寮。一年秋天，薛伟身患重病，发高热，家人请遍名医，全都束手无策。第七天，便昏迷不省人事，一连几天。亲友都认为他没有指望了。最初他口渴，还能要水喝，水已喝得够多。最后昏睡沉沉，菜饭不进。一直昏昏大睡，到了第二十天，他打了个哈欠，突然坐起来。

他问妻子："我睡了多少天了？"

"大概二十天。"

"不错，我想也有那么多日子了。你去告诉衙门的同事，说我已经好了，你看他们是不是正在吃鲤鱼丸子。若是的话，叫他们赶紧停止，我有话跟他说。把衙门里的听差张弼带来，我找他有事。"

薛太太派了一个仆人到衙门去。各员司正在吃午饭，桌子上有碗热腾腾的鲤鱼丸子。仆人把主人的话一说，大家欣闻薛伟已霍然痊愈，一齐到他家去看他。

薛伟问："你们是叫老张去买鱼了吧？"

"是啊。"

他又问老张："你是不是从鱼贩子赵干那儿买的？是不是他不肯卖给你那条大的？喂！你们先别插嘴。你看见那条大鱼放在他身旁的小水坑里，上面盖着苇子，是不是？后来终于买了那条鱼，你生气他不应该欺骗你，你就把他揪到衙门去。你进了衙门，那时税务局的书记正坐在东面，另一个坐在西面，他俩正在下棋，对吧？你到了大堂，你看见县太爷正和雷大人玩牌，裴大人一脚把赵干踢得滚下了台阶。后来你把鱼拿到厨房，大师傅王士良就把鱼宰了做菜。我说的是不是跟今天的事情一样？"

他们一问老张，彼此一对证，简直丝毫不差，弄得大家莫名其妙，一齐向薛伟追问原因。下面就是薛伟说的故事：

我病的时候，你们知道，我发烧很高，实在热得受不了，后来昏迷过去，可是心里还觉得热，我心想怎么才能舒服点儿呢？我想到清爽宜人的河边去散步，我拿起一根手杖就出了门。一出城，就觉得凉爽些，也立刻觉得舒服点儿，我看见热气从屋顶上冒上来，真高兴离开了那么热的城市。可是还觉得口渴，一心想找水。我向山麓走去，你们知道，山下的东湖是直连着大江的。

到了湖畔，我在柳树下站了一会儿。微风吹来，碧水粼粼，真是无限诱惑。我觉得身子随着微风在湖面飘拂，极感恬静安适。我忽然想洗个澡。小的时候我常游泳，可是近些年来始终没有下过湖。我脱了衣裳跳下去，水抚弄着我的浑身四肢，简直快不可言。我潜水几次，现在我就只记得我自言自语说："老裴、老雷和太爷们都在衙门里整天地挥汗，真可怜。我真愿变成一条鱼过一会儿，完全摆脱案牍的烦劳。我若变成一条鱼，在水里游上几个昼夜，上下左右都是水，一点儿别的也没有，那该多么好！"

这时一条鱼从我脚下游来说："这容易办，你若是愿意，你也可以变成一条鱼，跟我一样，一辈子都可以。这事情我给你办一下怎么样？"

"你若肯帮忙，我真感激万分。我叫薛伟，是青城的主簿，告诉你们的国民，谁跟我调换一下都可以。只要叫我游水就好了。我别无所求，只要游水，游水，游水！"

这条鱼走去，一会儿带来一个鱼头的人，骑着一条娃娃鱼。你们知道这种鱼有四条腿，住在水里，也能爬树。你若捉住要弄死它，它就像个娃娃一样哭。那个鱼头的人带着十二个样子不同的鱼随员，向我宣读河神的诏书。那文章是很典雅的散文：

> 城居水游，浮沉异道，苟非其好，则昧通波。薛主簿意尚浮深，迹思闲旷。乐浩汗之域，放怀清江；厌巇崿之情，投簪幻世。暂从鳞化，非遽成身，可权充东潭赤鲤。呜呼！恃长波而倾舟，得罪于晦；昧纤钩而贪饵，见伤于明。无或失身，以羞其党，尔其勉之！

我恭听诏书，不觉身体已变成了鱼，浑身鳞片，光泽美丽。我兴奋异常，游起水来，轻快自如，把鳍微动一下，或浮上水面，或沉入水底。我顺江而下，勘察沿岸的每个角隅，每个缝隙，以及各溪流各支岔。一到晚上，我又回到东湖。

一天，我饿得很，但是找不到食物。我看见赵干正在江边垂钓，分明等着钓我。虫饵诱惑，我双鳃馋涎直流。我深知虫饵可怕，一向不敢接近。但当时觉得万分需要，再没有更解馋的东西。我想起了诏书上的警告，转身而去，自行抑制之下，游往别处去了。

但是腹饥如噬，再难忍受。我自言自语说："我认得赵干，他也认得我，他不敢弄死我。他要钓住我，我叫他带我回衙门去。"

我转身回去吞了钓饵，自然被他钓了上去。我当时极力挣扎，可是赵干用力拉，我的下嘴唇直流血，我只好静下来。他要把我拉上去的时候，我喊说："赵干，赵干，听我说，我是主簿薛伟，你若这样可要受罚的。"

赵干听不见，用一根细绳子穿上我的嘴，放在一个水坑里，盖上芦苇。

我躺着等，好像有求必应似的，衙门的老张来了。我听见他俩说话，赵干不肯把大鱼卖给他，可是老张找着了我，把我拿出水坑。我在绳子上摆动，简直无可奈何。

"老张，你好大的胆子，我是你的大老爷，我是薛伟薛主簿，不过暂时变成了鱼。过来，给我磕头！"

可是老张也听不见，也不理。我提高嗓子喊，一边骂着一边摆动，但是全不中用。

进了衙门，我看见几个同事在门旁下棋。我向他们喊，说我是谁，也没有人理。一个人喊道："这鱼真漂亮，大概有三斤半。"我心里有无限的愤恨，自不用提。

在大堂上，我看见你们，就跟我刚才说的一样。老张告诉你们说，赵干藏着大鱼不肯卖，只卖小的。老裴大怒，用力踢了赵干一脚，一见大鱼，你们都眉开眼笑。

"交给大师傅去，叫他好好儿地做肉丸子，要放葱，放香菇，加点儿酒。"我想这是老裴说的。

我跟你们说："等一等，老同事，这完全是误会。我是薛伟，你们应当知道。你们不能宰我。你们怎么那么忍心呢？"我忍不住分辩。

我一看没用，你们都聋了。我眼睛向你们求情，张着嘴求你们大发慈悲。

"葱，香菇，再加上点儿酒！说这种话，这些人真不够朋友，真没心肝！"我自己心里想，但是毫无办法。

老张把我拿到厨房去。大师傅一见我就睁大了眼睛，把我放在案子上，走去磨刀，脸上直发亮。

"王士良，你是我的大师傅，不要宰我！我求求你！"

王士良用力按住我的腰。我看见菜刀白光闪闪，就要往我头上砍。咔嚓！刀砍下来。我立刻醒了。

大家听完，不禁凄然。事情那么真实，于是大家越发吃惊。有人说看见鱼嘴动了，但是没听见什么声音。后来薛伟完全康复，朋友们也相戒再不吃鲤鱼了。

人变虎

在唐朝贞元年间，南阳张逢客居福州。他是北方人，觉得南方亚热带葱茏的草木花卉，极其新奇可爱。在其他一些奇闻之外，他也听到不少老虎的故事。

一天，他同仆人住在福唐县横山旅店里，就去观看一下本地的风光，看看男人，看看妇女的衣着式样。独自一个人拿着根竹杖，看着雨后乡野的新绿，山风吹来，爽人心脾，不觉越行越远。眼前一带山水，绚丽非常，赏玩之下，不禁手舞足蹈，逸兴遄飞。当时正值秋季，山麓一带枫林，金黄朱红，如火如醉。半山之上，林木扶疏，一座雪白的寺院，翼然涌现。夕照灿烂辉煌，山野如画，紫蓝翠绿，与金黄朱红相映，奇光异彩，瞬息万变，俨然是神仙幻境。

突然他有些昏晕，眼前星光乱闪。他以为必是地势太高，自己又过于劳累，并且气候突变，不然就是眼前光彩夺目的缘故。他见数步以外，一片细草茸茸，柔软如毡，直到茂林的边缘，他脱下长袍，和手杖放在一起，斜靠在树上，自己便躺下休息。这样，立刻觉得舒服些。仰望蔚蓝的天空，心里赞叹大自然如此美丽，如此静穆。又想人为名为利，为高官显爵，苦费心机，彼此欺诈残杀；而此处在大自然中，唯有安静恬适，博悦胸怀。他在草地上一滚，觉得如此轻松快活，在土壤的芳香和微风的吹拂之下，他转眼入睡了。

等一觉醒来，觉得有点儿饥饿，并且还记得天已傍晚。一用手抚摩肚子，手摸着一层柔软的皮毛。赶紧坐起一看，浑身还有美丽的黑色条纹，一伸胳臂，觉得强壮有力，矫健轻快，非常喜悦。一打哈欠，声音洪亮，不觉自己一惊。低下头一看，看见了白色的长须。你看，他已经变成了一只老虎。

嗯，现在真快乐，他心里想，我已经不是一个人，是只老虎了。变只老虎也不坏。

他要试试自己的新气力，于是跑进了层林，在岩石之间往复跳跃，觉得自己力量充沛，高兴得不得了。又走到一座寺院，用爪子抓门，打算进去。

"是一只老虎，"他听见一个和尚在里面喊，"我闻得出来，不要开门。"

现在糟了，他心里想。我不过只求一顿粗茶淡饭，然后与和尚谈禅说经而已。但是我现在成了老虎，也许有气味。不知道为什么，他只觉得应当到村子里去找东西吃。他在村子里一条小径的篱笆后面藏着，看见一个俏丽的女郎走过去。他心里想，我向来听说福州女郎肉皮儿又白又细，体态小巧玲珑。如今一看，果然不错。

他刚一动，要走过去，那个女郎惊呼一声，逃命去了。

他心里不由得纳闷：别人都把你当仇人，这种日子还有什么过头儿？她那么美，我不吃她，若能找到头猪，我吃猪吧。

一想到肥猪和小肥羊，他嘴里馋涎直流，可是自己又觉得太可耻。但是肚子里饥饿如绞，实在无法忍耐，自己知道非吃点儿东西不可，不然只有饿死。他在村子里找猪，找小牛，甚至找小鸡，但是棚圈鸡窝，都严不可入，家家关门闭户。于是他伏在一条幽暗的小巷里，等着走迷失的牲口。这时，听见房子里有人说话，说村子里来了老虎。

无法解饥，他又回到山上，潜伏着等待夜行人，等了一夜，什么也没从此经过。他不知不觉小睡了一下。

天将向晓，一觉醒来，几个行人正沿着山道走。他看见一个人从城里来，拦住路人打听他们是否看见福州录事郑纠大老爷，郑大老爷是预定那天回任的。那个人显然是衙门的衙吏，奉命接上司的。

不知道什么声音告诉他，他必须吃郑纠。为什么非吃郑纠不可，他不知道，只觉得郑纠是命定该叫他吃的。

"我起身的时候，郑大老爷刚起床，我想他随后就来的。"他听见一个人说。

"他是独自一个人呢，还是有人陪伴着他呢？告诉我他穿什么衣裳，我好认得出来。不然招呼错了，怪不好。"

"他们三个人同行，穿着深绿的就是他。"

老虎藏着细听他们说话，好像他们是特意说给他听的。他向来没有见过郑纠，也没有听见过他的语声。于是他伏在丛莽之中，静等郑纠来，好饱餐一顿。

不久，他看见郑纠同他的秘书和一些别的路人走来了。郑纠长得胖胖的，多浆多液，真好吃。他一走近，老虎张逢蹿了出去，把郑纠扑倒，一嘴叼起，跑到山里去了。别人都吓得逃命。张逢吃饱了，解了饿，只觉得比往常早饭吃得多些。他吃了那位大官人，只剩下了一些骨头和头发。

这顿饭很过瘾，于是卧下小睡。醒来之后，他觉得平白无故吃了一个与自己素无冤仇的人，简直是疯了。他的头脑清醒过来，认为连夜去捕寻食物，这种日子并不好过。他记得昨夜为饥饿所迫，村里山上到处走，实在情不由己。

"为什么不再回到那片草地上去，看看能不能再变回人？"

他看见衣服和手杖还倚在树上。他躺下，盼望一觉醒来变回一个人。在草地上一滚，转眼看见自己又变成了一个人。

他当然非常喜悦，可是对自己这种奇遇大惑不解。他穿上长袍，提起手杖，又走回城去。回到店里，才知道他正好离开旅店一整天了。

"老爷，您上哪儿去了？"仆人问他，"小的出去找了您一整天。"店东也来问候，看见他回来，才放了心。

店东说："我们很担心，因为外面出了老虎，昨天晚上一个姑娘看见的，今天早晨郑大人回任时被老虎吃了。"

张逢编了一串谎话，说跟老僧谈禅，在庙里过的夜。

"好运气！"店东喊，一边摇摇头，"郑大人就是在那个庙邻近被老虎吃的。"

"没关系，老虎不吃我。"

"怎么不呢？"

"他不能吃我。"张逢含含糊糊地说。

这件事情张逢始终保守秘密，实在没法子告诉别人说自己吃过一个人。人听了，至少心里不安。

他回到河南故乡，转眼又过了几年。一天，他住在淮阳，朋友请他吃饭，酒酣耳热，主人要客人各述一桩奇遇。如果故事平凡无趣，罚酒一大碗。

　　张逢开始述说他的奇遇，座中恰巧有郑纠的儿子。张逢越往下说，郑纠的儿子越愤怒。

　　"那么是你害死我父亲了！"郑纠的儿子大喊一声，瞪圆了眼睛，鬓角上紫筋暴露。

　　张逢连忙起来道歉，知道这一次可惹了大祸："真对不起，当时我不知道是令尊大人。"

　　郑纠的儿子"嗖"的一声抽出一把尖刀，向张逢投去，幸而未投中，"当啷"一声掉在地上。郑纠的儿子向张逢冲过去，若不是混乱之中被人拦住，差一点儿扑在张逢的身上。

　　"我非弄死你给我父亲报仇不可！你跑到天边儿我也不放过你！"郑纠的儿子大声喊叫。

　　朋友们劝张逢立刻离开，先躲避一下，又劝郑纠的儿子，叫他先冷静下来。为父亲报仇当然应当，但张逢吃郑纠的时候他是只老虎。大家都不愿看着闹出人命。这种事情是空前的奇事，在这种情况之下报仇，是否应当，颇难确言。郑纠的儿子仍立誓要报父仇，以慰亡父在天之灵。

　　最后，朋友告诉当地驻军，令郑纠的儿子回到淮河南边去，再不许渡河到北岸来。张逢改名换姓到西北去，远远躲避不共戴天的仇人。

　　郑纠的儿子回家以后，朋友们都跟他说："我们很赞成你决心为父报仇。为人子者，理当如此。不过张逢吃令尊的时候，他本身是只老虎，自己也毫无办法。他并不认识令尊大人，并不是有成见，非害死令尊大人不可。这种事情是前所未有的，并非有意谋杀。你若害死了他，你可要算是预谋杀人。"

　　郑纠的儿子很尊重这种意见，也就不再追踪张逢了。

定婚店

魏固要物色一位佳丽，娶为妻子，但因为过于挑剔苛刻，始终不能如愿。他在客居清河的时候，住在松城南门外一家客店里。有人给他提了一门子亲事，对方是潘家的姑娘，双方门当户对，媒人约他一天早晨在龙兴寺相见。眼看要和富家美女缔结良缘，他真是大喜过望，一夜睡不成寐。天色未明，就爬了起来。梳洗已毕，便去赴约。长空暗淡，新月犹明。到了龙兴寺，看见一位老人坐在台阶上，借着微弱的月光，正在看书。身旁的地上，摆着一个小布袋。

魏固十分纳闷，心想这么早那位老人看什么书呢？他从老人的肩膀后往前面探头看，一个字也看不懂。真草隶篆他都研究过，这本书上的字却不明白。

"请问老先生，您看的这是什么书啊？我想天下的文字我都认识，可是从来没有见过这种文字。"

老人微笑道："你当然没见过这种文字，这是你所不懂的文字。"

"那么这是什么文字呢？"

"你是个凡人，这本书是一本天书。"

"那么说来，您是个神仙喽！您在这儿干什么呢？"

"我在这儿又有什么稀奇呢？是你出来得太早了。你看这个时候，正是昼夜之间、阴阳交界的时刻，行人一半是神仙，一半是凡人，当然你也分不清楚他们。我是专管人间事情的。一夜之间，我必须去各处查对我所管的那些人和他们的住址。"

魏固追问道："您管的是什么事情呢？"

"婚姻大事。"

魏固一听，觉得非常有意思。他说："请老先生原谅，您正是我要请教的人哪。我早就想从一个正正当当的人家找一个姑娘，娶为媳妇儿，可是始终办不到。今天早晨，我老实告诉老先生，我是应媒人的约会来的。对方是潘家的姑娘，都说她漂亮温柔，人品又极好。老先生告诉我，这门子亲事能成不能成呢？"

老人问他说："把你的姓名住址先告诉我。"

魏固告诉了他。老人用大拇指把他手里的书翻阅了一下，抬起头来说："我恐怕这事成不了。你要知道，一切姻缘都是天定，都在本书上写定了。你的太太现在才三岁，她到十七岁的时候，你才能娶她，不用发愁。"

"这还不用发愁！你说是不是我还要打十四年光棍呢？"

"不错，不错。"

"那么我和这潘家的亲事是没有指望了。"

"当然。"

魏固也不知道老翁的话当信不当信，只是又问道："您这布袋里头装的是什么东西呀？"

老人蔼然笑道："都是红线。这就是我的事情。我注意本书里注定当结为夫妇的男女，看见他俩一落生，我就在夜里前去，把他们的脚用红线牵系起来。红线一结好——我总是结得很牢固的——谁也解不开。也许一个生在穷人家，一个生在富人家，两家也许山南海北，相隔千里，也许有世仇，可是男女两人，总是结为夫妇，姻缘总会成就的。一切由天定，半点儿不由人哪。"

"我想，你把我们夫妇也早拴好了。"

"不错，我已经拴好了。"

"将来要嫁给我为妻的那个三岁大的小女孩，现在在哪儿呢？"

"她呀，现在跟一个妇人在菜市上卖菜呢。她们离这儿不远，那个妇人天天早晨到菜市去。你若是高兴去，等天亮之后跟我到菜市去，我指给你看。"

天已经亮了，魏固约会的媒人并没有来。老人说："你看，等也没用是不是？"

两个人闲谈了一会儿，魏固觉得跟老人谈得很痛快。老人说他很喜欢自己的工作。他说："一根红线功用真叫奇妙。我眼看着男女长大，各人在各自的家里，有时候互不相知，可是日子一到，两人一见面，立刻坠入情网，完全情不自禁。若有别的女人男人插足进来，就被红线绊倒，有力难解，必至寻了短见为止。这种事情，我看见不少了。"

菜市离龙兴寺不远，现在正挤满了人。

老人向魏固点头示意，提了布袋起身说："来，跟我来。"

到了菜市，老人指向一个菜摊，一个头发蓬松、浑身肮脏的老妇人正站在那儿卖菜，怀里抱着一个孩子。老妇人两眼有角膜翳，差不多看不清什么东西了。

"她就在这儿。那个孩子将来就是你的妻子。"

魏固低声骂道："你这是什么意思？简直跟我开玩笑。"他向老人转过脸来，怒冲冲的。

"我跟你说的是正经话，那个孩子命很好，她一定会嫁给你，跟你过得很美满。将来儿子做了官儿，她还要受封诰呢。"

魏固看那个皮包骨头的穷孩子，真是万分沮丧。他想跟老人争辩，可是回头一看，老人已经无影无踪了。

他一个人走回店去，一则因为约会的媒人没有到，二则对老人的话听了又将信将疑，真是灰心丧气。自思身为读书之人，如不能娶良家女为妻，至少也当从歌楼舞榭弄个美女，左思右想，越发觉得娶那么个肮脏娃娃实在于心不甘，真是荒唐可笑。愁肠百结，一夜没有闭眼。

第二天早晨，和仆人一同到了菜市。他答应仆人若是用刀砍死那个孩子，厚厚酬谢那个仆人。主仆二人看见那个老妇人又带着孩子在那里卖菜，仆人乘机抽出亮光光的尖刀，向那个孩子刺了一下，立刻转身跑了。孩子哭起来，大人喊道："杀人啦！"于是菜市大乱，魏固主仆趁混乱逃去。

魏固问道："扎着她了没有？"

仆人道："没有。我刚准备刺，孩子突然一转头，大概把眼眉左右擦破了一点儿。"

魏固匆匆逃出清河，菜市这件事情人们转眼也就忘怀了。魏固又西行到了京城，前一次婚事无成，心灰意冷，对结婚一事，再也不想了。四年以后，跟谭家一位小姐定了婚。谭家是当地名门，魏固觉得那真是一门绝好的亲事。小姐念过书，貌美多姿，是无人不知的。朋友都向魏固道喜，结婚大典正在准备。一天早晨，他忽然听到噩耗，小姐寻了短见。原因是小姐早已钟情别人，婚事已近，愤而自裁。

随后两年里头，魏固对于婚事，丝毫不再思忖。他已经二十八岁了，已经不再打算娶个名门闺秀。一天，他在乡间一座寺院里遇见一个地主的女儿，二人一见钟情，乡女尤其情痴之至。二人定婚之后，魏固进京给女方买绸缎珠宝。回来一看，乡女身染重病。他一心等待，不料病症缠绵，一年之后，乡女竟头发脱落，双目失明，叫他去另娶贤德女子为妻。

又过了几年，魏固才又说好了一门子极如意的亲事，小姐不但年轻美貌，而且读书善画，爱好丝竹。没有情敌纠缠，双方很快定了婚。婚礼前三天，小姐在路边行走，踩翻了一块圆石头，进而跌倒毙命。事情这么蹊跷，竟像造物主故意捉弄人。

魏固现在算死心塌地信服命运了，想结婚遭尽了折磨，再不敢物色女人了。他在相州衙里做事，颇尽职责，刺史王泰要把侄女嫁给他。

这件事触起了他的隐痛。他说："为什么要把侄女嫁给我呢？我年岁太大，不应当再娶了。"

对方一味勉强，魏固只好答应，不过心里只是淡淡的。直到婚礼举行的那天，他才看见小姐。小姐年纪轻轻的，他很满意。不论怎么看小姐，都不失为一个好妻子。

结婚之后，妻子的头发总是梳得遮盖着右鬓角，他看来那种样式很好看，至于为什么总是梳成那个样式，他却不明白。几个月以后，魏固对妻子疼爱之情与日俱深。一天他问："你为什么不改变一下梳发的式样呢？我是说，你为什么老叫头发垂在一边呢？"

他的妻子撩起头发，指着一个疤说："你看。"

"这是怎么落的呢？"

"这是我三岁的时候落的，那时候父亲在任上亡故，母亲和哥哥也在那一年去世。只剩下奶娘抚养我。我们有一所房子，离松城南门不远，当年我父亲就在松城做官，奶娘种菜园子，菜就在菜市上卖。有一天，一个贼人不知是什么缘故，竟在菜市上拿刀想砍死我。真不知为了什么，因为我们并没有仇人。他没伤到要害，只在右鬓角上落了个疤。因为这个，我总是用头发遮盖着。"

"那个奶娘是不是差不多双目失明的样子？"

"是啊。你怎么知道呢？"

"我就是那个贼人，这简直太奇怪了，没有一点儿与命运不合的。"

于是魏固把遇见老人的事情告诉了太太，是整整十四年前的事了。太太告诉他说，她六七岁的时候，伯父在松城找着了她，带回了相州。她就住在伯父的官府里。魏固夫妇二人知道他们的姻缘原是天作之合，相爱益笃。

后来生了个男孩子，起名叫魏昆，后来做了太原府的府尹，母亲受了朝廷的封诰。

松城的知州听到这件事，就把魏固当年住过的那个旅店改名叫作定婚店了。

南柯太守传

本篇为唐代著名传奇之一，作者李公佐。李氏尚写有其他故事，亦极通俗。李氏生活于公元九世纪前半叶，与李复言同时。"南柯一梦"，已成为中国极通俗之典故，意即人生如梦也。

淳于棼这个人嗜酒如命，而名字又叫棼，棼是一团乱糟糟的意思。这正好表示出他对人生的看法，也正好表示他不事生产、理财无方的情形。他的财产已经有一半挥霍净尽，如此倾家荡产究竟是由于过醇酒妇人的日子呢，还是与些狐朋狗友交往的结果呢，还是日子本来就过得一塌糊涂呢，实在说不清楚。他曾经当过军官，但后来因为酗酒抗命，就被上峰解职，回到家来。现在游手好闲，浪荡逍遥，与酒友终日鬼混。随着酒量与日俱增，手头金钱也与日俱减。他清醒的时候，想起了青年时代的雄心壮志，平步青云的雄心，今日都付诸东流，不禁洒下几点伤心之泪。但是三杯落肚之后，便又欢乐如常，无忧无虑了。

　　他住在广陵附近的故乡，离城有三里之遥。他家南边的空地上有一棵老槐树，非常高大，在亭亭如盖的绿荫之下，他常和朋友们饮酒取乐。

　　槐树往往能活很多年。有时候明明死去了三四十年，老树身子上又会生出绿芽，又活起来。淳于棼家前面的这棵槐树已经长了很多年，长长的枝杈向四方八面伸展，谁一见也知道是一棵老树，树下的土地已经销蚀了不少，树根露在外面，弯弯曲曲的，有些疤痕，底下正好做很多虫子的住处。

　　有一天，淳于棼醉得厉害，竟自己哭泣起来（据他的朋友说，那是公元七百九十二年的九月）。他自己说看见那棵又大又老的树，深为感动。自己儿童之时就在树下玩耍，父亲和祖父儿童之时也常在树下玩耍。现在他自己已经觉得老大了（其实他才将近三十岁）。他哭得很凄惨，朋友老周、老田两个人把他搀回去，让他躺在东廊下靠墙的躺椅上。

　　"你睡一会儿吧，睡一下就好了。我们俩在这儿喂喂马，洗洗脚，等你好一点儿再走。"

　　淳于棼沉沉入睡了。刚一合眼，看见两个身穿紫衣的使者走向前来，深深一揖，然后说道："槐安国王向先生致候，并已派来车马，请先生入朝一行。"

　　淳于棼立刻起身，换上最讲究的衣帽。一到门口，看见一辆绿车，套着四匹大马，马头上戴有金辔头、红缨子，一队皇家的随员，共有七八个人，正在外面等候。

　　他一坐进马车，车就往下坡走去，粗大的树根纠缠着，形成一个大洞。出乎他的意料，马车竟一直驶进洞去。进门之后，只见一片江山，风光秀丽，为从来所未见。在前面三四里，有高城环绕，城墙上雉堞历历，箭楼高耸。通往城门的大道上，车水马龙，交通频繁。步行人分之路旁，让路给御车通过，人人向贵客注目。到了城门前面，淳于棼看见城楼上横着三个大金字："槐安国"。

城墙环绕数十里，街道上人民拥挤，都似乎勤劳活泼，而一个个都整洁齐楚，彬彬有礼，尤其出人意料。他们相向问好，停步不到一秒，又往前赶路，好像工作忙碌、时间不够一样。他不明白居民为什么那么忙。工人们头上顶着大口袋。也有兵站岗，高大英俊，制服整洁。

国王的特使在城门口迎接，随后就陪着他到一所建筑宏伟的府第，重门深院，并有精致的花园。这是国宾居住之所。不到五分钟，侍从通报宰相来见。宾主相见，长揖为礼，宰相说到此陪同他去见皇上。

宰相告诉他："皇帝陛下将要招先生为二公主驸马。"

淳于棼说："仆微贱，何以当此殊荣？"话虽如此，内心却自喜有此艳福。

他心想："我今天终于时来运转了，我要叫全国人民知道我淳于棼有什么作为。我必定做一个忠直之臣，上事明君，下安百姓。我那一塌糊涂的日子总算过去了，叫人看看我干一番功业。"

离府一百码之后，他和宰相进入了一个金钉朱红的大门。警卫和荷枪带叉的兵士都向贵宾敬礼，百官着朝衣朝冠，分立石板大道两旁，一瞻贵宾丰采。淳于棼在车里觉得贵不可言，为生平梦想所未及。而友人老周、老田也在道旁人群中站着，淳于棼经过二人时，微微做一姿势，心想二人对自己今日的富贵，正不知如何艳羡。

由宰相陪伴，他走上大殿的台阶，心想必是皇上接见贵宾的大厅。自己的头几乎不敢抬起来。赞礼官要他跪下，他就跪下。

皇帝启口道："朕应令尊之请，与尊府缔结秦晋之好，深以为荣。今以次女瑶凤，招君为东床驸马。"

淳于棼惊喜万分，不知所措，只是连声谢恩而已。

"好吧，你现在可以退朝回府，歇息数日，随意游赏全城风光。宰相与你为伴，导游各处名胜。朕即吩咐准备一切，数日之后，举行婚礼。"

圣旨传下之后，一切即已停当。数日之后，满城空巷，争看公主婚礼。公主身穿薄纱，缀以珠宝，灿如朝霞；侍女美若天仙，四周环绕。公主聪明和善，淳于棼一见钟情，万分倾倒。

新婚之夜，公主说："我将向父王请求，封你一个官爵，什么官都可以，你随意要。"

这位醉汉新郎说："我坦白相告，近数年来，我疏懒过甚，不熟悉公门治事之法，也未深究安邦治国之道。"

公主娇笑道："这不足为虑，我帮助你。"

淳于棼心想，贵为驸马之外，再要身居高官，真是愧不敢当。他快乐极了，竟想落泪，但又怕惹公主误解，只好把眼泪抑制下去。

次日，公主向皇帝请求。皇帝说："我想叫他去做南柯郡太守，前太守因为溺职刚刚免了官。城池美丽，正坐落在山麓，城外有森林，有瀑布，有山洞。居民勤劳守法，他们皮肤的颜色比我们略黑，但是都骁勇善战，公主与驸马前去治理，人民必然心悦诚服，你们也一定胜任愉快。"

淳于棼得此美缺，大喜过望，有公主相随，哪怕天涯海角？他说："那么，我就将要身为南柯镇的太守了。"

公主纠正他说："不是南柯镇，是南柯郡。"

"那个地方叫什么名字有什么关系呢？"

淳于棼唯一的要求，是叫自己的挚友老周、老田前去做幕僚，这事自然不难。行前，百官饯行，皇帝陛下御驾送至宫门。人山人海争着看公主与驸马同乘公主的马车赴任。女人们多掉下眼泪来，因为这个国家的人民都是多愁善感的。公主的车前有马队、军乐，车后有军警护送。在路上走了三天，他们一到南柯郡，人民欢呼震天。

一对新婚夫妇在南柯郡过了一年，日子好不美满！居民都是良民百姓，奉公守法，各勤所业。全境之内，既没有流民，也没有乞丐。淳于棼听说，如有战争，不论男女，都保家奋战，绝不爱惜生命，但是绝少自相残杀之事。公主厚仁爱民，所以极为人民所爱戴。淳于棼生性疏懒，公主总是催他清晨早起，处理公务，以身作则，为百姓表率。他一切都称心如意，只是勤政治公一端，颇视为难事。他在办公处所，总藏有美酒一瓶。但是受良心上的鞭策，他也随时尽其所能，刻苦自励，庶不负公主的恩爱。并且他深知非勤政爱民，不足为皇室之股肱。下午清闲无事，照例不去办公，常同妻子到森林里，或在河堤上携手漫步，或与老周、老田在山洞中小饮几杯。如今良辰美景，赏心乐事，四者俱备，而不得开怀痛饮，足见为贤吏名臣，亦是苦事。

妻子总是向他说："好了，不要再喝了。"

他心想，人生没有十全十美的。他很感激公主，因为公主帮助他作奏折，处理其他重要文件。老周、老田现在做他的幕僚，对他敬而且畏。他暗想，平心而论，他的生活的确很美满，不应当再有什么非分之想了。

一年过后，爱妻突然感受风寒，一病逝世。淳于棼悲痛至极，无可自解，又喝起酒来。他上表自请辞职还京。他护送公主的灵柩回去，依照皇家礼仪安葬，用自己积蓄的金钱，在岩石耸立的山冈上为公主修了一座白石的陵寝，哭得非常伤心，执意在陵寝旁守了三个月。

公主死后，万事全非。他孤独凄凉，在城中各处闲步，不分昼夜，常到酒馆买醉。皇帝失去爱女之后，对淳于梦日渐冷淡。有人奏明皇帝说驸马在外行为失检，为了爱女，皇帝不忍明令罢免他。他的情形全国的百姓都知道，朋友遂日渐背弃他。他的景况日非，竟至向友人老周、老田借钱买醉。有一次，他被人发现躺在一家酒馆的地上，如此过了一夜。

老百姓要求说："赶走这个坏蛋！这简直是我们国家丢脸的事！"

皇帝也以有此种驸马为耻。一天，皇后向淳于梦说："公主死后你这么伤心，回家去过些日子散散心好吗？"

"这就是我的家，我还上哪儿去呢？"

"你的家是广陵，你不记得了吗？"

淳于梦朦朦胧胧记得在广陵有一所大房子，自己是一年以前来到这个陌生地方的。他垂头丧气地说要回家去。

"很好，我派两个人送你回去。"

他又看见当初带他来的那两个使者。不过这一次他一到门口，看见的是一辆又旧又破的马车。没有兵，没有随员，也没有朋友送他走，甚至仆人的制服也是又破又旧，已经褪了颜色。他过城门的时候，根本没有人理他。他回想以前的荣显繁华，不由得了悟到红尘间富贵的虚幻。

他还记得一年前来时的道路。不久，马车穿过了一座石门，他一看见自己那个老村子，不觉落下泪来。使者把他送到家，把他一推推到东廊下靠墙的躺椅上，厉声喊道："你现在到家了！"

淳于梦一激灵，醒来了。看见朋友老周、老田正在院子当中洗脚。夕阳下的阴影正照在东墙上。

他惊呼道："人生如梦啊！"

老周和老田问他："怎么？这么一会儿就醒了？"

他把到槐安国的那个奇梦告诉了他们，他俩诧异不止。

他带着周、田二人到老槐树下，指着弯曲缠绕的树根下的大洞说："这就是马车进去的地方，我记得很清楚。"

"你一定被树精迷住了，这棵树太老了。"

淳于棼说："你们俩明天来，咱们研究一下这个洞看看。"

第二天，他叫仆人拿斧子、铲子掘那个洞。砍断了一些大树根之后，发现了十尺见方的大洞，曲折的支道在洞中呈交叉状。在洞的一边，一块筑起的平地上，有一座小城，有路，有地区，有通道。千万只蚂蚁在四周蜂拥围绕。中间有一个高台，上面有两只大蚂蚁，白翅膀，白头，很多大蚂蚁在周围站岗。

淳于棼大惊道："这就是槐安国，皇帝正在宫里坐着呢！"

正中的洞有条长通道，通到南边的枝杈上，那里一个大窟窿里另外有个蚂蚁窠，里面有泥的建筑，也有通道，蚂蚁的颜色比中心那个窟窿的蚂蚁的颜色黑。他看出来是南柯郡城的城楼，那就是他过了一年好日子的小城市。蚂蚁的窠穴被人惊扰之下，他看见自己当年治理下的百姓惊慌地东西乱跑，心里很难过。那个朽坏的树根底部挖有一条条的沟壑，在一边有一片绿苔。毫无疑问，这就是他和公主度过无限快乐时光的森林。附近有小洞，在洞里妻子曾告诉他："好了，不要再喝了。"

淳于棼不胜惊异，他又勘测通往中心那个洞的通道，那条道他曾和公主乘马车走了三天呢。最后，他发现了另一个小洞，往东有十尺远。那里有些石头，只有一些蚂蚁在那里彷徨来往。中心有个三寸高的小丘，正上面有一个巉岩耸峙的小石子，一看那个形状，立刻想起公主的陵寝来。他知道那原是一梦，但是对公主的恩爱仍然不能忘怀。他不由得感叹人生的虚无空幻，真似云烟过眼一样。

　　他长叹了一声，对周、田两个人说："我原想我是做梦，可是现在我知道槐安国完全是真的——青天白日之下，丝毫也不假。大概我们都是正在做梦吧！"

　　自此之后，淳于梦与以前有点儿异样。他出家为僧，又喝起酒来，越喝越厉害，三年之后，就亡故了。

| 童 话 |

Chinese Legend

促织

本篇选自《聊斋志异》，作者蒲松龄，见《小谢》篇前记。

吉弟是个十一岁的孩子，一天，和父亲出去捉促织，空跑了一天回来，但是他觉得很高兴，因为今天父亲和他玩耍，成了他一个玩耍的好伴侣。吉弟生性敏感，五岁的时候，有一天，不知为了什么，父亲举起棍子要打他，他怕极了，脸变得惨白，父亲没忍心下手，棍子掉了下来。他一直非常怕父亲，父亲今年四十五岁，沉默寡言。

吉弟长得矮小，像别的九岁或十岁的孩子一样。一年以前，母亲给他做了一件短褂子，原以为他长得很快，可是现在穿着还是又长又大。他长得本来就单薄，配上个特别大的脑袋，一双又大又黑的淘气的眼睛，两个丰满的腮颊，越发显得软弱。平常，他总是不一步一步好好儿地走，老是跳跳蹦蹦的，完全是个孩子。哥哥当年像吉弟这么大的年岁时，已然成了母亲的一个大帮手，吉弟可不行。现在哥哥已死，姐姐又嫁给一个远处的人家，母亲自然对吉弟娇惯过甚。母亲是个伤心人，身体倒还壮实，只有吉弟非常顽皮淘气时，她才笑一笑。

吉弟虽然已经十一岁，但面容笑貌上，仍然很孩子气，遇到快乐和忧虑的时候，他完全像个几岁大的小孩子。像别的孩子一样，吉弟也是那么喜爱促织，并且他还有儿童所特有的热情和诗意的想象。他发现在促织的秀美灵敏之中，有完美、高尚、矫健等特性。他爱慕促织的那么复杂巧妙的嘴，他相信普天之下，再大的动物，也没有在身上和腿上会披着那么漆黑油亮的盔甲。他想，假若有个像狗或猪那么大的动物也披着那么美的一身盔甲——不过，当然没有，根本不会有什么别的动物能和促织相比的。他从小就迷促织，像别的孩子一样，他玩促织，斗促织。一听见促织的鸣声，一看见促织身体和头的大小形状，一看见大腿的角度长短，他就知道促织的好坏和身价。他家的北窗子外面有个花园，他躺在床上听促织的叫声，觉得是天下最美的音乐。从那种音乐的声音里，他感觉出来有善良、有美丽、有健康。他跟父亲读《论语》和《孟子》，记得很快，也忘得很快，但是促织的鸣声他了解，也忘不了。他在窗子下面堆积了很多砖头和石头，好吸引促织。成年人似乎不明白这种事情，他那严厉的父亲当然更不懂，但是今天吉弟的父亲头一次同吉弟出去，在山坡上乱跑，打算捉住一只雄健善斗的促织。

吉弟六岁那年，闹了一件令人难忘的事。他把一个促织带到私塾里去，老师发现之后，就把那只促织用脚踩烂。吉弟大怒，趁老师一转身，从椅子上一跳，骑到老师的背上，使足了劲往老师身上捶。同学们一见，哗然大笑，后来老师把吉弟挣脱下来才算完事。

今天下午，去捉促织之前，他看见父亲用一根细竹竿默默地做捕虫网的把儿，然后绑在捕虫网上好去捉促织。做好之后，父亲对他说："吉弟，带着那个竹匣子，咱们到南山去。"父亲是个读书人，不好意思明说去捉促织。

但是吉弟心里明白。他同父亲一齐出去，高兴得像过新年一样。吉弟也曾出去捉过促织，可是一向没有福气带这么个合用的捕虫网，现在真是想什么有了什么。再者，家里向来不答应他到南山去。南山离家有一里半地，他早就知道南山里有好多促织。

那正是七月，天气热。他同父亲二人，拿着网，满山坡上跑，穿过丛莽，跳过沟壑，翻转石头往下窥探，细听昆虫的鸣声，听那勇敢善斗的促织所发出的清脆如金石的鸣声。那种情景真是吉弟梦想不到的。一听见清脆的鸣声，他就看见父亲的眼睛闪亮。在丛莽中把一个声音丢失之后，又听见父亲低声咒骂。在回家的路上，因为没能捉住那只最漂亮的促织，父亲还惋惜叹气。他觉得这是父亲头一次表现出赤子之心，他觉得父亲很可爱。

为什么来捉促织，父亲懒得说明。吉弟虽然心里暗喜，但觉得不应当发问。一到家，看见母亲正立在门口，等着父子二人到家吃晚饭。

母亲很焦急，问他们："捉住了几只没有？"

"没有。"父亲很郑重地说，沮丧失望之至。

吉弟心里非常纳闷，夜里父亲不在跟前，他问母亲："妈，您告诉我，爸爸是不是也喜爱促织？我以前以为全家只有我一个人喜爱促织呢。"

"不是，他不。他不得不去捉。"

"为什么？给谁呢？"

"给皇上进贡。你爸爸是村长，他接到县太爷一道命令，要给皇上捉只好促织。谁敢违抗皇上的旨意呢？"

"我不明白。"吉弟越听越糊涂。

"我也不明白。在十天之内，你爸爸一定得捉只好促织，不然就要失去村长的位置，还要罚钱。咱们太穷，拿不出钱来，那么就非坐监不可。"

吉弟不指望再多明白，也不再追问。心里只明白捉促织是一桩极其重要的事。

原来当时宫廷之中，斗促织的风气正盛极一时，平日用促织的胜负定赌博的输赢，中秋节斗促织的狂热为全年之冠。

在宫廷中，这种爱好由来已久。宋朝有个宰相，现在业已亡故，当年元朝的大军进入襄阳时，他正在看斗促织，这是人人都知道的。吉弟的父亲姓成，单叫一个名字，住的地方叫华阴，华阴并不是个产促织的地方。只是一年以前，本省有个乖觉的县令，他找到了一只勇敢善战的促织，进到宫里去。后来一位王爷给本省的府尹写了一封信，要他再找些好促织进到宫里去，以便在中秋节一年一度斗促织的时候使用。府尹就给县令下命令，要从各县选拔精壮的促织送到省里。一位王爷向府尹私人的一个请求，竟成了皇帝的圣旨，草木小民，哪里知道？于是促织的价格飞涨不已。据说一个县令竟出百金之巨，求得一只善斗的促织。本省民间，斗促织已成了一种普遍的娱乐，所以手里有勇敢善斗的促织的，虽然给他好价钱，也不愿出卖。

有些村长利用机会，向人民勒索金钱，说是为皇帝买促织，叫作促织税。吉弟的父亲其实也可以向村民收一大笔钱，拿一大半往城里去买只促织，另一半入自己的私囊。可是，他不肯。他说，若是呈递一只促织是他做村长的职责，他宁愿自己亲自去捉。

吉弟为父亲担忧，自己也觉得负有重大的责任，没想到他平日所玩儿的，现在成了大人的正事。他和父亲在凉爽的树荫里歇着，不断望着父亲脸上的神情。父亲掏出烟袋点上，嘴里喷出一口烟来。眼眉时时蹙动，似乎要说什么，但要说又止，又喷出烟来，张开嘴，要说又再度停止，又吐出一口烟来。最后，脸上好像很不好意思的样子，向吉弟说："吉弟，你能给我捉只好促织吗？一只好促织值钱不少呢。"

"怎么会值好多钱呢？爸爸。"

"你看，好孩子，中秋节皇宫里有一个全国促织比赛大会，谁胜了，皇帝就赏钱呢。"

吉弟大声呼喊起来："真的吗？皇上真的赏钱吗？皇上也喜爱促织吗？"

父亲勉强说："是啊。"好像一种可耻的念头逼迫着他破口而出似的。

"嘿，爸爸，咱们也许能捉住一只能咬会斗的，夺了全国冠军呢！"吉弟极为兴奋，"您能看见皇上吗？"

"不会，促织由县太爷送去，再由府尹进贡，若是能够参加比赛的话，必须是好的才行。谁的促织得冠军，谁就得好多银子呢。"

"爸爸，咱们一定能捉只好的，一定要发财了。"

孩子的热诚的确不容易压制得住。父亲把机密告诉了孩子之后，又绷起了脸。于是父子二人站起来，再去寻找。吉弟觉得他应当给父亲捉住一只勇敢善斗的促织，为母亲，也应当，因为常听母亲说家里穷，日子不好过。他自己说："我要捉一只，叫它跟别的促织斗，斗了又斗，斗了又斗，到斗胜为止。"

父亲现在很高兴，因为吉弟很懂得促织，能够帮助自己。整整三天，他们没能捉住只好的，在第四天，他们走了一步好运。

那时父子二人已经爬过了山顶，正下背面的山坡，山坡上有一带小丛林。往坡下走好远，有一个古老的坟地，那一片坟地有五十尺宽，由远处可以望得很清楚。吉弟出主意说到坟地去，到那儿也许能捉到几只好促织，尤其是那一片地方的沙土发金红色。他们沿着一条小溪走到那一片坟地，坟地四围有很多石碑。到了坟地一看，果然不出所料，在那七月天的下午，促织的确不少，很多很多促织一齐发出了清脆的叫声，吉弟兴奋之至。这时，一只青蛙忽然从脚下的草里跳了起来，跳到一个窟窿里不见了，而从那个窟窿里跳出来一只很漂亮的大虫子，矫健有力，跳得很远——是只大促织。那只大促织跳到石碑下面一个窟窿里不见了。吉弟和他父亲蹲在地下，屏住气息，细听那沉重洪亮的鸣声。吉弟撅了一根细长的草叶子，想用那根草叶子把那只促织赶出来，但是，促织立刻停止了叫声，他和父亲深信全国冠军的促织斗士一定就在那个窟窿里呢。无奈那个缝隙太小，小吉弟的手也伸不进去。父亲想主意用烟熏，也熏不出来。吉弟去提了些水来，灌进窟窿里去，父亲用网在窟窿口儿准备好。

过了一会儿，那只大促织往外一跳，正好跳到网里头。那只促织长得真美，是"黑脖子"一类，下颚大，身子细，两条有力的大腿立得很高很紧。全身红褐色，美丽而光泽，明亮如漆。父子二人经过几天的辛苦，总算如愿以偿了。

两人欢天喜地地回到家里，把促织放在父亲屋里的桌子上，用一块铜纱盖得很牢固。成村长第二天就要把促织送给县太爷。他告诉妻子严防邻家的猫来，自己出去找点儿粟子回来好喂它。他不在家的时候，谁也不许动它。

吉弟高兴得不得了，不由得走到父亲屋里去听那只促织叫。隔着铜纱往罐子里看，真是欢喜得心花怒放。

但是大祸来临了，因为过了一会儿，罐子里没有了声音。吉弟轻敲了几下，罐子里也没有动静，促织显然是跑了。罐子里黑黝黝的看不清楚。他把罐子拿到窗前去，慢慢把纱拿开，促织冷不防跳了出来，落到书桌子上。吉弟慌了，赶紧把窗子关上，绕着屋子追赶那只促织。他一时慌张，竟忘了用捕虫网子去扣，等用手把促织捂住，却把促织的脖子弄烂，碰断了一条腿。

吉弟吓得面色煞白，嘴发干，也没有眼泪。他已经把有全国冠军之望的促织斗士弄死了。

母亲骂他："你简直拉下了十辈子的债！你该死呀！你父亲一回来，你等着吧！"

吉弟的脸死白死白的。后来，他突然哭泣起来，跑出了家去。

到了吃饭的时候，吉弟还没有回来，父亲怒不可遏，说吉弟回来之后非痛揍他一顿不行。父母以为他一定藏了起来，不敢回家，心想他饿了一定会回来的。

到了夜里十点，吉弟还没有踪影，父母的愤怒一变而成了焦虑，于是打着灯笼出去找，到了半夜，发现吉弟躺在一个井底。

把孩子弄出来一看，显然是没了气息，头上有一块大伤，前额上有一块破的地方，鲜血还往外渗呢。井倒是很浅，不过浑身已经浸湿。抬回家去，换上了干衣服，绑上伤口，停放在床上。幸而心还在跳，父母认为是不幸中之大幸。他一动不动，只是由微弱的气息上看得出来他还活着。震伤显然是很重，吉弟一整天没有恢复知觉，始终不死不活的。黄昏的时候，听见他喃喃自语说："我把那只促织冠军弄死了——那只黑脖子，那只黑脖子！"

第二天，吉弟能喝下点儿汤，可是和平时大不相同。他好像失去了魂儿，父母他都认不出来。姐姐听说家里出了事，也回来看他。他也认不出姐姐来。一位老医师说，他吓得太厉害，吃药病也好不了。吉弟唯一的整句话就是："我弄死它了！"

父亲见吉弟至少还活着，觉得总有好的希望，同时想起还有四天的期限，非再捉只促织不行。心里想，如再捉只好促织给吉弟一看，也许会把吉弟的病治好。不管怎么样吧，老坟地里总是有很多促织。他睡得很轻，在黎明的时候，他听见屋里有促织的叫声。于是起床下地，跟着声音找到了厨房，看见一只小促织高高在墙上呢。

说来也怪，他正站着看，心里想，那么只小促织，恐怕也没有什么用处，叫声却那么大，那只小促织高叫了三声，竟跳到他的袖子上，好像求人捉住它一样。

成村长捉住了它，慢慢观着。那只小促织的脖子长，翅膀上有一朵梅花花纹，也许是只善战的促织，却长得那么小。他不敢把那么小的促织送去见县太爷。

成村长的邻家有一个小伙子，他的促织是本村里最好的一只，把全村的促织都咬败了。他曾打算高价出卖，但始终没有买主儿。他就把那只促织到处炫耀，一天带到村长家。

成村长提议说比赛一下。小伙子看了一下那只小促织，捂着嘴笑起来。两只促织放在一个笼子里，成村长觉得有些丢脸，打算不比了。小伙子执意要见个高低，好显一显自己那只促织的威风。成村长以为自己的促织那么小，即便咬死了，咬瘸了腿，也算不了什么损失，也就答应斗一斗。两只促织现在在一个盆子里面对面立着。小的立着一动不动，大促织张动两个大牙，怒目而视，好像亟待一战。小伙子用促织探子扫动促织的须，小促织稳立不动。又扫了几次，突然间，小促织一跳，向敌方攻去。于是两只促织之间，大战开始，霎时间，小促织摇了摇尾巴，扬起了长须，猛力一跳，大牙咬进了对方的脖子。小伙子连忙提起了笼子，使两只促织停战，好搭救自己那只促织的性命。小促织昂起了头，得意扬扬地叫起来。

成村长非常喜欢，也非常高兴。正在高兴自己有这么只宝贝促织的当儿，没提防一只大公鸡随着家里人一齐过来，向那只小促织啄去，小促织一跳逃跑了，大公鸡在后面追，眼看就要被大公鸡啄住。成村长以为这一来小促织可完了，忽然看见大公鸡把头连着摇摆了几下子，仔细一看，才看见小促织稳稳当当地落在大公鸡的冠子上，弄得大公鸡很狼狈。大家一见，又惊又喜。

现在成村长对小促织的战斗力有了把握，决定拿去见县令，并且回明这件事情的经过。县令无法明白，非常怀疑，要试一试小促织的能力。结果，小促织把县衙门里收集的所有促织都战败了。县令又拿来一只公鸡试了试，小促织又使用它独有的战略，跳到公鸡的冠子上，看见的人无不吃惊。县令对本县的这个选手非常满意，放在铜纱笼子里，给府尹送了去。那是七月里最末的一天，县令派人骑马送去的。

成村长在家里等着，心里抱着希望。心想一只促织引起了孩子一场病，说不定另一只促织能把孩子的病治好呢。后来听说那只小促织真成了本省的选手，他的希望也随之大起来。不过，要听到全国促织比赛的结果，大概还要一个月。

母亲一听小促织和大公鸡交战的策略，她说："哟，这不正像小吉弟当年跳到老师背上从背后打老师的办法一样吗？"

吉弟受了震伤还没有好，睡的时候居多。母亲只好用汤勺灌下东西去喂他。前几天他的肌肉抽搐，出的汗很多。医师又看了看，听了一下病的症候，他说吉弟是吓破了胆子，内脏颠倒了阴阳，三魂七魄都走了，得长期治疗，元气才能慢慢恢复。

三天以后，病又发作了一阵子。有一天，神志似乎比平常清醒些，那是七月最后的那一天。母亲记得很清楚。那一天他向母亲说："我战胜了！"说着还微微一笑。两眼望着，只是茫然无神。

"你说你怎么了？"

"我战胜了。"

"战胜了什么？"

"我也不知道。我一定要战胜的。"

他似乎是说胡话，后来魂魄又没有了。

一直睡了半个月。

在八月十九那天天刚亮，母亲听见吉弟喊："妈，我饿了。"

这是吉弟有病以来第一次喊妈。做妈的从床上一跳而起，叫醒了丈夫，一同过去看儿子。

"妈，我饿了。"

"宝贝儿子，你可好了！"母亲用衣裳的边缘擦眼泪。

父亲问："现在觉得怎么样？"

"爸爸，我觉得很好。"

"你已经睡了很多日子了。"

"是吗？多少日子呀？"

"大概有二十天，你简直把我们吓坏了。"

"怎么会那么多日子呢？我一点儿也不知道。我并不是有心弄伤那只促织。我原打算再给您捉住的。"吉弟的声音和平日一样，提到弄死了促织，就和说前一天的事一样。

父亲说："别担心了，吉弟。你生病的时候，我又捉着一只更好的促织。虽然小，但是斗得好。县太爷收下之后就送去交给了府尹。我听说那只小促织百战百胜呢。"

"那么你饶恕我了吗？"

"那当然，不用再发愁了，好孩子。那个勇敢善战的促织也许是全国的冠军呢。现在放心养病吧，不久就可以起床了。"

全家都很快乐，吉弟的饭量很大，只是老说大腿疼。

母亲说："这倒奇怪。"

"妈，我觉得好像跑了几百里地一样。"

母亲给吉弟揉腿，吉弟不住说大腿发僵。

过了几天，吉弟能下床来走几步。第三天，他已经好了，和爸爸妈妈晚饭后在灯旁坐着，一边剥栗子吃。

吉弟偶然说："这很像我在宫里吃的栗子。"

"在哪儿？"

吉弟说："在皇宫里。"他不知道这话父母听来多么吃惊。

"你大概做梦了吧？"

"妈，我没做梦，我是在皇宫里来着。现在我都还记得。贵妇们都穿着红衣裳、蓝衣裳，戴着金首饰，我刚从一个金笼子里出来就看见的。"

"你昏睡的时候做梦了吧？"

"不是做梦，是真的。妈，您相信我的话，我的确是在宫里来着。"

"你看见什么了？"

"一些长胡子的人。有一个人，我想一定是皇上。他们都去看我。我一心想爸爸，我自己说我一定要赢。他们把我一放出笼子，我就看见一个大家伙。它的须很长，我心里害怕，一到战斗开始，我的胆子又大起来。一夜一夜地过，我不断地战斗，一心只想，为了爸爸，我非战胜不可。最后一夜，我碰见了红头，看来就怕人。可是我不怕，我走过去，它一向我扑来，我跳开了。我的姿势优美，轻巧警觉。我撕它的尾巴，咬下了它一条前腿。它狂怒起来，张开大牙去咬我。我心想完了，可是我又咬了它，它大惊失色，不知如何是好。我看见它眼里流出血来。我往它背上一跳，结果了它的性命。"

吉弟说得那么逼真，父母静静地听，知道他是描绘梦里看见的情景，说的都是老实话。

父亲问："那么你已经得了全国的冠军了？"

"我想是，我是一心一意想得冠军的。爸爸，我当时一心想着您。"

父母也不知道孩子的故事可信不可信。他们知道孩子并不是说谎。等等看吧。

成村长的小促织是装在金笼子里送到京城去的，到京城的时候，正是比赛的前一天。府尹拿那么小的促织进给王爷，的确是冒着很大的危险。小促织若是斗得好，当然很好，若是战败，府尹难免被讥为老朽昏庸。府尹想到这里，不由得怕得发颤。州官用三千字写就了一封信，详细叙述小促织杰出之处，既谦虚，又夸耀，与小促织一同呈献的。

王爷看完了那封长信说："我这位朋友简直是发糊涂了。"

王爷夫人说："何不试一试呢？"

小促织非常勇敢，具有超越一般促织的战斗力量。大家一看，小促织放在盆里，与别的省份进来的促织武士战场相见，竟会毫无恐惧之意。

第一夜，小促织战败了一只比自己大两倍的促织，这只有梅花翅膀的促织就被看作了神虫，成了宫廷中人人口头的话料。

过了好几夜，小促织每战必胜。它以敏捷矫健战胜了敌手，人人都看得出来。别的促织既不能胜它，它就以轻捷的攻击咬住对方，然后以精确的跳跃，向对方致命地一咬。其精巧准确，几乎令人难以置信。

　　由八月十四到八月十八，比赛举行了五天，最后一夜，小促织夺得了冠军。第二天早晨，那只百战百胜的小促织竟然无影无踪了。

　　这件新闻传到吉弟的家乡，父亲哭泣起来，又欢喜不已。于是穿上最讲究的衣裳，带着吉弟会见县太爷。吉弟补了县里的廪生，每月有俸禄。

　　吉弟家的运气因此好转。后来吉弟进了太学。他不好意思再提小时的事，连斗促织他也不再看一眼。他不忍再看。

　　后来吉弟做了翰林，父母老年很享福。成村长成了荣耀富贵的祖父，对于儿子的故事，说得津津有味，故事一次比一次说得好。在故事的结局，老先生总是说："尽孝之道很多，人必须心肠好。天地间的神灵总是保佑孝顺父母的人。"

叶限

本篇选自唐段成式之《酉阳杂俎》。段极喜记载奇异故事（段于八六三年逝世）。研究民间故事诸学者曾研究此流传世界之故事，竟发现最早之写定乃在中国，颇耐寻味。斯拉夫民族故事中，亦有此类故事，其中亦有与动物为友，日耳曼民族中亦有此类故事，其中亦记失去一鞋，中国故事中则此二特点具备。原作者称此故事系其仆人所述，该仆为永州土著，永州在今湖南省。本故事富有历史趣味，故忠实译出。

秦汉以前，一个山洞里有一个酋长，土人叫他吴洞主。他娶了两个妻子，一个妻子死后留下一个幼女，名叫叶限。叶限生得聪明伶俐，极会做金工，颇受父亲疼爱。父亲死后，后娘横加虐待，常常强迫她去砍柴，命她到危险的地方从深井打水。

一天，叶限捉到一条鱼，两寸多长，红鳍金眼，她就带回家去，放在一盆水里。鱼一天天长大起来，后来盆子装不下了，叶限把它放在房子后面的池塘里。叶限一到池塘边，那条鱼就游到水面来，把头枕在水边，若是别人来，那条鱼就不上来。

　　叶限的行为古怪，引起后娘的注意。后娘总是到池塘边去守着，那条鱼决不肯上来。一天，后娘心生一计，向叶限说："你做活不是很累吗？我给你一件新褂子穿吧。"于是她叫叶限脱下旧衣裳，叫她到很远的一个水井打水。后娘穿上叶限的衣裳，把一把锋利的刀藏在袖子里，走往池塘边去叫那条鱼。那鱼的头一出水，她一刀把那条鱼砍死。那时那条鱼已经有一丈长，把那条鱼煮熟之后，尝起来味道比平常的鱼要好很多。后娘把鱼骨头埋在粪堆里。

　　第二天，叶限回来了，她一到池塘边，看见鱼没有了。她哭起来没完。直到后来天上下来一个头发蓬松衣衫褴褛的人，安慰她说："不用哭，你后娘把鱼宰了，骨头埋在粪堆里。回家去，把鱼骨头带回你的屋子藏好，以后，你有什么要求，向鱼骨头祷告，你有什么事情都能如愿的。"叶限就遵照那个人的话办。不久，叶限就有了金子、珠宝、首饰、极其精美漂亮的衣裳料子。哪个少女看见不喜爱呢？

　　山洞里过庆祝节的夜里，后娘吩咐她在家里看守果园。叶限见后娘走了老远之后，她穿上件绿褂子，也去参加庆祝会。妹妹一看见她，向妈妈说："那个姑娘怎么像大姐呢？"后娘似乎也认出了她。叶限一发觉她俩直瞥她，赶紧跑了。跑得太慌张，掉了一只鞋，这只鞋被山里的土人捡了。

　　后娘到了家，看见叶限正抱着一棵树睡觉呢。她把对叶限是那个打扮得漂亮的姑娘的怀疑，也就搁开了。

　　离山洞不远有一个王国，叫作陀汗国。因为兵力强，国土有二十四个岛，领海有几千海里。吴洞主的土人把叶限丢掉的那只鞋卖给了陀汗国的人，后来这只鞋辗转进了国王。国王令宫里的女人试试那只鞋。但是鞋比宫里女人最小的脚还小一寸。于是他令全国的女人都试这只鞋，没有一个人穿得上。

国王以为那只鞋来路不明，把土人监禁起来，苦刑拷问。那个可怜的土人也说不出鞋的究竟。最后国王吩咐把那只鞋放在路旁，派兵逐户搜查，谁有另外那一只的，抓进宫去。各家都被搜查之后，叶限被兵卒发现。她奉命试那只鞋，穿着非常合适。于是她身穿绿褂子，脚穿那双鞋出现在众人之前，真是美若天仙。臣下一本奏明国王，国王令人带叶限进宫。她随身带着鱼骨头。

叶限离开山洞之后，后娘和那个女儿死在飞石之下。土人可怜她们母女，把她俩埋了，上面立了一块石碑，刻着"恨妇冢"。土人认为她俩是婚姻神，香火很盛，只要有人为婚事祷告，总是有求必应。

国王回岛之后，立叶限为王后。婚后第一年里，国王向鱼骨头要的玉石珠宝太多了，鱼骨头不肯答应。国王就把鱼骨头埋在海边，用一百斛珠宝和金子围在四周。后来兵卒造反，国王到埋鱼骨头的地方去，发现鱼骨头已被海潮冲去，直到今天始终没再找到。

这个故事是老仆李士元跟我说的。他是永州的苗人，记得很多南方的故事。